괴담학개론

괴담학개론

초판 1쇄 발행 | 2025년 9월 8일

엮은이 | 공포학과
펴낸이 | 박영욱
펴낸곳 | 북오션

주 소 | 서울시 마포구 월드컵로 14길 62 북오션빌딩
이메일 | bookocean@naver.com
네이버블로그 | blog.naver.com/bookocean_rabbit
페이스북 | facebook.com/bookocean.book
인스타그램1 | instagram.com/bookocean777
인스타그램2 | instagram.com/supr_lady_2008
X | x.com/b00k_0cean
틱톡 | www.tiktok.com/@book_ocean17
유튜브 | 쏠쏠TV·쏠쏠라이프TV
전 화 | 편집문의: 02-325-9172 영업문의: 02-322-6709
팩 스 | 02-3143-3964

출판신고번호 | 제 2007-000197호

ISBN 978-89-6799-893-6 (03810)

*이 책은 (주)북오션이 저작권자와의 계약에 따라 발행한 것이므로 내용의 일부 또는 전부를 이용하려면 반드시 북오션의 서면 동의를 받아야 합니다.
*책값은 뒤표지에 있습니다.
*잘못 만들어진 책은 구입하신 서점에서 교환해 드립니다.

차례

1교시 — 지박령	9
2교시 — 걸귀	21
3교시 — 중고 물건	33
4교시 — 원한귀	47
5교시 — 흉가귀	60
6교시 — 악귀	75
7교시 — 틈	87
8교시 — 지붕귀신	100
9교시 — 춤추는 귀신	113
10교시 — 달귀굴	124

2학기

1교시 — 강령　　　　　　　　　　137

2교시 — 웃는 귀신　　　　　　　154

3교시 — 물귀신　　　　　　　　162

4교시 — 빙의　　　　　　　　　174

5교시 — 꿈　　　　　　　　　　187

6교시 — 모텔　　　　　　　　　199

7교시 — 이모의 원혼　　　　　　211

8교시 — 산귀신　　　　　　　　221

9교시 — 무덤귀　　　　　　　　235

10교시 — 장례식장　　　　　　　246

1학기

지박령 | 걸귀 | 중고 물건 | 원한귀 | 흉가귀 | 악귀
틈 | 지붕귀신 | 춤추는 귀신 | 달귀굴

쉬는 시간

사람이 죽으면 때때로 혼령이 이승에 남아 귀신이 되어 떠돌기도 합니다. 하지만 자신이 있던 곳, 애착하던 곳 혹은 있어야만 하는 곳에 머물기도 하죠. 이를 '지박령(地縛靈)'이라고 일컫는데 장소에 얽매여서 계속 머무는 귀신을 뜻합니다. 모든 지박령이 꼭 악귀는 아니지만 같은 공간에 있는 산 사람에게는 영향을 주기도 합니다. 만약 지박령이 한을 갖고 있다면 산 사람에게 그 한을 풀기도 하죠.

1교시 — 지박령

경수가 처음 부산에 올라왔을 때는, 아무것도 없었다. 등록금 하나 달랑 쥐고 왔고, 어디 묵을 곳도 없었다. 처음 며칠은 과방 소파에서 잤다. 딱딱한 소파 쿠션 위에 가방을 베개 삼아 누우면, 새벽 5시 즈음 청소하러 오는 관리 아저씨 발소리에 깨곤 했다.

그마저도 오래 못 버텼다. 그 뒤로는 친구 자취방, 선배 원룸 바닥을 전전했다. '오늘 어디서 자냐?'가 하루의 첫 걱정이 됐다. 세탁은 언제 했는지도 기억이 안 나고, 몸에선 냄새가 났고, 양말은 늘 축축했다. 그렇게 경수는 말 그대로 떠돌았다.

그러던 중 알바를 시작했다. 학교 근처 분식집 주방 보조로 일하면서 주말엔 마트 행사 보조까지 뛰었다. 월세 20만 원도 부담스러운 상황이었지만, 인터넷에 올라온 '보증금 100, 월세 18'짜리 방 하나가 눈에 들어왔다. 경수는 고민 없이 집주인에게 전화를 걸었고, 그날 바로 방을 보러 갔다. 집은 부산의 오래된 주택가 골목에 자리 잡은 3층짜리 다세대였다. 경수에게 소개된 방은 1층, 아니 반지하였다. 창문은 달렸지만, 창밖은 바로 옆 건물의 시멘트벽이 막고 있었다.

문을 열자 곰팡이 냄새와 눅눅한 습기가 훅 끼쳤다. 형광등은 희미하게 깜빡였고, 바닥 장판은 군데군데 들떠 있었다. 하지만 경수는 기뻤다. 이젠 어디서든 쫓겨날 걱정도 없고, 누구에게든 미안하다고 말하지 않아도 됐다. "이제 드디어 나만의 방이다." 경수는 그렇게 말하며, 그곳에 짐을 풀었다.

이사 첫날 밤, 경수는 온종일 아르바이트를 하고 돌아온 뒤 그대로 쓰러지듯 잠들었다. 이불도 제대로 펴지 못한 채, 매트 위에 엎드린 자세였다. 에어컨은 없었고, 창문은 열려 있었지만 바람 한 점 들어오지 않았다. 습기는 벽지에 스며 있었고, 천장에선 작은 벌레가 기어다녔다. 경수는 그런 것도 신경 쓰지 못할 만큼 지쳐 있었다. 그러다 귓가를 스치는 소리에 경수가 눈을 떴을 때는 시간이 벌써 새벽 2시였다.

'짤랑…. 짤랑….'

아주 작고 가벼운 금속이 흔들리는 소리가 들렸다. 핸드폰 알람인가 싶어 핸드폰을 들여다봤지만, 화면은 꺼져 있었다. 순간, 등줄기를 타고 서늘한 감각이 흘렀다. 눈을 감고 다시 자려던 순간 또렷하게 들려왔다.

"도와줘."

여자 목소리였다. 몸에 힘을 주려고 했지만, 어딘가 맥이 풀린 듯 힘이 들어가지 않았다. 움직일 수 없었다. 경수는 그 상태로 한참을 버티다 다시 눈을 감았고, 이윽고 아침이 밝아왔다.

다음 날 그는 스스로 타이르듯 말했다. "내가 너무 피곤했던 거지.

예민해진 거야." 정말 그렇게 믿고 싶었다. 그러나 그날 밤도 마찬가지였다. 경수는 저녁 늦게까지 분식집 뒷정리를 하고 돌아왔다. 몸이 천근만근이었고, 머리는 지끈거렸다. 그는 바닥에 눕자마자 그대로 잠에 빠졌다. 그리고 또다시 들려오는 소리.

'짤랑…. 짤랑….'

이번에는 소리가 더 가까웠다. 귓속에서 맴도는 듯 생생했고, 그 뒤엔, 다시 그 목소리가 들린다.

"돌려줘…."

경수는 벌떡 일어나 불을 켰다. 방 안은 조용했고, 아무것도 없었다. 하지만 발밑엔 물에 젖은 자국이 퍼져 있었다. 이불 한쪽이 축축하게 젖어 있었다. 경수는 자신이 잠결에 실례를 한 건가 잠시 생각하기도 했다. 그러나 냄새도 색도 모두 물이었다. 이불에는 물이 스며든 것처럼 축축한 자국만 남아 있었다. 더 이상한 건 그가 이불을 들어 올리자, 바닥에 조그만 방울 하나가 놓여 있었다.

은색의 둥근 금속 방울. 어디서 본 적도, 가졌던 적도 없는 물건이었다. 경수는 그걸 손에 쥐고 잠시 멍하니 바라봤다. 손안에 느껴지는 묘한 진동. 그 방울은 마치 스스로 울고 있는 것처럼 느껴졌다. 경수는 찝찝한 기분에 그걸 싱크대 밑에 버려두고, 바깥 공기를 마시기 위해 나갔다. 눈부신 햇빛 아래 사람들은 아무 일 없다는 듯 웃고 떠들고 있었다. 그 속에서 경수는 자신이 이상한 꿈을 꿨다고, 단지 피곤해서 헛것을 봤다고 되뇌었다.

하지만 그날 밤, 경수는 다시 꿈을 꿨다. 방에 누워 있는데 누군가가 방문을 열고 들어왔다. 검은 한복 같은 옷을 입은 여인이었다. 긴 머리카락이 젖은 듯 축 늘어져 있었고, 얼굴은 보이지 않았다. 그녀는 무릎을 꿇고 앉아, 조용히 방울을 흔들기 시작했다.

'짤랑…. 짤랑…. 짤랑….'

경수는 움직일 수 없었다. 몸이 눌린 것처럼, 그저 숨만 쉴 수 있을 뿐. 그녀는 경수를 바라보더니 갑자기 다가와 속삭였다.

"왜 아무것도 안 하는 거야?"

그 순간, 경수는 오줌을 지렸다. 꿈을 꿨다고 생각하기에는 눈을 떴을 때 바지가 축축했고 온몸은 식은땀에 젖어 있었다. 그리고 책상 위에는 그 방울이 다시 놓여 있었다. 경수는 방울을 수건에 싸서 버리기로 했다. 편의점 봉투에 넣어 건물 뒤편 쓰레기통 깊숙이 밀어 넣었다. 혹시나 싶어 증거 삼아 사진도 찍어두었다. 마음을 가라앉히기 위해 근처 카페로 가 커피를 마시기도 했다. 사람들이 많은 공간에 있으니 이상하게 안심이 되었다.

그날 저녁, 그는 돌아오자마자 책상 위부터 확인했다. 아무것도 없었다.

"다시 나오면 그땐 진짜 미친 거지."

그는 그렇게 중얼거리며 불을 끄고 누웠다.

그러나 새벽 3시가 되자 '짤랑… 짤랑…' 소리와 함께 이번에는 바닥에서 무언가 쓸리는 소리가 났다. 경수가 벌떡 일어나 불을 켜자, 문 앞에 놓인 낡은 종이봉투가 보였다. 봉투를 보자 방울과 종이 한 장이 들어 있었다. 그 종이에는 다음과 같은 메시지가 쓰여 있었다.

'나와 함께하는 거야….'

경수는 바로 다음 날 아침 집주인을 찾아갔다.
"아랫집에서 소리랑 방울 소리, 이상한 중얼거림이 들려요."
집주인은 담배를 피우며 말없이 경수를 바라봤다. 잠시 침묵이 흐르고 그가 입을 열었다.
"아랫집에는 아무도 안 살아. 몇 년 전부터 비어 있어."
"그럼 옆집이에요? 지금 공사하고 있던데 인부들이 거기 살면서 일하나요?"
"아닌데…. 그 시간엔 다 퇴근했을 거야. 네가 말한 그런 사람, 여기 없어."
경수는 말문이 막혔다. 설마 싶었다. 하지만 다음 말이 결정적이었다.
"그 방… 원래 무당이 살던 곳이야."
"무당이요?"
경수는 말을 잇지 못했다. 집주인은 고개를 천천히 끄덕였다.
"한 5년쯤 됐나. 회사 다니던 평범한 아가씨였어. 약혼자도 있었고. 그런데 어느 날 무병에 걸렸대. 밤마다 울고, 헛소리하고, 쓰러지고…."
그는 담배 연기를 길게 내뱉었다.
"결국에는 신내림 받았지. 무당이 됐고, 약혼자는 떠났고. 그 후엔 거의 방 안에서만 굿을 했어. 새벽에도, 대낮에도. 징이 울리고, 방울이 흔들리고… 그러다 하루는, 굿 치다가 그만….”

경수는 집주인의 말이 들리지 않을 정도로 머리가 멍해졌다.

"죽었어요?"

집주인은 고개를 끄덕였다.

"굿판 깔아놓고, 징으로 자기 머리를 내려쳤다더라."

경수는 다시는 그 방에 들어가고 싶지 않았다. 하지만 그날 밤, 그는 꿈속에서 그 방에 들어가 있었다. 꿈속의 방은 기괴하게 꾸며져 있었다. 천장에는 닭이 거꾸로 매달려 있었고, 벽에는 피 묻은 부적이 잔뜩 붙어 있었다. 가운데엔 무복을 입은 여인이 무릎 꿇고 앉아 징을 들고 있었다. 그녀는 고개를 들었다. 눈은 시뻘겋게 충혈되어 있었고, 입가엔 피가 말라붙어 있었다. 그녀가 말했다.

"**굿을 끝내야지! 네가 시작했잖아!**"

그 순간, 징이 울렸고 경수는 심장이 얼어붙는 듯한 고통과 함께 잠에서 깼다. 그날 새벽 3시. 경수는 꿈에서 깼다. 아직도 귀 안에는 징 울림이 맴돌고 있었다. 그리고 이번에는… 확실히 들렸다. 바닥 아래에서 징이 실제로 울리고 있었다. 소리는 명확히 '아랫집'에서 울리고 있었다. 경수는 미친 듯이 이불을 걷어내고, 슬리퍼도 신지 않은 채 문을 박차고 나갔다. 복도는 정적이었다. 비상등이 희미하게 깜빡이는 가운데, 그는 계단을 내려가 아랫집 초인종을 눌렀다.

'딩동, 딩동, 딩동.'

아무도 대답하지 않았다. 그는 문을 두드리기 시작했다.

"저기요! 새벽에 징 울리잖아요! 방울 소리도 들리고. 대체 뭐 하는 거예요?"

그러다 화가 난 그가 문고리를 돌리자 문이 열렸다. 내부는 불이 꺼져 있어서 캄캄했고, 먼지 낀 공기가 코를 찔렀다. 그는 조심스레 핸드폰 불빛을 켜고 안으로 들어갔다. 그리고 멈췄다. 거실 벽엔 부적이 빼곡히 붙어 있었고, 바닥엔 굿판의 흔적인 듯 붉은 원이 칠해져 있었다. 중앙엔 징, 향로, 방울, 그리고 닭 뼈가 놓여 있었다.

그리고 방구석에 누군가 서 있었다. 그림자처럼 보이는 형체였다. 고개를 떨군 채 가만히 서 있었다. 순간, 형체가 천천히 고개를 들었다. 그 형체는 눈으로는 피눈물을 흘리면서 찢어진 입으로는 웃고 있는 여자였다. 경수는 그 자리에서 비명을 지르고 쓰러졌다. 기억나는 건, 그 여자의 피눈물과 찢어진 입이 경수에게 아주 가까이 다가왔다는 것뿐이다.

그가 다시 눈을 떴을 땐, 병원 침대 위였다. 곁에는 경찰이 앉아 있었다.

"어떻게 그 집 안에 들어가셨죠?"

경수는 침묵했다. 경찰은 말했다.

"그 방은 오래전부터 빈집이에요. 어젯밤에도 그 집엔 아무도 없었습니다."

경수는 입을 떼지 못했다. 그저 천장을 바라본 채, 손을 덜덜 떨 뿐이었다.

퇴원 후, 경수는 방을 빼기로 결심했다. 더는 그곳에서 단 하루도 지낼 수 없었다. 하지만 획획 다른 집으로 옮길 수도 없는 처지라, 마지막으로 집주인을 찾아갔다.

"아랫집, 진짜 아무도 없어요?"

집주인은 한참을 말없이 그를 바라보았다. 적어도 집주인으로서 이 문제를 해결해주기를 간절히 빌었고, 결국 집주인은 며칠만 시간을 달라고 말했다. 본인이 다른 무당을 통해서라도 해결해주겠다고 말했다. 경수는 집주인이 말한 며칠간을 버텨야 했다. 하지만 여전히 이유 없이 악몽을 꾸었고, 일주일 정도가 지났을 때는 악몽이 점차 심각하게 변했다. 꿈속에서 그는 다시 그 방에 있었다. 이번엔 전보다 더 선명했다. 방 안은 온통 붉은색이었다. 장판도, 벽지도, 천장도…. 마치 피로 물든 듯 붉게 번져 있었다. 방 중앙에는 무당이 아닌 '경수' 자신이 있었다. 그는 징을 들고 있었다. 그리고 그 앞엔 또 다른 자신이 무릎을 꿇고 있었다. 그가 징을 내리치는 순간 바닥에 피가 튀었고, 여자의 목소리가 들렸다.

"이제 네 차례야."

경수는 소스라치게 놀라 깨어났다. 이제는 도저히 버틸 수가 없다는 생각이 들어서 아침이 밝자마자 집주인을 찾아갔다. 그러자 집주인은 마치 기다렸다는 듯 경수에게 종이를 건넸다. 종이에는 주소와 전화번호가 적혀 있었는데 집주인은 이걸 해결해줄 수 있는 사람에게 부탁했으니 직접 찾아가라고 했다.

경수는 아무런 의심도 없이 그곳을 방문했다. 아니, 적어도 지금 상황에서 구해줄 수 있다는 한마디가 그를 종이에 적힌 주소로 가도록 만들었다. 집주인이 말한 사람이 무당이라는 것도, 도착했을 때 깨달았다. 문을 열고 들어가니 집 안에는 젊은 무당 하나가 조용히 앉아 있었다. 그녀는 경수를 보자마자 말했다.

"네가 끝내주기를 원하고 있었어. 그런데 왜 가만히 있었어!"

경수는 아무 말도 하지 않았다. 무당은 그를 앉히고, 작은 쟁반 위에 방울을 올렸다. 방울은 경수가 그날 본 그것과 똑같았다.

"그건 굿판이 중단된 거야. 그 무당은 자신이 치러야 할 마지막 굿을 못 끝내고 떠났어. 누가 그걸 이어야만 그 영이 사라져."

"그럼… 제가 그걸 해야 하나요?"

무당은 고개를 저으며 말했다.

"아니. 너는 이미 받았어. 그 징 소리, 그 방울 울림…. 너는 그 굿에 묶인 거야."

경수는 어지러웠다. 귀에서 다시 그 방울 소리가 들리는 듯했다.

"방법이 없어요?"

경수의 목소리는 떨렸다. 무당은 잠시 눈을 감았다가 고개를 끄덕였다.

"있지. 하지만 네가 그걸 감당할 수 있을까?"

그녀는 작은 징을 꺼냈다. 그리고 향로에 불을 붙이고, 천천히 방울을 울렸다.

'짤랑….'

그 순간, 방 안의 공기가 바뀌었다. 찬 기운이 엄습했고, 무당의 눈동자가 뒤집혔다. 그녀는 중얼거리기 시작했다.

"피가 남았고, 굿이 멈췄고, 징은 돌려받기를 원하고…."

그 순간 경수는 환각처럼 붉은 방 안에 다시 있었다. 그때처럼 징과 방울, 붉은 원, 그 중심에는 피눈물 흘리는 무당이 서 있었다.

"돌려줘…. 끝내줘…."

그녀는 그렇게 속삭이며 경수를 향해 다가왔다. 경수는 징을 들었다. 손에 묘하게도 힘이 들어가 있었다. 마치 이건 '자신의 굿'인 것처럼 느껴졌다. 그가 징을 한 번 울리자, 무당의 얼굴은 일그러졌다. 그리고 피가 바닥을 적셨다. 눈을 떴을 땐, 다시 무당의 방이었다. 방 안은 조용했고, 무당은 고개를 떨군 채 숨을 몰아쉬고 있었다.

"끝났어…."

그녀는 작게 말했다.

그날 이후, 경수는 더는 방울 소리를 듣지 않았다. 꿈도 꾸지 않았다. 기나긴 지옥 같은 나날들이 끝을 맺었다. 그는 도망치듯 살던 곳에서 나와 다른 곳으로 거처를 옮겼다. 빚이 약간 생기긴 했지만 월세가 싼 곳은 쳐다볼 수도 없었다. 그는 그런 곳에 살아야 했던 처지를 원망하며 매일같이 죽어라 일했다. 그리고 다시는 그런 곳에 살지 않겠노라 다짐하며 살아갔다.

쉬는 시간

굶어 죽은 자의 원혼, 우리는 이것을 '걸귀(乞鬼)'라고 부릅니다. 말 그대로 아무것도 먹지 못해 죽은 망자가 주린 배를 채우기 위해 이승을 떠돌아다니는 것인데요. 걸귀는 굶어 죽은 귀신이기 때문에 아무리 먹어도 그 배가 채워지지 않는다고 하며, 이 때문에 계속해서 음식을 찾아다닌다고 알려져 있습니다. 딱한 사정을 가진 귀신이기도 하지만 이들이 보여주는 음식에 대한 맹목적인 울부짖음이 사람들에게는 공포가 되기도 하죠.

2교시 ——————————————————— 걸귀

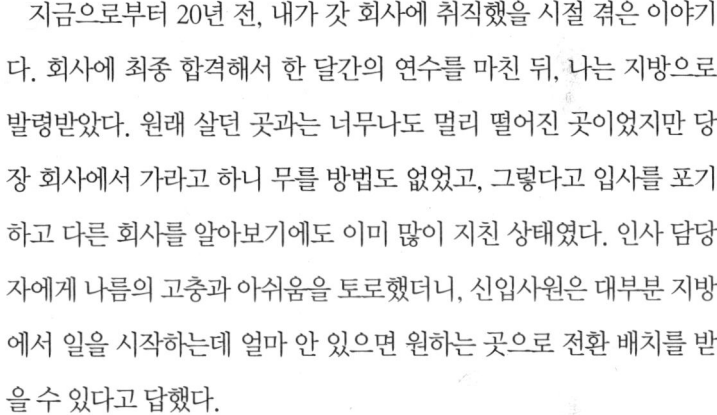

　지금으로부터 20년 전, 내가 갓 회사에 취직했을 시절 겪은 이야기다. 회사에 최종 합격해서 한 달간의 연수를 마친 뒤, 나는 지방으로 발령받았다. 원래 살던 곳과는 너무나도 멀리 떨어진 곳이었지만 당장 회사에서 가라고 하니 무를 방법도 없었고, 그렇다고 입사를 포기하고 다른 회사를 알아보기에도 이미 많이 지친 상태였다. 인사 담당자에게 나름의 고충과 아쉬움을 토로했더니, 신입사원은 대부분 지방에서 일을 시작하는데 얼마 안 있으면 원하는 곳으로 전환 배치를 받을 수 있다고 답했다.

　아쉬움을 뒤로한 채 난생처음 접해본 곳에서 새로운 삶이 시작되었다. 당장 모은 돈도 없고, 집안도 그리 풍족하지 않았던 탓에 최대한 싼 집을 알아봐야 했다. 그렇게 구한 집이 낡은 주택과 허물어져 가는 골목길로 구성된 작은 달동네였다. 사실상 회사에서 식사와 생활을 모두 했기 때문에 집은 그저 잠자는 용도로만 사용했다. 덕분에 낡은 주택이었지만 스스로 달래가며 살 수 있었다.

　일을 시작한 지 한 달 정도가 되었을 무렵, 잔업을 마치고 느지막이 퇴근해 집으로 돌아오는 길이었다. 힘겹게 오르막길을 오르고 있을 무렵, 언덕 중간쯤에서 이상한 광경을 목격했다. 전봇대에 달린 노란 불빛이 골목을 뒤덮고 있는 와중에 전봇대 바로 밑에 누군가 웅크리고 있었다. 아니, 정확히는 웬 사람이 전봇대 아래에 있는 쓰레기 더미를 뒤지고 있었다. 당시만 해도 일반 쓰레기를 비롯해 집 안에서 생기는 모든 쓰레기를 각자 집 앞에 내다 버렸고, 새벽이 되면 환경미화원들이 그 쓰레기를 수거하는 방식이었다. 나는 당연하게도 쓰레기를 버리는 사람이라 생각했고, 이내 관심을 끄고 발걸음을 옮겼다.

주말이 되자 오랜만에 자유시간을 만끽할 수 있었다. 해가 중천에 떠서야 겨우 몸을 일으켜 밥을 먹고, TV를 보며 중간중간 낮잠을 자다 보니 어느덧 해가 저물고 금세 저녁이 찾아왔다. 소중한 내 주말을 이렇게 망칠 수 없다고 생각한 나는 밤 10시가 다 되어 근처 편의점에 갈 요량으로 옷을 주섬주섬 챙겨 입고 집을 나섰다. 편의점에 들어가 안줏거리와 맥주를 산 뒤 다시금 언덕을 올라 집으로 향하고 있었다. 가쁜 숨을 내쉬며 올라가다 숨을 고르기 위해 자연스레 주변을 둘러보고 있었다. 그때, 또다시 기이한 모습이 눈에 들어왔다.
언덕을 기준으로 오른쪽, 왼쪽에 골목이 있는데 그중 왼쪽 골목에 또다시 웅크린 사람이 보였던 것이다. 지난번처럼 그나마 밝은 전봇대 아래가 아닌, 빛이 거의 닿지 않는 어두컴컴한 집 앞에 누군가 쪼그려 앉아 있었고, 양손이 바쁘게 얼굴과 땅을 향해 번갈아 움직이고 있었다. 낯선 광경이라 넋을 놓고 보고 있는데 처음에는 보이지 않았던 것들이 눈에 들어오기 시작했다. 그 사람은 분명 무언가를 먹고 있었다. 그것도 누가 훔쳐가기라도 할까 허겁지겁 음식을 입에 욱여넣고 있었다.

'대체 왜 저기서 먹고 있지?'

나는 도저히 이해가 가지 않아서 그저 내가 납득할 만한 이유를 찾기 급급했다. 분명 내가 사는 동네에는 이상한 사람들이 더러 있었다. 새벽마다 술에 취해 노래를 부르는 아저씨가 있는가 하면 일주일에 한 번씩 부부 싸움을 하며 동네가 떠나가라 소리를 지르고 우는 부부도 있었다. 하지만 지금 내 앞에 있는 저 사람은 '이상하다'는 말로 표현하기 어려울 정도로 기괴한 행동을 하고 있었다. 아마 동네 거지겠지. 내가 최종적으로 내린 결론은 동네에 있는 거지가 누군가 버린 음식을 먹는 것이었다.

'윽, 너무 징그러워, 빨리 이 동네를 뜨든지 해야지 원.'

조금 더 있으면 정말이지 재수가 옴 붙을 것 같아 발걸음을 재촉했다. 집에 돌아온 나는 TV를 보며 맥주를 마셨고 자정이 넘어서야 겨우 잠들었다.

그리고 그날 밤 꿈을 꾸게 되었다. 꿈에서 나는 내 방 한가운데 앉아 있었다. 밀린 회사 일을 하는데 갑자기 누군가 현관문을 두드리는 소리가 들렸다. 몸을 일으켜 현관 쪽으로 향했고 당연하게도 현관에 대고 누구시냐고 물었다. 하지만 대답은 돌아오지 않았고, 누가 잘못 찾아온 걸까 싶어 다시 방으로 향하려고 할 때 또다시 현관문을 거칠게 두드리는 소리가 들려왔다.

"누구세요? 누구신데 남의 집 문을 이렇게 세게 두드리세요!"

분명 현관문 앞에는 사람 실루엣이 보였다. 하지만 대답은 들리지 않았다. 그렇게 문 하나를 두고 아무런 대화 없는 대치가 이어졌다. 그리고 한순간, 남자의 말소리가 들렸다.

"저 밥 좀 주실 수 있을까요?"

아무리 꿈이라고 하지만 생뚱맞은 부탁이었다. 이 상황에서 남의 집 문을 두드리며 밥을 달라니 이해가 가지 않는 행동이었다.

"밥이요? 그런 거 없으니까 그만 가주세요."

하지만 문 앞에 서 있는 남자는 한 발자국도 움직이지 않았고, 기괴함에 나는 덜컥 겁이 나기 시작했다. 그러다 꿈에서 깨어났는데 한동안 가만히 침대에 누워 있을 뿐이었다.

"왜 이런 꿈을 꾼 거지? 개꿈인가?"

짐작 가는 게 있다면 해몽이라도 했겠지만, 전혀 짚이는 바가 없었다. 별 의미 없는 개꿈으로 치부하고 평범한 하루를 시작했다.

그로부터 몇 주가 흐른 시점에 퇴근하고 집에 들어오다가 집 앞 식당에 들러 저녁을 먹고 있었다. 옆 테이블에는 동네 사람들이 모여 술잔을 기울이고 있었고, 나도 반주로 소주 한잔을 마시고 있었다. 그러던 중 가장 목소리가 컸던 아저씨가 귀가 솔깃한 이야기를 꺼냈다.

"장씨, 요새 이상한 소문 도는 거 아는가?"

"고것이 뭔 소리래, 뭔 소문?"

"아니 글쎄, 요새 밤마다 웬 거지가 문을 두드리고 다닌다는 말 못 들었는가?"

그러자 같이 있던 다른 남자가 말했다.

"새벽에 문 두드리면서 밥 달라고 하는 사람 말하는 건가? 근데 내가 듣기로는 정작 문 열고 나가보면 아무도 없다고 하던데?"

"뭣이여! 그럼 시방 귀신이라는 말이여?"

귀신 이야기에 식당은 한바탕 소란스러워졌다. 다들 자신들이 아는 귀신 이야기를 꺼내기 시작했고 술에 취한 사람들이니 이야기 주제는 걷잡을 수 없이 커져만 갔다. 하지만 밤마다 문을 두드린다는 거지의 이야기만큼은 계속해서 내 머릿속에 남아 있을 수밖에 없었다. 내가 두 눈으로 본 거지의 모습과 꿈속에서 밥을 달라며 문을 두드린 일이 그들이 말한 것과 정확히 일치했기 때문이다. 하지만 당장 아저씨들에게 자세히 물을 수도 없었고, 그저 나한테 아무런 일이 없기만을 바랄 뿐이었다.

그로부터 한 달 정도가 흘렀을 때 아침부터 동네 전체가 발칵 뒤집힌 사건이 발생했다. 내가 사는 집 바로 맞은편 집에서 환자가 실려 나온 것이다. 출근하기 위해 집을 나서다가 집 앞에 서 있는 구급차를 발견했는데, 얼마 안 가 맞은편 집에서 웬 할머니가 실려 나오는 것을 볼 수 있었다. 구급차를 이렇게 가까이서 본 것도, 누군가가 구급차에 실리는 것을 본 것도 처음이었다. '아마 어디 아프신 것이겠지'라는 생각으로 다시 출근길에 올랐다.

며칠 뒤 월세를 받기 위해 주인집 아주머니가 집에 방문했고 어차피 당장 집을 옮기지는 못할 것 같아 몇 달 치 월세를 미리 드릴 테니 조금 깎아줄 수 없겠냐고 부탁하던 차였다. 아주머니는 흔쾌히 몇만 원 더 깎아주겠다고 말했고 감사한 마음에 집에 있던 주스를 몇 개 꺼내서 아주머니께 드렸다. 그런데, 아주머니는 그런 나에게 이상한 이야기를 해주었다.

"총각, 혹시 밤에 누가 대문 두드리는 소리 못 들었어?"

"네? 대문을 두드려요? 누가요?"

"대문이나 현관문 누가 두드린 적 없어?"

"없는데요? 여기 사는 사람들이 아니면 굳이 두드릴 이유가 없을 텐데요. 혹시 도둑이라도 들은 거예요?"

전혀 상황을 몰랐던 나로서는 그 말에 그저 도둑을 말한다고 생각했다. 하지만 아주머니가 꺼낸 이야기는 도둑이 아니라 귀신 이야기였다.

"총각, 며칠 전에 앞집 할머니 돌아가신 거 알아?"

"네? 저번에 구급차 실려 가시는 건 봤는데 돌아가신 거예요?"

"아니 글쎄, 병원에서는 큰 문제 없다고 해서 집에 오셨는데 얼마 안 가서 돌아가셨어."

"편찮으셔서 병원 가신 거 아니었어요? 그러면 아무런 원인도 모르고 돌아가신 거예요?"

"아이고, 참 내가 총각한테 별 이야기를 다 했네. 신경쓰지 말고 그냥 흘려들어."

평소 같았으면 알겠다고 대답하고 그냥 문을 닫았겠지만, 뭔가 말하고 싶어하는 아주머니의 당황스러운 표정에 대체 무슨 이야기인지 물어볼 수밖에 없었다.

"앞집 할머니 돌아가신 거 말이야. 귀신 때문에 죽은 거야. 거지 귀신 말이야."

"네? 귀신 때문에 돌아가셨다고요?"

그리고 이어진 말은 믿기 힘들 정도로 섬뜩하고 기괴했다. 할머니는 구급차에 실려간 날 아침 부엌에서 쓰러진 상태로 발견되었다고 한다. 놀란 할아버지가 119에 전화해 구급차를 불렀고 병원에 도착해서도 여전히 할머니의 의식이 돌아오지 않았다는 것. 시간이 지나 깨어난 할머니는 자신을 둘러싼 가족들을 보고 비명을 지르기만 했다고 한다. 그것도 엄청 겁에 질린 채로. 급한 대로 병원에서 온갖 검사를 진행했지만, 딱히 문제 될 것들은 보이지 않았고, 차차 정신을 차린 할머니는 그날 자신이 겪은 이야기를 꺼냈다고 한다.

안방에서 잠을 자고 있는데 누군가 현관문을 두드리는 소리가 들렸고, 할머니는 이 야밤에 누가 찾아온 것인지 싶어 현관문으로 향했다. 누구냐고 물었지만, 문을 두드린 사람의 대답은 없었는데 한참을 가만히 서 있으니 또다시 노크 소리가 들렸다. 놀란 할머니가 다시 누구냐고 물었을 때, 밖에 있던 사람이 "할미, 밥 좀 주세요"라고 했단다.

그건 손주의 목소리였고 할머니는 그 말을 듣자마자 곧바로 현관문을 열었다. 하지만 문을 열었을 때 손주는 어디에도 보이지 않았다. 심지어 아예 사람이 없었다고 한다. 꿈을 꾸는 건가 싶어 현관 밖으로 나가 주변을 살폈지만, 적막한 고요만 있었다.

아무래도 헛것을 들었나 싶어서 다시 집으로 들어왔을 때 충격적인 장면을 목격했다. 부엌 바닥에 웬 남자가 앉아서 음식들을 게걸스럽게 먹고 있었다고 한다. 냉장고 밖으로 온갖 음식들이 빠져나와 있었고, 남자는 고개를 푹 숙인 채 널브러진 음식들을 입에 쑤셔 넣고 있었다. 어디로 들어온 것인지도 모를 남자는 다 해진 옷을 입고 닥치는 대로 음식들을 먹어 치우고 있었다. 그 광경을 지켜보던 할머니는 누구시냐고 물을 뿐이었다. 아무런 대답도 없이 그저 먹기만 하는 남자에게 다가갔을 때, 남자는 순간 고개를 돌려 할머니를 쳐다보며 살기 어린 눈빛으로 말했다.

"할미, 밥 좀 주세요."

그 모습을 보자마자 할머니는 그대로 기절해버렸다.

할머니는 병원에서 돌아온 날부터 점차 이상해지기 시작했다. 가만히 있다가 갑자기 부엌으로 달려가 음식들을 죄다 꺼내 먹었고, 심지어 씻지도 않은 채소들이나 생고기를 잘근잘근 씹어 먹기도 했다. 아무리 말리고 붙잡아도 먹는 걸 멈추지 않았고, 어느 순간, 억울하다는 듯 펑펑 목 놓아 울다가 기절해버린다는 것이다.

다시 깨어나면 정신이 돌아온 것처럼 보였는데, 새벽에 부엌에 소리가 들려 가보면 또다시 음식들을 게걸스럽게 먹고 있었다. 이 때문에 할아버지가 일도 나가지 못하고 옆에서 할머니를 돌보게 되었다. 할머니는 외출할 때면 슈퍼 매대에 놓인 과일을 마구 집어 먹기도 했으며, 심지어 미친 사람처럼 웃다가 울다가 반복하는 바람에 동네 사람들이 겁에 질릴 정도였다. 그러던 중 일어날 시간에 깨지 않아 살펴보니 유명을 달리했다는 것이다.

아주머니의 말을 듣고 있자니 덜컥 겁이 났다. 또다시 내가 언덕길을 오르며 봤던 음식을 먹던 남자와 현관문을 두드리며 밥을 달라고 했던 누군가가 떠올랐다. 안 그래도 찝찝한 와중에 이 이야기를 들으니 당장이라도 도망가고 싶다는 생각이 들 만큼 두려워졌다.

"총각, 문제는 뭔지 알아? 야밤에 문을 두드리는 소리 들었다는 게 한두 명이 아니야. 심지어 우리 아랫집 사는 아저씨 있지? 그 사람도 들었대. 심지어 낮에 일 끝내고 집에 왔는데, 누가 문을 두드려서 대답했더니 자기 엄마 목소리가 밖에서 들리더라는 거야. 근데 엄마는 지금 해외에 있어서 한국에 있을 리가 없었거든. 그래서 '엄마 지금 해외에 있는 거 아니야? 어떻게 왔어?'라고 물었다는 거야. 그랬더니 갑자기 자기 아버지 목소리로 바뀌어서는 '밥 좀 줘'라고 말하더래. 무서워서 그대로 방에 들어가서 이불 뒤집어쓰고 있으니 겨우 소리가 멈추더라는 거지."

 주인집 아주머니는 이 외에도 동네 사람들이 최근 비슷한 경험을 하고 있음을 사례까지 들어가며 말해줬다. 나 또한 그런 경험이 있음을 밝히고, 이제 앞으로 어떻게 해야 하는지 물었다. 사람이 죽어나가는 지경까지 이르렀으니 동네 사람들도 이 사건에 관심이 많았고, 결국 무당을 불러오는 것으로 논의된 모양이었다. 하지만 아주머니의 말은 여기서 끝나지 않았다.

 "아무래도 짐작이 가는 게 하나 있어서 말이지. 그 귀신이 누군지 말이야."

 "그 귀신이 누군지 안다는 말씀이세요?"

 "응, 예전에 동네에서 좀 안 좋은 일이 있었거든. 사람이 죽은 적이 있었어. 무슨 책을 쓰는 작가라고 했는데, 쌀가게 옆 골목 반지하 사는 남자였거든. 워낙 밖에도 안 나오고 좀 음침한 구석이 있어서 다들 피하던 사람이었는데 어느 날부터 동네에 정말로 안 보이더라고. 그 무렵에 남자 집에서 이상한 냄새가 나기 시작했는데 나중에 문 따고 들어가 보니까 죽어 있는 거야. 거의 뼈밖에 안 남아 있었는데 거의 보름은 굶어서 죽었다는 거 있지. 심지어 죽은 지 일주일이 훌쩍 넘었는데도 아무도 몰랐다는 거야."

 아주머니의 말은 굶어 죽은 남자의 원혼이 동네를 떠돈다는 것이었다. 그가 살아생전 먹지 못했던 것에 한이 맺혀 이곳저곳을 찾아가고 있다는 것. 아주머니와 대화하며 느낀 것은 그 귀신이 내게도 왔다는 사실이다. 다시 말해, 언제든 나도 앞집 할머니와 같은 경험을 할 수 있다는 뜻이다. 나처럼 겁에 질린 동네 사람 중에서는 집 앞에 음식을 두는 사람도 있었다.

이날 이후로 집에 들어올 때면 그저 앞만 보고 주변을 살피지 않았다. 집에 들어와서는 문을 겹겹이 잠그고, 소리조차도 듣고 싶지 않아 현관에서 가장 먼 작은방에서 문을 닫고 자기도 했다. 그리고 주인집 아주머니가 말했던 굿은 출근 때문에 보지는 못했지만, 이후 어떻게 되었는지 먼저 전화를 걸어 확인해봤다. 섬뜩하게도 아주머니를 비롯해 동네 사람들이 추측한 대로 그 남자의 원혼이 걸귀가 되어 동네를 돌아다닌 게 맞았다.

무당이 상황을 파악한 후에는 동네 곳곳을 돌아다니며 위령제를 지냈고, 온갖 풀들을 태우며 연기를 이곳저곳에 퍼트렸다고 한다. 마지막으로 남자가 죽었던 집 앞에서 진수성찬을 차린 뒤 1시간이 넘도록 가만히 상 위를 바라보고만 있었는데, 어느 순간부터 세상이 떠나가도록 펑펑 울었다는 것이다. 참으로 신기했던 건, 무당을 따라 구경하던 동네 사람 중에 일부도 따라 울었다고 한다. 하지만 정작 그들은 자신들이 왜 울고 싶었는지 전혀 이해하지 못했다고.

다행히도 그 후로는 현관문을 두드리는 소리나, 동네에서 일어난 변고 소식은 듣지 못했다. 하지만 이따금 집 밖을 오갈 때 몇몇 집 앞에 정갈하게 놓여 있는 음식들을 보며 알 수 없는 두려움에 휩싸이곤 했다.

쉬는 시간

물건에 귀신이 깃든다는 것은 동서양을 막론하고 이미 오래전부터 전해져 오던 말이었습니다. 살아생전 물건을 애착하던 사람의 영혼이 물건에 스며들어 강한 집착을 나타낸다는 것이죠. 무서운 이야기나 공포 영화에서 인형, 옷, 심지어 장롱에도 귀신이 씌어 그 물건의 새로운 주인을 괴롭히는 내용을 쉽게 볼 수 있습니다. 그래서 절대로 남의 물건을 함부로 가져와서도 안 되고, 버려진 물건을 집에 들여서도 안 된다는 속설이 있기까지 하죠. 특히나 중고 거래가 만연한 요즘 시대에는 누군가의 물건을 가져온다는 행동은 더욱더 조심해야 한다는 점을 명심하기를 바랍니다.

3교시 — 중고 물건

나에게는 다시는 떠올리기도 싫은 사건이 있다. 길을 걸을 때도 의자만 보면 팔뚝에 소름이 올라오고 오금이 저리는 그 사건.

나는 지방에서 서울로 대학 진학을 해서 갓 스무 살이 되었을 때부터 자취를 시작해야만 했다. 부끄럽게도 수업도 제대로 듣지 않고 노는 바람에 기숙사는 단 한 번도 들어가지 못했고, 싼 자취방을 전전해야 하는 처지였다. 처음 자취를 시작했을 때만 해도 뭣도 모르는 신입생에 불과했기 때문에 그때그때 필요한 물품들을 구해서 방을 채워 나갔고 대학교 2학년 1학기를 마치고 군 복무에 들어가며 자연스레 집을 정리하게 되었다.

말년 병장이 되었을 때 슬슬 복학을 준비하며 자취방에 대해 다시금 생각해야 했다. 이때는 처음과 달리 어떤 구조의 집을 구할지, 집을 어떻게 꾸밀지 나름대로 깊게 고민했다. 이제는 술을 멀리하고 학점을 챙겨야 한다는 중압감이 생기며 방을 단지 먹고 자는 곳으로 인식하지 않게 된 것이다. 그렇기에 매일매일 활기찬 삶을 이어갈 수 있는 나만의 인테리어가 필요하다고 생각했다.

물론, 가진 것 없는 나로서는 월세를 최대한 낮추고 나머지 가용 금

액에서 최대한의 효율을 뽑자는 것이 목표였다. 그래서 택한 것이 무료 나눔이었다. 쓸 만한 물건들을 별도 비용 없이 필요한 사람들에게 나눠주는 무료나눔은 나에게는 너무나도 좋은 기회였다. 부동산 계약을 하고서부터 한 시간에도 몇 번이나 애플리케이션을 켜서 근처에서 무료로 나눠주는 물건이 있는지 찾아봤고 각고의 노력 끝에 혼자 넉넉하게 식사할 수 있는 간이 테이블, 노트북을 올려둘 수 있는 책상, 심지어 유통기한이 얼마 안 남은 음식까지 얻을 수 있었다. 얼마나 짜릿한지 이렇게 돈 한 푼 쓰지 않고 살 수도 있겠다는 자신감이 생기기도 했다.

복학하고 나서 나름 학교생활에 진심을 다했다. 1학년 때 낮은 점수를 받은 강의는 재수강하여 성적을 올렸고, 나머지 학과 수업도 동시에 집중하며 꽤 만족스러운 성적을 얻기도 했다. 이와 함께 훗날 취직에 도움이 될 수 있을 대외활동들까지 참여하며 하루하루 뿌듯한 삶을 이어가고 있었다.

하지만 너무 앞으로만 달리면 지치는 법. 쉴 새 없는 대학 생활은 점점 권태로워졌고, 그런 내가 곧 무너질 수 있겠다는 것은 내가 제일 잘 알았다. 이맘때쯤 새롭게 갖게 된 취미는 미국 드라마를 시청하는 것이었다. 영어 공부와 동시에 아무 생각 없이 시간을 때울 수 있고 비용도 들지 않는 최고의 취미 생활이었다. 그리고 내가 즐겨보던 드라마에서 괜한 마음을 동하게 하는 물건이 등장했다. 바로 의자였다. 주황색으로 칠해 고풍스러우면서도 세련된 의자가 주인공이 사는 집 거실에 놓여 있었고, 그걸 보며 나도 저런 의자 하나 가져다 두고 싶다는 욕심이 생겼다. 아니, 의자가 꼭 실용적이지 않더라도 디자인 용도로도 충분히 제값을 한다는 것을 이때 처음 깨달은 것이다.

 욕심이 생김과 동시에 곧장 애플리케이션을 열어 의자를 검색하기 시작했다. 단색으로 입혀진 예쁜 의자를 찾기 위해 나의 위치를 바꿔가며 고군분투를 하자 눈에 들어오는 의자들이 생겼다. 드라마에 나오는 것과 완벽히 똑같은 의자는 없었지만 그래도 내 마음에 쏙 드는 의자들을 나열할 수 있었고, 가격을 저울질하기 시작했다. 큰 부담이 되지 않으면서도 충분히 삶의 질을 올릴 수 있는 가격대의 의자를 고민하는 와중에 불현듯 다른 의자가 불쑥 눈에 들어왔다.

 단색이 아니고 알록달록하긴 했지만 무려 무료로 나누어주는 의자였고, 돈이 들지 않는다는 가장 큰 장점이 슬슬 내 이성을 움직이기 시작했다. 비록 디자인은 다른 의자들에 비해 마음에 들지 않더라도 무료라는 점이 충분히 스스로 이 의자가 예쁘다고 합리화할 수 있을 만큼 컸다. 고민할 틈도 없이 곧바로 판매자에게 메시지를 남겼다.

 - 안녕하세요, 무료 나눔 의자 보고 연락 드립니다. 혹시 나눔 완료되었을까요?

 메시지를 보낸 지 채 5분이 되지 않아 판매자에게서 답장이 왔다.

 - 안녕하세요, 아직 의자 나눔 안 되었습니다. 혹시 필요하시다면 다음주 화요일까지 저희 동네로 와주실 수 있나요?

 - 네! 가능합니다. 혹시 실례가 안 된다면, 의자에 특별한 하자가 있을지 여쭤봐도 될까요?

 - 특별한 하자는 없고요. 제가 급하게 이사를 하게 되면서 빠르게 처분하기 위해 나누는 의자입니다.

나에게는 더할 나위 없이 좋은 조건이었다. 빠르게 의자를 수령할 장소와 일정을 조율했고, 들뜬 마음을 감추지 못하며 그날을 마무리했다.

약속한 날이 되어 장소로 나가보니 멀리서 봐도 한눈에 내 것이 확실한 의자를 들고 있는 남자를 만날 수 있었다. 나는 기쁜 마음에 한 달음에 달려 남자에게 다가갔고 남자는 그런 내 모습을 바라보고 있었다.

"안녕하세요! 저 무료 나눔 받으러 온 사람입니다. 이게 그 의자인가요?"

"네. 맞습니다. 이 의자이고 지금 바로 가져가시면 됩니다."

굉장히 기쁜 표정의 나와는 달리 남자에게서 풍겨오는 기운은 확실히 우중충하고 이상했다. 마치 무척이나 피곤한 것처럼 얼굴은 초췌했고 심지어 의자를 들고 넘겨주는 와중에도 손이 덜덜 떨릴 정도로 힘이 없었다. 사실 그건 크게 상관없었다. 나는 원래 목적대로 의자만 받아서 집으로 돌아가면 되니까.

"역시 사진으로 보던 것처럼 예쁘네요! 감사합니다."

"부디 잘 쓰시기를 바라겠습니다."

말을 끝낸 남자는 그대로 뒤로 돌아 가버렸고, 뭐 이렇게 싱거운 사람이 있나 싶은 생각에 한동안 남자의 뒷모습을 쳐다봤다. 뭐랄까. 공짜로 주기 싫은 마음을 티 내는 것은 아닌데, 엄청 피곤해서 그런지 생기조차 없는 그의 행동에 당황스러움을 감출 수 없었다. 뭔가 내가 가져가서는 안 될 것을 가져가는 듯한 약간의 죄책감이 들기도 했다. 하지만 이미 무료 나눔 받기로 약속했고, 이미 내 손에 들려 있었기 때문에 더 이상의 추측은 의미가 없었다.

　나는 곧장 집으로 의자를 가져와 어디에 놓으면 적절할지를 탐색했다. 그래 봤자 방 하나에 작은 거실이 합쳐진 좁은 공간이었지만 그 안에서 어디에 두어야 할지 고민이 끊이질 않았다. 화장실 앞부터 시작해 현관문 근처, 거실 한편에 직접 의자를 가져다놨고 그중 가장 마음에 드는 거실 끄트머리에 의자를 두고 나서야 기쁜 한숨을 몰아쉴 수 있었다. 역시나 내가 예상했던 것만큼 의자는 이 집과 어울렸다. 꼭 드라마에 나오는 것처럼 집 전체 분위기를 만들어내고 있을 정도로 안성맞춤이었다. 자기 전까지도 곁눈질로 의자를 바라보며 근래 내가 했던 일 중에 가장 잘한 행동임을 자부했다.

　며칠 뒤, 기말고사가 끝나고 학과 학생들이 모여 종강 파티를 하는 날이었다. 예전만큼 술을 자주 마시지는 않았지만, 이날만큼은 그간 고생한 나를 생각해서라도 코가 삐뚤어질 정도로 술을 마시겠노라 다짐했다. 결국, 새벽 2시가 다 됐을 때 몸을 휘청거리며 집에 도착해 그 목적을 달성하는 데 성공했다. 내일 아침은 일찍 일어날 이유도 없고, 그저 몸을 누이고 열심히 코를 골면 되었다. 집에 들어서자 역시나 마음에 쏙 드는 의자가 가장 먼저 나를 반겼고, 나는 언제 잤는지도 모를 정도로 빠르게 잠에 빠져들었다.

　시간이 얼마간 흐른 뒤, 이상한 소리에 눈이 떠졌다.

'끼익, 끼익.'

내가 수도꼭지를 안 잠갔나? 마치 수도꼭지에서 물이 새어나오는 것처럼 약한 쇳소리 같은 게 들리고 있었다. 몸을 일으켜서 소리의 근원지를 찾으려고 해도 몸은 쉽사리 움직이지 않았고, 술에 떡이 되었는지 눈앞이 침침해 주변이 제대로 보이지도 않았다. 그런데도 여전히 이상한 소리는 집 안에서 들려왔다.

'끼이익…'

그 순간 소리는 그대로 멈춰버리고 더 이상 들리지 않았다. 정신이 혼미한 상태에서도 소리가 멈췄음을 깨달은 나는 취기를 이기지 못하고 다시 눈을 감아버렸다. 그러고 나서 아침에 눈을 떴을 때는 숙취 때문에 새벽에 있었던 작은 이벤트는 금세 잊어버리고 말았다.

아침에 일어나 간단히 라면으로 해장을 마치고 서둘러 아르바이트 출근 준비를 시작했다. 비록 학교 수업은 끝났지만 삶을 영위하기 위한 아르바이트는 멈출 수 없음을 한탄하며 지친 몸을 이끌고 집에서 나갈 채비를 끝마치고 있었다. 침대에 걸터앉아 머리에 왁스를 바르고 있자니 불현듯 괴리감이 느껴졌다. 주변시로 봤을 때 분명 평소와 달라진 무언가가 온몸을 통해 전해져 왔다. 머리 손질을 마무리하고 주변을 둘러봤을 때 의자가 평소와 다른 위치에 있음을 깨달았다. 아니, 정확히는 완전히 다른 위치로 의자가 이동한 것이 아니라 원래 있던 장소에서 몇 cm 정도 옆으로 이동해 있었다.

아직 술이 안 깨서 이상하게 느껴졌을지도 모른다. 하지만 의자는 분명 인테리어 소품이었기 때문에 집 밖을 오갈 때 혹시나 의자를 칠 수도 있다는 생각에 그 근처에도 가지 않았다. 그런데도 의자는 살짝 오른쪽으로 움직여 있었고, 나는 그 이유를 도무지 찾아낼 수 없었다.

'내가 어제 들어오면서 슬쩍 의자를 밀었나?'

안 그래도 서둘러야 하는 상황에 괜한 생각을 했다고 판단한 나는 빠르게 짐을 챙겨 집을 나섰다. 패밀리 레스토랑에서 마감 시간까지 아르바이트를 하다가 마무리 작업을 하고 집에 돌아오니 시계는 오후 11시를 가리키고 있었다. 냉장고에 넣어두었던 먹다 남은 치킨을 다시 데워서, 들어오기 전에 산 맥주와 함께 먹으며 드라마를 시청했는데 전날 과음한 탓인지 평소보다 일찍 잠이 들었다.

그런데 또다시 집 안에서 들려오는 이상한 소리에 눈이 떠졌다. 뭐라 형언할 수 없는 소리는 전날과 똑같이 거실 전체에 희미하게 울리고 있었고, 눈을 뜬 나는 그 소리에 점점 집중하기 시작했다. 처음에는 그 소리를 무시하고 다시 자려고 했지만, 점차 소리가 신경에 거슬리기 시작하며 결국 불을 켜고 소리가 나는 곳을 찾기에 이르렀다. 하지만 기껏 일어나 불을 켰을 때 언제 그랬냐는 듯 소리는 멎어버렸고 혹시나 하는 마음에 온 거실과 방을 살폈지만, 끝끝내 소리의 원인은 찾지 못했다.

'옆집에서 나는 소리일까? 윗집에서 들리는 소리일까?'

별의별 생각을 다 했지만 명확한 해답은 찾을 수 없었고 고민하던 와중에 잠이 들었다.

그러다가 나는 꿈을 꾸었다. 꿈속에서 나는 내 방 책상에 앉아 노트

북으로 과제를 하고 있었다. 꿈을 꾸면 이게 현실인지 꿈인지 구분을 잘 못하는 편인데, 꿈속에서 열심히 과제를 하고 있다가 문득 옆을 돌아봤는데 웬 남자가 있었다. 생전 처음 보는 남자로 나보다 훨씬 나이가 많은 중년이었고, 신발을 신은 채로 내 집 거실에서 이리저리 움직이고 있었다.

"아저씨, 누구세요? 누구신데 남의 집에 함부로 들어오세요? 아저씨! 지금 신발 신고 들어오셔서 뭐 하냐고요?"

꿈속에서 열심히 고함을 쳤지만 남자는 내 말은 귓등으로도 듣지 않았고, 계속해서 거실 이곳저곳을 돌아다니며 내 심기를 거슬렀다. 참다못한 나는 아예 집 밖으로 끌어낼 요량으로 자리를 박차고 일어나 남자를 향해 다가갔는데 그 순간 남자는 빠르게 몸을 내 쪽으로 틀고 그대로 달려왔다. 남자는 내 목을 움켜잡고는 죽일 듯한 눈빛으로 나를 노려보며 말했다.

"어디 있어? 내 거 어디 있냐고!! 어디 있어!"

나는 너무 당황한 나머지 대답하기는커녕 계속해서 남자에 의해 몸 전체가 흔들리고 있었다. 흡사 길거리 싸움을 하는 것처럼 남자는 내 목을 조르며 계속 어디 있냐고 물었고 나는 변변한 저항 한번 하지 못하고 겁에 질린 채로 그 모습을 보고만 있었다.

"어디 있어!? 내 거 어디 있냐고!! 어디 있어!!!"

꿈속에서 나는 내가 하고 싶은 말을 한 마디도 하지 못하고 깨어났다. 일어났을 때는 등줄기를 타고 식은땀이 흐르고 있었다.

'방금 꿈 뭐지. 갑자기 뭔 남자가···.'

한동안 꿈인지 생시인지 구분하지 못하다가 고요한 어둠이 내린 거실을 보고 평소와 다를 바 없음을 깨달았다.

'내가 요새 너무 스트레스를 받는 건가. 평소 꾸지도 않던 꿈을 꾸네.'

아무런 맥락도 없는 기이한 꿈을 꾸고 한참을 뒤척이다 겨우 잠이 들 수 있었다. 다음 날이 되었을 때 괜스레 보신이 필요하다는 생각에 저녁에 삼계탕집을 찾긴 했지만 몸에 큰 변화가 있어서 그랬을 것이라는 추측에 무게를 두지는 않았다.

그저 허무맹랑한 꿈에 불과하다고 생각하다가 며칠 뒤 평소처럼 아르바이트를 끝내고 집에 돌아와 간단하게 간식을 먹고 하루를 마무리하고 잠을 청하고 있었다. 슬슬 잠이 들려는 찰나, 얼핏 선잠이 들었을 때 내 시야에 사람이 보였다. 침대에 누워 잠시 눈을 떴을 때 거실에 있는 의자에 사람이 앉아 있었다. 불이 꺼져 있었기 때문에 확실히 보이지는 않았지만 분명 누군가 의자에 앉아 있었고, 깜짝 놀라 반사적으로 몸을 일으켜 그쪽을 쳐다보니 눈 깜짝할 새 사람 형상은 사라지고 없었다. 너무 당황한 나머지 숨이 가빠지기 시작했고 대체 왜 저기에 사람이 앉아 있었는지 생각해야만 했다. 하다못해 사람이라고 착각할 만한 요소가 있었는지 살폈으나 의자 위에는 아무것도 없었을뿐더러 주변에도 다른 물건들은 없었다.

'요새 왜 자꾸 이러는 거지? 자꾸 생각하니까 오히려 이상한 게 보이는 걸까?'

당최 이유를 알 수 없는 기이한 일들이 반복되자 나는 스스로를 의심하기에 이르렀다. 그러나 그게 귀신 때문이라는 생각은 추호도 하지 못했고, 그저 내가 요새 자꾸 헛것을 보고 기이한 꿈을 꾸다 보니 자꾸 그런 일이 벌어지는 것이라는 결론을 냈다.

또 며칠이 지나 본가에서 어머니가 올라오셨다. 서울 병원에서 건강검진을 받아야 했는데 아들놈이 잘살고 있는지 확인도 할 겸 집을 찾아오신 것이다. 종종 본가에 내려가긴 했지만, 서울에서 어머니와 오붓하게 저녁도 먹고 차도 마시니 확실히 기분이 좋았다. 어머니는 밥을 먹는 내내 언제 내 아들이 이렇게 장성해서 서울에 혼자 살고 있냐고 대견해 하셨다. 자식 된 도리로 좋은 호텔에 어머니를 모시고 싶었지만, 아르바이트를 하며 근근이 살던 나에게는 쉽지 않은 일이었다. 어머니도 하루 자는 건데 굳이 다른 곳 갈 필요가 있냐며 자취방에서 같이 자자고 말씀하셨다.

비록 좁은 방이었지만 오랜만에 어머니와 함께 잠을 자니 감회가 새로웠고, 극구 거절하시던 어머니를 침대에 올려드리고 나는 바닥에 이불을 펴고 잠을 청했다. 이날은 아무런 불편함 없이 아니, 오히려 굉장히 오랜만에 푹 잠을 잘 수 있었다. 눈을 비비며 일어나 옆에 있던 핸드폰을 켜서 시간을 확인하고 어머니를 터미널까지 모셔다 드릴 생각을 하고 있는데 문득 거실에 서 있는 어머니를 발견했다.

"엄마, 벌써 일어났어? 잘 잤어?"

찌뿌둥한 몸을 길게 늘어트리며 말을 건넸지만, 엄마는 대답이 없었다.

"엄마, 거기서 뭐 해? 아침 뭐 먹을까? 시켜 먹을까?"

"해원아, 이거 어디서 났어?"

"응? 뭘 어디서 나?"

"이 의자 말이야, 이거 어디서 났어?"

"아 그거? 한 달 전에 공짜로 받은 거야. 근데 갑자기 왜?"

"이거 당장 밖에다 버려라. 너 이거 준 사람 누구인지 알아? 아는 사람이야?"

"그게 무슨 소리야? 멀쩡한 의자를 갑자기 왜 버리라는 거야?"

"잔말 말고 이거 당장 밖에다 버려. 이거 준 놈 누구냐니까?"

"나도 모르는 사람이야. 무료로 받는 거 신청해서 받은 거야. 갑자기 왜 그래?"

분명 어렸을 때 많이 봤던 광경이었다. 어머니가 나를 엄하게 꾸중할 때 하시던 말투와 행동이었다. 어머니는 당장 의자를 밖에 버려야 한다고 몇 차례나 더 말씀하셨고, 이유를 묻는 내게 어떠한 대답도 하지 않으셨다. 다만, 지금 당장 버려야 한다고 말씀할 뿐이었다.

어머니의 성화에 못 이겨 대충 옷을 챙겨 입고 의자를 들어 밖으로 향했다. 내가 집 앞에 의자를 던져두자 어머니는 주민센터로 향했고 폐기물 스티커를 사 와 의자에 붙이셨다. 그러고는 다시 의자를 집어 들고 집에서 멀리 떨어진 곳까지 가서 의자를 버려두고 돌아오셨다. 어머니께서 이렇게까지 하시는 데에는 분명 그만한 이유가 있으리라 생각한 나는 잠자코 따를 뿐이었다. 그리고 집에 돌아온 어머니는 말씀하셨다.

"너 저거 어디서 누가 줬는지 모르겠지만 절대로 집에 들여서는 안 될 물건이다. 저 의자 때문에 내가 밤새 웬 남자한테 시달렸다. 자는 내내 누가 뛰어다니는 소리가 들려서 눈을 떠보니 거실에서 남자가 온 사방을 헤집고 뛰어다니고 있더라. 가만 보고 있으니 저 의자를 중심으로 여기저기 뛰어다니고 있더라고.

절대로 저런 거 주워오는 거 아니야. 주인이 있는 건 절대로 건드는 게 아니라고. 정 필요한 게 있으면 엄마한테 말하면 돈 줄 테니까 다시는 공짜로 가져오지 마."

어머니가 말씀하시는 내내 온몸에 소름이 돋아났다. 그 남자, 내가 그동안 봐왔던 남자를 어머니도 간밤에 보셨다는 것과 그 남자가 내가 공짜로 얻어온 의자를 따라 들어왔다는 것이 믿기지 않았다. 그 후로도 어머니는 한사코 중고 물건을 집에 들이지 말라고 하셨고 본가로 돌아가시고 나서도 몇 차례 전화로 주의할 점을 일러주셨다. 비록 의자를 밖에 버려두고 왔음에도 이날 저녁은 도저히 혼자 잘 용기가 나지 않아 친한 친구들을 불러 함께 잠을 잤다. 다행히 더는 남자가 나타나거나 이상한 소리가 들리지는 않았다.

아주 가끔 그때 기억이 떠오를 때가 있다. 특히 길거리에 버려진 의자를 볼 때. 만약 내가 그때 의자를 버리지 않았고, 남자의 정체를 알지 못했더라면 과연 어떤 끔찍한 일이 더 벌어졌을까?

쉬는 시간

사람이 죽으면 이승을 넘어 저승으로 떠난다고 합니다. 하지만 망자가 섭리를 거슬러 이승에 남아 있다면 우리가 아는 귀신이 되는 것이겠죠. 망자가 구천을 떠도는 데는 이승에서 못다 해소한 한이 남아 있거나, 죽어서도 떠날 수 없을 정도로 억울한 이유가 있을 겁니다. 이를 원한귀(怨恨鬼)라 일컫는데, 원한귀는 일반적인 귀신과 달리 단순한 공포심을 유발하는 것이 아닌 사람을 해한다는 점에서 특히 위험한 존재입니다. 귀신이 되어서도 앙심이 그대로 남아 산 사람을 괴롭히고, 퇴마 방법도 쉽지 않다고 전해집니다.

4교시 — 원한귀

어렸을 때 나는 유독 몸이 허약했다. 하루에 한 끼를 겨우 먹을 정도로 식성이 좋지 못했고 이 때문에 또래 아이들에 비해 왜소한 체구를 지녔다. 감기도 자주 걸렸고 볼거리부터 시작해 남들은 쉽게 걸리지 않는 잔병치레를 하며 병을 몸에 달고 살았다. 허약한 내 체질 때문에 부모님을 비롯해 조부모님도 매번 나의 안부를 물으시곤 했다. 특히, 할머니께서는 붕어즙, 배즙, 녹용까지 몸에 좋다고 하는 한약들을 사 먹이며 당신 손자의 건강에 온 힘을 다 쏟으셨다.

이렇듯 각고의 노력에도 불구하고 내 상태는 좋아지지 않았고, 심지어 초등학교에 입학할 때쯤 몸무게가 20kg도 채 되지 않는 말 그대로 가죽만 남은 상태가 유지되었다. 몸이 허약하니 보통 사람들과 다른 경험을 하기도 했다. 감기에 걸려 누워 몸져누워 있을 때면 어머니께서 사 오신 약을 먹고 난동을 피운 적도 있다. 분명 내 방에는 나 혼자 누워 있어야 하는데 온갖 사람들이 나를 내려다보고 있었고, 그들은 하나같이 나에게 말을 걸었다. 그 모습이 무서워 비명을 지르고 있으면 어머니는 나를 부둥켜안고 괜찮다고 연신 말씀하시며 눈물을 흘리시기도 했나. 온갖 병원을 다녀도 체질이 바뀌지도 않았고 차도가 없었기 때문에 그저 매일 울며 밥을 욱여넣는 생활만 이어오고 있었다.

그러던 어느 날, 벌써 십수 년이 지난 일이지만 지금도 생생하게 기억하는 사건이 발생했다. 언젠가 학교가 끝마칠 무렵 홀로 화장실에서 큰일을 보다가 통학버스를 놓친 적이 있다. 지금으로서는 조금 기이하지만, 당시 유괴 사건이 종종 발생했던 시절이라 학부모들이 삼삼오오 돈을 모아 통학버스를 운영했다. 그날은 내가 버스에 안 탔다는 것을 기사님이나 선생님이 알아채지 못한 것이다. 화장실에서 나와 버스를 타러 갔지만, 버스는 이미 떠났고 나는 다시 돌아가 선생님에게 이 사실을 알렸다. 당황한 선생님은 급하게 기사님에게 전화를 걸었고 나는 쓸쓸히 교무실에 앉아 버스를 기다리고 있었다.

맞벌이 자녀를 위한 방과 후 수업도 운영했기 때문에 선생님은 나를 혼자 내버려두고 가버렸고, 하염없이 차를 기다리던 나는 자리를 박차고 유치원을 나섰다. 어머니와 몇 번이고 오갔던 길이었기 때문에 혼자 집을 찾아가는 것은 그리 어렵게 느껴지지 않았다. 대로변에서는 항상 차를 조심하라고 했던 부모님 말씀이 떠올라 조심스럽게 주변을 살피며 가고 있는데, 문득 고개를 돌려보니 저 멀리서 웬 여자가 서서 나를 보고 있었다. 정확히는 바로 맞은편 인도에 여자가 서서는 나를 빤히 보고 있었고, 아무런 생각이 없던 나는 그냥 예쁜 누나인가 생각하고 가던 발걸음에 집중했다.

어느덧 집 앞 골목이 보이기 시작했고 나는 사거리에서 신호가 바뀌기를 기다리며 횡단보도에 멈춰 섰다. 언제쯤 초록 신호등으로 바뀌는지 홀로 생각하고 있을 때, 옆을 돌아보니 아까 반대편에 서 있던 여자가 내 옆에 있는 걸 발견했다. 여자는 나보다 한참은 키가 컸으며 나를 내려다보며 활짝 웃고 있었다. 여자의 웃는 모습에 기분이 좋아져서 나도 방긋 웃으며 배꼽 인사를 건넸고, 신호등이 바뀌었다는 안내음에 따라 한달음에 횡단보도를 건넜다. 혹시나 예쁜 누나는 잘 건넜나 싶어 뒤를 돌아봤는데 그 짧은 사이 여자는 사라졌고, 주변을 둘러봐도 방금 봤던 여자는 보이지 않았다.

대체 어디로 갔을까 생각이 들기도 했지만 당장은 집에 가는 것이 우선이었기 때문에 발걸음을 재촉했고 이내 집에 도착해 현관문 초인종을 눌렀다. 당시 우리 집은 단독주택에 살고 있었고 3층 계단을 빠르게 올라 집 안으로 들어갔다. 이미 선생님과 어머니가 전화통화를 했는지 깜짝 놀란 어머니는 나에게 어떻게 왔냐고 물었고, 혼이 조금 나긴 했지만 씩씩했다는 칭찬도 들으며 그날 일은 잘 마무리되었다.

다음 날 아침이 되자 학교에 갈 준비를 마치고 밥 먹으라는 어머니의 말에 거실로 향했다. 먹고 싶지도 않은 밥을 억지로 입에 밀어 넣고 있는데 거실 창문 밖에 웬 여자가 서 있었다. 황당하면서도 당황스러워서 그 모습을 보고 있으니 여자는 지긋이 미소를 보이며 나를 쳐다봤고 그 순간 저 사람이 어제 내가 봤던 그 여자라는 것을 대번에 깨달았다. 이와 동시에 어머니에게 말했다.

"엄마! 저 누나 어제 집에 오는 길에 봤어. 내가 어제 말한 그 누나 말이야."

어머니는 내가 가리킨 곳을 쳐다봤고 금세 다시 내 쪽을 보며 이해가 안 간다는 듯한 표정을 지었다. 여전히 나를 보고 있는 여자를 향해 손가락으로 가리키며 연신 어제 봤던 누나가 저기 있다고 소리를 쳤는데 오히려 어머니는 그런 나를 걱정스러운 눈빛으로 보셨다. 그리고는 내 옆으로 다가와 말씀하셨다.

"저기 무슨 사람이 있다는 거니? 여기 3층이고 저긴 밖이잖아."

그 말을 듣는 순간 그대로 얼음이 되어버렸다. 어머니의 말처럼 분명 여긴 3층이고, 당연하게도 창밖에는 사람이 서 있을 수 없다. 이 생각을 했음에도 여전히 창밖에는 여자가 서 있었고 방금 전처럼 똑같이 환한 웃음을 지으며 나를 보고 있었다.

순간적으로 공포심이 든 나는 그대로 내 방으로 뛰어들어 어머니에게 저 여자 뭐냐고, 왜 저기에 서 있는 거냐고 울며불며 난리를 피웠고, 당황한 어머니는 어찌할 바를 몰라 괜찮다고만 말하며 나를 달래시기 위해 애썼다. 울고 있는 순간에도 혹시나 저 여자가 집으로 들어오면 어떻게 하나, 어떻게 도망쳐야 하나라고 생각했다. 몇 번이고 그 창문과 내 방을 오가던 어머니는 이제 괜찮다고 말씀하시며 나를 달랬고 결국 이날은 학교에 가지 못하고 집에만 머물러야 했다.

이날은 아예 내 방에서 나오지도 못하고 당연히 거실 쪽 창문은 쳐다보지도 않았다. 혹시나 아직도 그 여자가 창밖에 서 있을 거라는 생각에 어린 나이였음에도 도무지 방 밖으로 나갈 마음이 들지 않았다. 늦은 저녁, 퇴근하고 집에 돌아오신 아버지도 어머니가 해주신 내 이야기를 들으셨고 그날 밤은 나와 같이 주무셨다.

다음 날이 되자 한결 마음이 진정되었는데 화장실을 가겠다고 엉겁결에 방 밖으로 나왔을 때, 불현듯 거실 창문을 보니 그곳에는 아무도 없었다. 그 모습을 본 어머니는 "봐봐, 이제 없지? 괜찮아"라며 웃으셨다.

멋쩍게 화장실로 들어간 나는 빠르게 볼일을 보고 학교 갈 준비를 마치고 난 뒤에 아침을 먹고 빠르게 학교로 향했다. 친구들과 함께 있다 보니 언제 그랬냐는 듯 열심히 뛰어놀았고 하교 시간이 되어 통학버스를 타고 집으로 돌아오게 되었다. 그리고 당시 한창 유행이었던 방문 학습을 기다리고 있었는데 이날따라 유독 선생님의 방문이 늦어졌다.

숙제를 미리 다 하고 의기양양하게 선생님을 기다리고 있었는데 초인종 소리가 들리지 않는 게 무척이나 아쉬웠다. 나는 혹시나 초인종이 고장 나서 소리가 들리지 않나 싶어 현관문을 열고 밖으로 나가 선생님을 기다리기로 했다. 현관문을 열고 대문을 내려다보며 기다리고 있는데 누군가 대문 앞으로 다가왔다. 선생님이 도착했나 싶어서 집 안으로 다시 들어가 문 열림 버튼을 눌러 선생님이 들어오기를 기다렸다. 그런데 현관문이 열리는 소리가 들렸음에도 선생님은 문을 열지 않았다. 현관문 틈새로 분명 사람이 보이는데 전혀 움직이지 않았고, 나는 답답한 마음에 문 열렸다고 소리를 질렀다.

그 순간, 대문이 천천히 열리기 시작했고 문 앞에 서 있던 사람의 얼굴이 보이기 시작했다. 나는 문 앞에 서 있던 사람이 선생님이 아닌 그 여자라는 것을 깨달았다. 내가 너무 놀란 나머지 옴짝달싹 못하고 서 있으니 여자는 서서히 움직이기 시작했다. 여자는 나를 빤히 쳐다보며 천천히 계단을 올랐고 2층에 도착할 때쯤 그대로 몸을 웅크렸다. 그러고는 두 손으로 계단을 짚고 빠른 속도로 기어 올라와 순식간에 내 앞에 멈춰 섰다. 아니, 멈춰 선 게 아니라 그대로 나한테 돌진했고 내 바로 앞에 도착했을 땐 마치 방전되듯이 그대로 뒤로 쓰러졌다.

다시 눈을 떴을 때 나는 내 방 침대에 누워 있었다. 곁에는 어머니와 아버지가 계셨고 내 머리에는 붕대 같은 게 감겨 있었다. 여자가 기어 올라온 순간 그대로 뒤로 넘어져 뒤통수가 땅에 부딪혔는데 머리가 아픈 와중에도 이 사실을 전부 부모님께 말씀드렸다. 이미 어머니는 한 차례 울음을 터트리셨는지 눈가가 부어 있었고, 아버지 또한 걱정스러운 눈빛으로 내 이야기를 듣고 계셨다. 하지만 부모님 모두 마땅한 방법을 찾지 못했고 그저 평소처럼 괜찮아질 거라고, 너무 걱정하지 말라는 말만 반복하실 뿐이었다.

하지만 이날부터 나는 악몽과도 같은 날들을 마주하게 됐다. 나는 어린 나이였음에도 알고 있었다. 이 여자가 산 사람이 아니라는 것을. 여자는 밤낮을 가리지 않고 내 앞에 나타났고 심지어 꿈에서까지 나를 찾아와 괴롭혔다. 문제는 그럴 때마다 나는 눈을 피하며 여자를 못 본 척하거나 꿈에서 밤새도록 도망칠 뿐 여자가 무엇을 원하는지 알 수 없었다. 아니, 그 이유를 알고 싶지도 않았다.

여자가 내게 달려들었던 다음 날 교실에 앉아 있을 때 복도 창문에 그 여자가 서 있었다. 입꼬리는 찢어질 듯 올라가 있었고 눈 하나 깜빡이지 않고 그저 창문에 서서 나를 보고 있었다. 학교가 끝날 때까지 같은 자리에서 미동도 하지 않던 여자는 내가 친구들 사이에 섞여서 집에 가면 나를 쫓아왔다. 통학버스에 올라 자동차가 달리는 와중에 창밖을 보면 어디든 여자가 서 있었고, 버스에서 내린 후 아무리 빠르게 집까지 쫓아가도 여자는 일정 간격을 두고 내 근처에 있었다. 마치 겁에 질린 내 모습이 재밌기라도 한 듯 기괴한 웃음은 유지하고 있었다.

오히려 집에 있는 것이 더 무서웠다. 여자는 집 안으로 들어오지 않았고 창문 밖에서 나를 쳐다보고 있었다. 그리고 내가 잠이 들면 악몽으로 찾아오곤 했다. 아무리 달려도, 죽어라 도망쳐도 여자에게서 벗어날 수 없는 악몽이 끝없이 이어졌고 곁에서 자고 있던 어머니가 나를 깨우고 나서야 겨우 꿈에서 깨어날 수 있었다. 지쳐 쓰러지듯 다시 잠들면 다시 악몽이 이어졌고, 오히려 잠에서 깼을 때가 행복하게 느껴질 정도로 꿈속의 그녀는 집요하게 나를 쫓아왔다. 아슬아슬하게 잡히지 않는 긴박한 상황만 연출되는 지옥이 펼쳐졌다.

시간이 지날수록 건강이 나빠졌다. 아침에 일어나면 사리분별을 할 수 없을 정도로 진이 빠져 있었고, 그 모습을 지켜보던 부모님은 모든 일을 제쳐두고 아들놈 살리겠다는 일념 아래 온갖 방법을 찾아다니기 시작했다. 값비싼 보약을 비롯해 심지어 정신건강에 좋다는 향초까지 별의별 방법을 강구했으며 어머니께서 다니시던 교회의 목사님이 집까지 찾아와 나를 위한 기도를 올리시기도 했다. 그럼에도 여전히 내 눈에는 그 여자가 보였고 밤마다 귀신에 시달리는 일은 끊이지 않았다. 그리고 결국 부모님은 결심하셨다.

교회를 다녔던 어머니가 끝내 자신의 신념을 포기하기에 이른 것이다. 어쩌면 아들을 사랑하는 부모로서 당연할 수 있으나 자신이 믿는 종교가 아닌 무속에 기대어 해결 방법을 모색했던 것.

그날도 어김없이 여자가 달려드는 꿈에서 깨어난 나는 지친 몸을 이끌고 거실로 향했다. 그러나 어머니는 오늘 학교에 가지 않아도 된다고 말씀하셨다. 그리고 얼마 안 있자 친할머니와 처음 보는 할머니가 집으로 오셨다. 당시만 해도 나는 그분이 누구인지, 우리 집에 왜 왔는지 전혀 알아채지 못했고, 그저 할머니의 친구분이 집에 오신 거라고만 생각했다.

그분은 거실 한가운데 서서는 집 안을 천천히 둘러봤다. 어린 나에게는 그저 집 안을 구경하는 것처럼 보였지만 눈썹을 치켜 올리며 꼼꼼하게 집 안 구석구석을 살폈다. 그리고 뻘쭘하게 서 있는 나를 보고는 안쓰럽다는 듯 한참을 바라봤고 이내 나에게 다가와 말했다.

"아가, 오늘은 누군가 너에게 말을 하거든 절대로 듣지 말거라. 네 애비, 애미가 너를 부르더라도 절대로 대답을 해서는 안 되니라."

도통 알아들을 수 없는 말이었지만 분위기에 압도당한 나는 그저 고개를 끄덕일 수밖에 없었다. 곧이어 방 이곳저곳을 돌아다니며 미리 준비해오신 건지 가방에서 꺼낸 노란 부적들을 창문과 방문 위에 붙이기 시작했다. 부모님은 당황스러운 표정으로 그 모습을 지켜만 보고 있었고, 할머니께서는 그분을 도와 함께 부적을 정성껏 붙이셨다. 부적 붙이기를 끝마친 후 할머니께서는 나에게 방에 들어가 있으라고 말씀하셨고 나는 간단히 인사를 하고 방에 들어가 게임을 하며 시간을 보냈다.

얼마나 지났을까? 해가 저물기 시작하니 거실에서 서로 주고받는 대화 소리가 들렸고 이내 현관문이 닫히는 소리에 거실로 나갔다. 부모님은 나를 거실 소파에 앉히고 말씀하셨다.

"아들, 오늘 밤은 혼자 자야 해. 무섭겠지만, 엄마 말 잘 들어. 누가 부르거든 절대로 대답하면 안 돼. 엄마, 아빠는 오늘 안방에만 있을 거니까 절대로 내답하지 마."

그 말을 마지막으로 부엌에 들어간 어머니는 간단히 밥상을 차리셨고 우리 세 가족은 평범해 보이지만 부자연스러운 식사를 마쳤다. 대체 무슨 일인지, 내가 뭘 해야 하는지 알지 못하는 상황에 점차 겁이 나기 시작했다. 대체 오늘 밤, 그 여자가 어떻게 나올지, 꿈에서 어떻게 나를 쫓아올지 등 가늠할 수 없는 공포가 밀려오기 시작했다. 내 방으로 들어가는 마지막 순간까지 부모님의 바짓가랑이를 잡았지만 끝내 부모님은 나 홀로 방에 들여보냈다.

홀로 침대에 누워 있던 그 순간은 죽을 만큼 싫었다. 커튼을 쳐 창문은 가려져 있었지만 그 너머로 여자가 서 있으리라는 생각이 들었고, 심지어 내 방구석에 있던 장롱 속에 여자가 있을 수도 있다는 말도 안 되는 공포심이 들기도 했다. 그렇게 한숨도 자지 못하고 부들부들 떨고 있던 중 고요한 적막을 깨는 소리가 들려왔다.

'톡… 톡… 톡….'

누군가 조심스레 유리를 두드리는 소리가 창문을 통해 들려오고 있었다. 비가 오는 것일까? 아니면 바람이 창문을 두드리는 것일까? 이미 가득 차오른 공포심에 미세한 소리마저도 금세 공포감을 불러일으켰고 나는 이불을 뒤집어쓴 채 학교에서 배운 노래를 부르기 시작했다. 그마저도 혹여 여자에게 들릴까 속삭이듯 부르며 밖에서 들리는 모든 소리를 덮으려고 했다. 이때 집 안 어디선가 어머니의 목소리가 들렸다.

"아들, 아직 시간이 많이 남았으니까 잠깐 나와서 간식만 먹고 들어가렴."

어머니의 목소리는 저 멀리 작은 방 쪽에서 들려왔다. 하지만 나는 아무런 대답을 할 수 없었다. 나를 방에 밀어 넣기 직전까지 어머니께서 하셨던 말씀이 생각났기 때문에. 그러나 여전히 어머니의 목소리는 방 밖에서 들려왔고 점차 그 소리가 내 쪽으로 다가오고 있었다.

"아들! 빨리 나와. 아니면 간식 다 식어."

아무리 생각해봐도 어머니 목소리는 맞다. 하지만 평소 어머니의 말투, 억양이 아니었다. 그 생각에 다다르자 나는 이불을 더 세게 잡아당기며 몸을 구석으로 밀었다. 한참을 기다리니 이제는 목소리가 부엌에서 들리기 시작했고 여자가 나를 찾고 있다는 사실을 깨달았다. 제발 이대로 잠이 들기를, 더 이상 목소리가 들리지 않기를 간절히 바라며 이불 속에서 버텼다. 혹여 나를 찾아낼까 싶어 이불을 들출 수도 없었다. 어느 순간 눈을 떴을 때 내 앞에는 부모님이 계셨다.

어머니는 나를 부둥켜안고 하염없이 울었고 아버지는 내 주변을 살피며 간밤에 있었던 일을 물으셨다. 그러나 내가 들었던 목소리는 부모님에게 들리지 않았으며, 심지어 거실에서 계속 내 동태를 살피느라 한숨도 못 주무셨다고 했다. 아침에 아버지께서 할머니에게 간밤의 일을 낱낱이 전했고 몇 분 뒤 다시 걸려온 전화로 이제는 괜찮을 거라는 대답을 들을 수 있었다.

참으로 신기했다. 정말로 여자는 나타나지 않았다. 창문 밖에 서 있지도 않았고, 길에서도 마주치지 않았다. 또, 더는 헛것을 보는 일도 없었고 어느 정도 시간이 지나자 이제는 그때의 기억이 나지 않을 정도로 평온해졌다.

나중이 되어서야 들은 이야기지만 할머니께서 모셔온 그분은 신력이 높은 무당으로, 할머니께서 나를 위해 정말 어렵게 모셨다고 했다. 그분이 말씀하시기를 원한을 가진 귀신의 눈에는 허하고 약한 내가 좋은 먹잇감이라서 죽도록 나를 쫓아왔다고 했다. 원한귀는 인간성은 사라지고 오로지 원한만 남아 약한 자를 한없이 괴롭히기 때문에 퇴마가 통하지 않는다고 한다.

먹잇감을 눈앞에서 사라지게 만드는 방법 즉, 내가 귀신의 눈에 보이지 않게 하는 것으로 따돌려서 겨우 살아날 수 있었다고 한다. 그럼에도 불구하고 또다시 내가 표적이 되지 않기 위해 항상 몸에 지니고 있어야 하는 부적도 받았고 이는 지금까지도 내 지갑에 넣어두고 있다. 하지만 십수 년이 지났음에도 언젠가 발각되는 것이 아닐까 두려움에 떨며 살고 있다.

쉬는 시간

귀신이 존재하는 집, 악한 기운이 깃든 집을 흉가(凶家)라고 말합니다. 흉가는 다양한 이유로 만들어지는데 결코 산 사람이 살 수 없다는 점은 똑같습니다. 우리나라에는 나름 이름이 알려진 흉가가 있고 단순히 재미를 위해 이곳을 방문하거나 공포 체험을 하는 사람들도 많습니다. 하지만 유명한 흉가 외에도 생각보다 많은 흉가가 곳곳에 숨어 있고, 아무 생각 없이 방문했다가 화를 당하는 일도 많습니다. 흉가에 사람을 해하는 악한 원혼이 있기도 하지만 터 자체에 음기가 강해 소위 '귀신을 끌어들이는 곳'이 되기도 합니다. 즉, 흉가에 방문한다는 것은 원혼들의 소굴에 직접 들어가게 되는 것이고 자칫 그들의 먹잇감이 될 수도 있다는 말이죠. 그리고 만약 원귀의 목표물이 되었다면 흉가를 빠져나오는 것에서 끝나지 않고, 원귀를 떼어낼 때까지 시달리기도 합니다.

5교시 ──────────────── **흉가귀**

누구에게나 남들에겐 말하지 못할 경험들이 하나씩 있다. 누구에게 털어놔도 믿지 못할 이야기라서. 혹은 본인조차도 그게 정말 현실이었는지 의심스럽기 때문일 것이다. 내가 겪은 이야기도 그렇다. 벌써 5년도 넘은 일이지만, 아직도 생각날 때마다 소름이 돋는다. 내 이름은 준호. 당시엔 대학생이었고 지금은 평범한 직장인이지만 그날 이후 내 일상은 분명히 달라졌다.

대학 시절, 고등학교 친구였던 민우와 석진이가 오랜만에 연락을 해왔다. 각자 다른 지역에서 대학을 다니다 보니 자주 보지 못했지만, 방학이 되면 가끔 만나는 사이였다. 이번에도 그런 만남인가 했는데, 의외의 제안을 해왔다.

"준호야, 이번 주말 시간 되냐? 흉가 체험 갈 건데, 자리 하나 비었거든."

처음엔 장난인 줄 알았다. 흉가 체험이라니. 민우는 예전부터 공포나 괴담에 관심이 많았지만, 그걸 실제로 행동에 옮긴다는 건 또 다른 이야기였다. 하지만 민우는 사뭇 진지했고 석진이도 옆에서 같이 가자며 부추겼다. 결국 나는 모처럼의 일탈이라고 생각하고 그의 제안을 수락했다.

동행하게 된 건 민우가 활동하던 흉가 체험 동호회였다. 정말로 흉가 체험 동호회가 존재하리라 생각하지 않았지만 민우가 소개해준 링크를 타고 들어가니 동호회는 꽤 체계적이고 잘 운영되고 있는 게 느껴졌다. 나름 잘 짜인 규칙이 있었고 안전수칙도 엄격하게 지켜지는 곳이었다.

회장이라는 사람은 처음 본 날부터 진지한 태도로 여러 규칙을 설명했다. 절대 혼자 다니지 말 것, 탐방 중엔 어떤 이상이 있더라도 침착하게 행동할 것, 휴대폰은 항상 충전이 완료된 상태일 것. 단순한 유령 찾기 놀이라기엔 사뭇 진지함이 느껴졌다. 처음에는 우리만 가는 줄 알았지만, 민우의 말에 따르면 동호회 내부에서만 장소가 공유되기에 외부 사람들은 접근하기가 어려우며, 애초에 셋이서만 가기에는 다소 위험할 수 있으므로 동호회 사람들과 함께 가야만 했다.

다소 위험할 수 있다니. 처음 그 말을 들었을 때는 콧방귀를 뀌며 이 세상에 귀신이 어디 있냐고 했다. 하지만 민우는 흉가에서 기이한 일을 경험하거나, 흉가에 다녀온 뒤 귀신에게 시달리는 사례가 매우 많다며 무시하지 말라는 엄포를 놓았다. 나는 그저 사람이 버리고 간 곳일 뿐인데 굳이 무서워해야 한다는 게 시시하게 느껴질 뿐이었다.

우리가 탐방하게 될 장소는 '서우병원'이라는 이름의 폐병원이었다. 지방 소도시 외곽에 위치한 이 병원은 10여 년 전 화재로 폐쇄된 이후 관리되지 않다가, 지금은 폐건물로 남아 있었다. 병동 일부는 화재로 인해 타버렸고, 잿더미와 녹슨 장비가 그대로 남아 있다는 이야기를 들었다.

다만, 동호회가 이곳을 방문하게 된 이유가 상당히 흥미로웠다. 회장이 이곳을 알아냈는데 몇 가지 조사를 한 결과, 이곳에 방문한 사람들이 섬뜩한 체험을 했다고 한다. 병원 안에서 흐느끼는 소리를 들었거나 심지어 건물을 돌아다니다 복도 끝에서 키가 천장까지 닿을 만큼 큰 여자를 봤다는 사람도 있었다. 솔직히 처음 이 이야기를 들었을 때 그저 폐가 탐방을 하기 전에 분위기를 띄우기 위한 회장의 거짓말이라 생각했다.

탐방 당일, 해가 저물기 시작한 6시쯤 우리를 포함해 총 6명의 회원이 병원 입구에서 만났다. 아무리 폐가라고 하더라도 사유지였기 때문에 혹시 모를 일에 대비해 8시까지 차에서 대기했다. 이제 슬슬 입구로 모이라는 말에 사전에 챙겨오라고 했던 준비물을 챙겨 이동했다. 3명씩 팀을 구성해 두 팀으로 나눠 건물을 조사했는데, 나는 민우, 석진이와 한 조가 되어 3층부터 옥상까지의 노선을 맡았다.

병원 외관은 정말 섬뜩했다. 외벽엔 그을음 자국이 남아 있었고, 유리창은 반 이상 깨져 있었다. 내부는 곰팡이와 먼지로 가득했고, 침대틀, 엑스레이 기계, 깨진 유리, 방치된 환자기록들…. 하나같이 을씨년스러웠다. 굳이 귀신이 안 나와도 충분히 무섭다고 느껴질 정도로 음산함을 풍기고 있었다. 그때 회장이 무전기를 잡고 말했다.

"정호는 아직 연락 안 되지?"

동호회 내에서 가장 활발하게 활동하던 멤버 중 하나, 정호라는 남자가 당일 체험을 앞두고 갑자기 연락이 끊겼다는 것이었다. 회장은 그가 평소에도 직감이 예민해서, 가끔 특정 장소에 대해 '느낌이 안 좋다'며 빠진 적이 있다고 설명했다. 실제로 그는 평소에는 직장인 생활을 하지만 인터넷을 통해 신점을 봐주는 무속일을 부업으로 하고 있다고 한다. 나름 신력이 높아서 단골들도 많다는 이야기를 덧붙였다.

"아무리 그래도 말없이 안 나오는 건 이상하지 않냐?"

민우가 중얼거리며 말했지만, 그때만 해도 우리는 가볍게 넘겼다. 급한 일이 생겨 연락할 수 없는 단순한 개인 사정이 있을지 모른다고 생각했다.

일단 그 일은 넘겨버린 채 이내 본격적인 탐방이 시작됐다. 우리 조는 옥상과 3층을 다시 둘러보기로 했다. 지하실은 다른 조가 맡았다. 무전기를 들고 병원으로 들어섰을 때, 나는 등줄기를 타고 흐르는 식은땀을 느꼈다. 뭔가, 정말 뭔가 이상했기 때문이다. 살면서 이런 경험을 해본 적이 없었다. 이유를 알 수 없는 오한이 느껴지기 시작하면서 갑자기 온몸에 소름이 돋기도 했다.

그냥 밖으로 나가자고 하려는 찰나, 옥상에 도착했을 때, 4명이 거기 서 있었다. 여자 셋, 남자 하나. 어찌나 놀랐는지 모른다. 분명 이곳에는 우리만 있을 것이라 생각했는데 뜬금없이 다른 사람들이 눈앞에 나타났으니. 우리는 서로 인사를 나눴다. 그들도 탐방을 나왔다고 했고, 자연스럽게 대화를 이어갔다. 하지만 뭔가 이상한 점들이 보였다. 그들이 입고 있는 옷은 너무나도 말끔했고, 이 먼지투성이 속에서 마치 방금 샤워를 하고 나온 사람들처럼 얼굴도 말끔했다. 그들 하나하나의 얼굴을 모두 외우지는 못했지만 우리랑 주로 이야기했던 남자의 얼굴은 확실히 각인되었다. 훤칠한 키, 단정하게 넘긴 헤어 스타일, 그리고 왼쪽 턱 아래에 점이 있었다. 그리고 그는 말을 할 때마다 희미하게 미소를 짓고 있었다.

"이 병원, 별거 없네요. 저흰 슬슬 내려가 보려고요."

그는 그렇게 말하며 다른 쪽 계단으로 사라졌다.

1층으로 내려와 차량이 있던 곳에 도착했을 때, 다른 조와 다시 만났다. 나는 옥상에서 여자 셋, 남자 하나로 이뤄진 다른 조를 마주쳤다고 말했다. 그 순간 민우와 석진이가 동시에 나를 쳐다보며 피식 웃었다.

"사람을 봤다고? 네가 진짜 사람을 봤어?"

"…응. 왜?"

"너, 지금 무슨 말을 하는 거야? 우리 같이 있었잖아. 무슨 사람들을 만나?"

"야, 너희들 지금 나한테 장난하는 거야? 아까 4명 만난 거 말하는 거잖아."

민우와 석진이는 나를 이상한 사람처럼 쳐다봤다. 민우와 석진이는 방금 전에 옥상에서 만난 사람들을 전혀 모르는 것처럼 행동했고, 그런 그들의 모습에 적잖이 당황스러웠다. 그렇게 웃고 떠들고 했으면서 왜 모르는 척하는 것일까. 혹시 동호회 규칙 중에 다른 탐방 인원과 만났을 때 모른 척해야 하는 규칙이라도 있는 걸까. 잘 모르겠지만 한 가지 확실한 건 민우와 석진이가 정말로 사람을 만나지 않았던 것처럼, 그리고 그런 말을 하는 내가 이상한 사람처럼 행동했다.

"준호 씨, 안에서 사람들을 만났다는 거 진짜예요?"

"네, 아니 왜 이렇게 분위기가 되는지 모르겠는데요. 아까 분명 저희 3명이 옥상에서 여자 셋에 남자 하나 만났다니까요?"

"알겠어요. 무슨 말인지 알겠으니까 자세히 말해줘요."

어이가 없었지만, 회장은 사뭇 심각한 표정이었다. 나는 그들을 만난 과정부터 시작해 나누었던 대화 내용까지 자세히 말해줬다. 중간중간 민우와 석진이의 얼굴을 살폈지만 역시나 아무것도 모른다는 표정으로 나를 바라보고 있을 뿐이었다.

"준호 씨, 오늘은 일단 여기서 탐방 중단하고, 집으로 돌아가시죠. 제가 꼭 당부드리고 싶은 건, 절대 오늘은 본인 집에서 주무시지 마시고, 근처 모텔 같은 곳에서 하루라도 주무시고 집에 들어가세요."

"네? 왜 갑자기 모텔에서 잠을 자야 하나요?"

"그냥 제 말 들으세요. 아무래도 홀린 것 같으니까요."

이제는 억울하기보다 살짝 짜증과 화가 나기도 했다. 무엇보다도 같은 자리에 있었던 친구들이 밉기도 했다. 왜 나만 이상한 사람을 만드는지 이유를 알 수 없었다.

회장의 말대로 우린 탐방을 종료하고 곧장 차에 올라 집으로 향했다. 가는 내내 친구들이 괜찮냐고 물었지만, 짜증이 밀려와 집으로 돌아오는 내내 아무 말도 하지 않았다. 우리 집에 도착하기 전, 민우는 회장의 말처럼 주변 모텔에서 자고 갈 것을 권유했다. 하지만 그래야 하는 이유도 몰랐고, 그저 피곤에 지쳐 집에서 씻고 잘 생각뿐이라 괜찮다고 둘러대며 집에 들어왔다.

집에 들어와 간단히 씻고 침대에 누웠을 때 단체 메신저방에서 민우와 석진이가 나를 걱정하는 말들을 했지만 아무렇지도 않으니 그만 이야기하고 다음에 술이나 한잔하자고 말한 뒤 잠을 청했다.

그날 밤, 나는 꿈을 꿨다. 나는 우리가 다녀온 병원 옥상에 서 있었고, 달빛이 흐르고 있는 와중에 저 멀리 한 남자가 서 있었다. 내가 서 있는 곳이 어디인지 알아챘을 무렵, 나도 모르게 점차 그 남자에게 다가가고 있었다. 남자와 가까워질수록 점점 얼굴이 보이기 시작했는데 분명, 내가 아까 옥상에서 마주했던 남자의 얼굴이었다. 하지만 그는 그때와는 완전히 다른 얼굴을 하고 있었다. 눈동자는 시커멓게 번져 있었고, 입꼬리는 귀까지 찢어질 듯 벌어져 있었다. 그리고 내게 다가오며 이렇게 말했다.

"이 병원, 별거 없네요. 저는 내려가 보려고요."

말을 마치자 남자는 내 손을 붙잡고 옥상 끝자락으로 끌고 가려고 했다. 대체 왜 이러시냐고 소리를 질러도 남자는 아랑곳하지 않고 나를 끌어당겼고, 떨어지기 직전까지 왔을 때 나는 필사적으로 저항했다. 평소 입 밖으로 내지도 않을 욕을 내뱉으며 절대 가지 않겠다고 버텼고 한창 실랑이를 벌이다가 남자가 내 손을 놓으며 말했다.

"나랑 같이 가자, 딱 한 걸음이면 돼."

순간, 바닥이 꺼지며 어두운 곳으로 떨어졌다. 비명도, 소리도 없는 곳. 그리고 이내 눈이 떠지며 잠에서 깨어났다. 꿈속에서 벌어진 급박한 상황을 증명하듯 침대에는 이불과 베개가 난장판처럼 어지럽혀 있었고, 꿈에서 깨어나고도 생생하게 떠오른 기억에 한참 허공을 보고만 있었다. 어느 정도 진정이 되고 핸드폰을 확인해보니 시간은 새벽 3시를 가리키고 있었고, 당장 내일 출근을 앞두고 있다 보니 다시금 잠을 청해야만 했다. 그리고 또다시 꿈을 꾸었다.

처음엔 어두운 병실이었다. 조명이 꺼진 채, 병상에는 아무도 없었다. 어딘지 모를 불안함이 들었고, 나는 천천히 걸음을 옮겨 병실 문을 열었다. 복도와 벽은 낡고 칠이 벗겨졌으며, 형광등은 깜빡이고 있었다. 이상한 건, 내가 걷는 방향으로만 조명이 따라왔다. 뒤를 돌아보니 칠흑 같은 어둠이 나를 따라오고 있었다.

복도 끝에 엘리베이터가 있었다. 낡고, 녹슨 철문. '지하 3층'이라 적힌 버튼만 희미하게 붉게 빛나고 있었다. 나는 그 버튼을 누르지 않았는데도 문이 '덜컥' 하고 열렸다.

안에는 아무도 없었다. 하지만 들어가야 한다는 느낌이 들었다. 발이 제멋대로 움직였고, 나는 엘리베이터 안에 들어갔다. 문이 닫히자, 아무 버튼도 누르지 않았는데 엘리베이터가 진동하며 아래로 내려가기 시작했다.

'덜컥, 덜컥…'

벽에 붙은 거울에는 나 혼자 서 있었다. 그런데, 뒤에서 누가 날 쳐다보고 있었다. 눈을 돌렸을 땐 아무도 없었지만, 거울 안에선 분명히 누군가가 내 바로 뒤에 서 있었다. 눈이 까맣고, 입은 찢어질 듯 웃고 있는 남자. 턱 밑의 점.

"이 병원, 별거 없네요. 저는 내려가 보려고요."

그의 입이 움직였지만, 말은 내 머릿속에서 울렸다. 나는 비명을 지르려 했지만, 목소리가 나오지 않았다. 몸도 움직이지 않았다. 엘리베이터가 멈추고 문이 열렸다. 앞은 텅 빈 병원 지하 복도였다. 물이 고여 있고, 천장에는 형광등이 부서져 덜렁거리고 있었다.

그는 내 어깨에 손을 얹었고, 얼음같이 차가운 손이 느껴졌다. 나는 억지로 몸을 돌려 그를 밀쳐내려 했지만, 그는 꿈속에서도 너무 선명했고, 너무 생생했다.

"이번엔… 잘 따라와야지."

그는 그렇게 말하며 엘리베이터를 나섰다. 나는 몸이 굳은 채 따라가지 못하고, 그대로 문이 '덜컥' 하고 닫히는 걸 봤다. 그런데, 마지막 순간에 그의 손이 문 사이로 다시 들어왔다. 손이 나를 잡으려 했다. 나는 비명을 지르며 뒤로 넘어졌고, 머리가 바닥에 부딪히는 순간 눈을 떴다.

숨이 거칠게 가빠져 있었다. 땀이 흥건했다. 하지만 방 안은 정적이었다. 문득, 머리맡에서 '덜컥' 하는 소리가 났다. 베란다 쪽 문이 아주 조금, 열려 있었다. 나는 확실히 닫고 잤는데. 그 순간, 베란다 창문에 내가 아닌 누군가의 얼굴이 비쳤다. 희미한 미소. 시커먼 눈. 그가 입을 열었다.

"이번엔… 잘 따라와야지."

내가 꿈을 꾸는지 현실에 있는지 전혀 알 수 없었고, 그저 거칠게

가빠진 숨소리만 방 안을 메우고 있었다. 순간, 기절하듯 침대에 쓰러졌고 다시 일어났을 때 새벽이 밝아오고 있었다. 일어나자마자 집 안의 모든 불을 켰고 겁에 질려 미친 듯이 핸드폰을 붙잡고 글을 남기기 시작했다. 방금 전 내가 꾼 꿈들 그리고 베란다에 서 있던 남자의 모습까지 모두 자세히 글로 남겼다. 아직 이른 시간이었지만 제발 친구들이 읽어주기만을 기다렸다. 겨우 출근 준비를 끝내고 집을 나설 때 핸드폰 진동이 울렸다. 민우에게 온 전화임을 확인하고 받아보니 민우는 심각한 일이 벌어졌다며 아무래도 오늘 연차를 사용해서라도 무당을 찾아가야 한다고 말했다.

"야, 너 어제 봤다고 하는 사람 말이야. 꿈에서 나타난 그 남자, 턱에 점이 있다고 말했지?"

"응, 맞아. 턱에 점이 있었고 키도 너만큼 커."

"너, 지금 전화 끊지 말고 내가 보낸 사진 볼 수 있어?"

민우가 보내온 사진을 보자마자 경악을 금치 못했다. 사진 속에는 민우, 석진을 포함해 동호회 사람들이 있었다. 그리고 사람들 속에 그 남자가 서 있었다. 영문을 몰라 민우에게 이 사람이 확실하다고 말하며, 대체 이 사람이 왜 여기에 있냐고 물었다.

"준호야, 일단 내 말 천천히 잘 들어야 해. 우리 어제 갔던 곳에 원래 오기로 했던 정호 기억나?"

"응, 뭐 급한 일 있다고 못 온다는 거 아니었어?"

"하…, 정호 일주일 전에 죽었대. 교통사고라고 하더라."

"뭐? 그게 무슨 말이야. 그 사람이 죽었다고? 그런데 왜 내 앞에 나타나는 거야?"

"아무래도, 너 귀신한테 감긴 것 같아. 안 그래도 방금 회장 형한테 전화해서 말했는데 너 이거 귀신 감긴 거라고 하더라고. 그러니까 잔말 말고 내가 찍어준 곳에 전화해서 찾아가 봐."

"지금 나보고 무당을 찾아가라는 말이야?"

"응, 맞아. 지금은 내 말이 믿기지 않겠지만 너 분명 귀신에 씐 게 맞는 것 같아. 그게 정호의 혼령일지, 그 병원에 있는 귀신일지 모르겠으니 일단 무당 찾아가 봐. 꼭 오늘 가야 해. 당장!"

전화를 끊자마자 홀린 듯이 민우가 보내온 연락처로 전화를 걸었다. 다행히 시간이 된다고 하여 빠르게 약속시간을 정했고, 회사에는 개인 사정으로 급히 연차를 사용한다고 양해를 구했다.

나는 그 길로 무당의 집으로 향했다. 나는 무당 앞에서 어제 있었던 일을 상세히 설명했고, 가만히 듣고 있던 무당은 내 얼굴을 뚫어지게 쳐다보더니 조용히 입을 열었다.

"그게 사람을 먹는 귀신이다. 사람을 먹는 귀신. 약하고 홀리기 쉬운 상대를 대상으로 죽음에 이르게 하는 악귀란 말이다. 대체 무슨 생각으로 그런 곳에 갔는지 모르겠지만, 일단 한번 걸려들면 쉽게 놓치지 않으려고 할 거야."

"근데 이 귀신이 저를 목표로 하는 이유가 뭔가요? 저는 이 사람과 일면식도 없는 사람이고, 이미 일주일 전에 죽었다는데 대체 왜 거기서 나타난 거죠?"

"네가 말한 같은 동호회원이 아니야. 거기 존재하는 악귀라고. 그저 그들을 꾀기 위해 그 사람의 모습으로 나타난 거지. 근데 정작 네가 걸려든 거라고."

나는 소름이 끼쳐 몸을 떨었다. 무당은 고개를 끄덕이며 다시 말했다.

"그게 너한테 붙으려고 한 거야. 제일 먼저 보고 반응한 네가, 가장 약해 보였거든."

무당은 부적을 꺼내며 경고했다.

"이 부적, 절대 펼쳐보지 마라. 적어도 1년은 펼치지 말라고. 이게 귀신을 떼어낼 수 있는 유일한 방법이니까."

나는 덜덜 떨리는 손으로 부적을 받아 들고 신당을 나섰다. 무당의 말대로 부적은 절대 펼쳐보지 않았고, 언제 어디서든 부적을 몸에 붙이고 살아왔다.

다행히 그날 이후로 그 남자가 나타나는 꿈을 꾸거나 헛것을 보지 않았지만, 그날의 기억이 매일같이 떠올라 쉽사리 긴장의 끈을 놓지 못했다. 민우와 석진이도 그 이야기를 듣고는 미안하다며 여러모로 도와줬고, 1년이라는 시간이 지났을 때 그나마 머릿속에서 점차 잊을 수 있었다.

그로부터 3년이 지난 시점에 지갑을 바꾸게 되었을 때 다시금 부적을 보게 되었다. 꼬깃꼬깃 접혀 있던 부적을 계속 지니고 다녀야 할지 고민하다가 조심스럽게 부적을 펼쳐보았다. 그리고 종이 안쪽에 빨간 글씨로 적혀 있는 글을 발견했다.

그곳에는 내 이름, 생년월일, 그리고… '사망 날짜'라는 단어가 있었다. 날짜는 분명 내가 무당을 찾아갔던 날이었다. 혹시 몰라서 민우와 석진에게 부적 이야기를 꺼냈을 때, 아마 무당이 나를 죽은 사람으로 둔갑시킨 것이라며, 그로 인해 귀신이 더는 쫓아오지 못하도록 한 것이라고 말했다. 그 말과 동시에 다시금 그때의 생생한 기억이 떠오르며 온몸에 소름이 돋았다.

절대 잊을 수 없는 그 남자의 얼굴, 목소리, 행동. 결국 나는 부적을 버리지 못하고 새로 산 지갑에 다시금 넣을 수밖에 없었다.

쉬는 시간

빙의(憑依)는 혼령이 산 사람의 육신에 들어오는 것을 뜻합니다. 다른 이의 혼령이 들어옴으로써 육신의 소유자는 평소와 다른 행동을 보이거나 정상적인 삶을 살 수 없게 되기도 합니다. 이를 두고 '귀신에 씌다'라는 표현도 쓰는데 빙의 과정에 대해서는 다양한 방법을 통해 진행된다고 알려져 있습니다. 그중 귀신이 산 사람을 홀려 그 육신을 조종하며 빙의가 되기도 하는데요. 귀신이 사람을 홀리는 방법을 보면 참으로 희한하면서도 섬뜩하기까지 하죠. 산 사람 입장에서는 저게 이 세상 사람이 아니라는 것을 알아채야 하지만 실제로는 구분하는 게 쉽지는 않다고 하네요.

6교시 　　　　　　　　　　　　　　　　　　　악귀

　내 인생을 돌이켜보면 뭔가 기억해내려고 해도 기억나지 않는 부분이 있다. 유년 시절도 그렇고 오랜 시간이 지나면 특별한 사건이 아니고선 기억해낼 수 없다. 하지만 내 인생에서는 자의가 아닌 타의로 인해 지워진 기억도 있다. 아주 짧은 순간이지만 아무리 기억하려고 해도 할 수 없는 부분이다.
　나는 내가 원래 살던 동네에서 그리 멀지 않은 대학에 입학하게 되었고 졸업하기 전까지 부모님과 함께 살며 통학했다. 고등학교를 졸업하며 고삐 풀린 망아지처럼 놀러 다녔던 나는 술까지 좋아했다. 그래서 학교나 동아리에서 개최하는 행사부터 시작해 소소한 모임까지 줄곧 참석했고 그럴 때마다 고주망태가 되어 집에 돌아오곤 했다.
　그때는 그게 왜 그렇게 좋았는지 모른다. 아무런 걱정 없이 그저 술을 마시면 기분이 좋았고 버스 정류장이나 지하철역에서 쓸쓸히 집까지 걸어올 때면 밤공기가 상쾌하거나 성인이 되어 누릴 수 있는 자유를 만끽하곤 했는데, 단순히 술에 중독되기보다 그런 행복감을 느끼는 것에 도취되어 밤을 돌아다녔다. 1학년 2학기가 개강하자 으레 그렇듯 개강파티에 참석해 부어라 마셔라 신하게 술을 마셨다. 오랜만에 만난 동기, 선배들과 술잔을 기울이며 시간을 보냈고 3차가 끝날 무렵 시계는 새벽 2시를 가리키고 있었다.

다들 만취해 이제 슬슬 정리하자는 말이 나오기 시작했고 나는 무거운 몸을 일으켜 가게 밖으로 몸을 움직였다. 취한 동기들과 선배들을 택시에 태워 보내고 후련한 마음으로 택시에 올랐고 자유로운 취기를 느끼기 위해 집에서 좀 떨어진 곳에서 일부러 택시를 세웠다. 집까지 걸어서 채 20분도 안 되는 거리였지만 갑자기 듣고 싶어진 노래를 들으며 천천히 걸어갈 생각이었다. 그렇게 집까지 바람을 맞으며 걷던 나는 요의를 느껴 골목 구석진 곳에서 노상방뇨를 했다. 어차피 아무도 없는 골목길이었고 후미진 곳이었기 때문에 거침없이 행동을 이어갔다.

한창 오줌을 누고 있다가 문득 이상한 기분이 들었다. 꼭 누군가 내 주변에 있다는 강한 느낌이 들었고 서둘러 주변을 둘러봤다. 하지만 당장 내 주변에 보이는 사람은 없었기 때문에 마저 볼일을 보고 서둘러 지퍼를 올렸다. 그러고선 뒤를 돌아 발걸음을 옮기려는 순간, 나도 모르게 오른쪽으로 고개를 돌렸다.

내가 살던 동네는 단독주택이 따닥따닥 붙어 있는 곳이었는데 내가 오줌을 누던 곳 바로 옆에 있던 집들 사이의 좁은 틈새로 뭔가 이상한 게 보였다. 술에 취해 있었기 때문에 다시금 눈을 비비고 자세히 들여다보니 좁은 틈새에는 웬 남자가 서 있었다. 채 1미터도 안 되어 보이는 좁은 틈에 분명 남자가 낀 듯 서 있었고, 그 남자는 왼쪽 벽을 바라본 채 내게 옆모습만 보여주고 있었다. 남자는 대체 어디서 난 것일지도 모를 만큼 허름한 옷을 입고 있었고 누더기 같은 옷은 군데군데 구멍까지 나 있을 정도였다. 그런 그가 집과 집 사이 좁은 틈에서 벽을 바라보고 있는 장면은 취기가 아니었어도 이해할 수 없는 것이었다.
'미친 사람인가…'
잠시 남자를 보던 나는 다시 걸음을 재촉해 집으로 향했다. 그저 동네에 사는 정신 나간 사람이 새벽에 동네를 배회한다고 생각했고, 그런 사람과는 엮이고 싶은 마음이 없었기 때문이다.

다음 날 이른 오후에 일어난 나는 마침 집에 계시던 어머니께 간밤에 봤던 이상한 남자에 대해 말씀드렸고, 그런 내게 돌아온 대답은 술 좀 적당히 마시라는 핀잔뿐이었다. 남자에 대한 이야기보다 늦게까지 술을 마시고 돌아다니는 아들을 나무라던 어머니는 끝내 더 이상 말을 하지 않고 볼일을 보러 밖으로 나가셨다.
미리 잘 짜둔 시간표 덕분에 이날은 학교 수업이 없었고, 동네 친구들을 불러 PC방에 가서 미친 듯이 게임에 몰두했다. 저녁이 되자 슬슬 배가 고프고 술이 당겨서 저녁을 반주 삼아 술을 마시기 시작했다. 처음에는 간단히 마시려고 했으나 다들 술이 들어가자 장소를 옮겨 계속해서 술을 마셨고, 어느덧 시간은 자정을 넘어 새벽 1시를 향하고 있었다. 전날에도 과음한 탓에 체력이 바닥난 나는 서둘러 자리를 정리하고 나와 집까지 천천히 걸어가기 시작했다. 이내 또다시 골목길에 접어들어 골목길의 풍경을 보자 문득 어젯밤에 봤던 남자가 머릿속을 스쳐갔다.

'설마, 오늘도 그 남자 거기에 있으려나?'

정말 단순한 호기심이었다. 설마 어제 그 남자가 오늘도 있으리라곤 생각하기 힘들었다. 하지만 그곳을 지나며 무심코 바라보니 틈새에 남자가 서 있었다. 남자는 어제와 똑같은 자세, 똑같은 표정으로 왼쪽 집의 벽을 바라보고 있었고, 그 광경에 놀란 나는 제자리에 멈춰 한동안 남자를 살폈다.

'어라? 근데 뭔가 이상해.'

모든 것은 똑같았지만 한 가지 다른 게 있었다. 남자의 행색이 달라졌다. 분명 어제는 허름하다 못해 누더기 같은 옷을 입고 있었는데 오늘은 깔끔한 정장을 입고 있었다. 아니, 개화기를 배경으로 한 드라마에서나 봤을 법한 오래된 스타일의 정장을 입고 있었고 심지어 중절모를 쓰고 있었다. 이 새벽에 집과 집 사이의 틈새에 끼어 있는 남자가 이상하다는 생각은 하지도 못한 채, 갑자기 왜 저런 옷을 입고 있는지 궁금해졌다. 하지만 그 생각도 잠시였고 저런 이상한 사람에게 관심을 주지 말아야 한다는 생각이 들어 발걸음을 재촉해 집으로 향했다.

다음 날은 아침 수업이 있었기 때문에 빠르게 집을 나섰고 학교로 가는 동안 새벽에 봤던 남자에 대해 떠올렸다. 대체 어느 집에 사는 사람일까? 밤마다 이런 이상한 행동을 하는 변태는 아닐까? 경찰에 신고해서라도 동네에 사는 변태를 잡아내는 게 맞지 않을까? 별의별 생각을 했지만 결국 내 손으로 하는 것에 거부감이 들었다. 그렇게 며칠이 지나 또다시 학교를 마치고 술자리를 갖게 된 날이었다.

"야, 내가 웃긴 이야기 하나 해줄까?"

"무슨 이야기? 안 웃기면 소주 석 잔 연달아 먹는 거야!"

"하하하. 웃기기보다는 약간 소름 끼치면서도 세상에 참 이상한 사람들이 많다고 생각할걸? 우리 동네에 미친 남자가 살아. 아니, 너무 변태 같은 남자가 사는데 그걸 나만 아는 것 같아. 내가 집에 들어가려면 골목을 지나서 가야 하는데 그 길목에 집들이 붙어 있거든. 근데 집 사이에 있는 좁은 틈에 웬 변태 남자가 서 있다니까! 그것도 언제는 옷을 거의 안 입듯 거지꼴을 하고 있다가 또 저번에는 번듯한 정장을 입고서 그 틈에 가만히 서 있는 거야."

"아우, 소름 끼쳐. 그거 변태 아니야? 골목에 지나가는 여자들 놀라게 하려고 대기하고 있는 거 아니야? 경찰에 신고는 해봤어?"

"아니, 그런 놈들은 어차피 걸리겠지. 굳이 내가 신고해서 뭐하냐. 그리고 그런 놈들 잘못 건드렸다가 나만 귀찮아질지도 몰라."

나는 술자리 안줏거리마냥 그 남자 이야기를 했다. 우리의 대화 주제는 삽시간에 옆자리까지 번져 이날 자리에 참석한 모든 사람이 그 남자에 대해 알게 되었다. 한창 남자에 대해 신랄하게 욕을 퍼붓던 중 완민이라는 친구가 이상한 말을 건넸다.

"너 말이야, 혹시 그 남자랑 눈 마주쳤어? 아니면 그 남자가 너를 인지하게 된 무슨 행동을 취했다던가 그런 건 없었어?"

"아니? 전혀 그런 건 없었는데. 아까 말한 것처럼 남자가 마치 코를 박듯이 벽을 쳐다보고 있어서 내가 옆에서 보고 있는 것도 몰랐을걸?

근데 그게 왜?"

"네가 두 번째로 봤을 때는 옷이 정장으로 바뀌어 있었다며. 만약 그게 단순히 남자가 옷을 갈아입고 나타난 게 아니라면, 혹시라도 무슨 이유가 있어서 옷이 바뀐 거라면?"

"야, 쉽게 알아들을 수 있게 말해. 그 남자가 입는 옷이 대체 나랑 무슨 상관이 있다는 거야?"

"만에 하나라도, 정말 만 분의 일이라도 그 남자가 너 때문에 옷을 갈아입은 거라면, 절대로 그 길로 다니지 마. 거길 보지 말라는 게 아니라 아예 그 길로 다니지 말라고. 낮이고 밤이고 말이야."

"얘가 벌써 술에 취했나…. 뭔 똥딴지같은 소리야? 내가 알아서 할 테니까 너는 신경 쓰지 마라. 내가 어느 길로 다니든 뭔 상관이야?"

갑작스러운 말다툼으로 술자리 분위기가 한순간 차가워졌다. 별 대단한 대화도 아니었지만 술김이라 그런지 완민이와 나는 약간 언성을 높이며 뾰족한 말들을 주고받았다. 그도 그럴 것이 완민이는 평소에도 남의 말에 딴지를 걸어왔기 때문에 그가 하는 말보다는 행동 자체에 화가 났다. 다른 친구들이 급랭한 분위기를 살리며 술자리는 이어졌지만 나는 화를 참지 못하며 술잔을 연거푸 들이켰다.

그리고 평소처럼 늦은 시간까지 술자리에 남았던 나는 마무리까지 하고 집으로 향하는 택시에 몸을 뉘였다. 이날은 괜히 객기를 부렸는지 내 주량보다 훨씬 많은 양을 들이부은 탓에 택시 안에서부터 구역질이 났다. 겨우 참아내며 항상 내리던 곳에서 내릴 수 있었고 이내 골목 안으로 빠르게 들어가 게워내기 시작했다. 눈물 콧물을 다 쏟으며 안에 있던 모든 것들을 내뱉고 나서야 겨우 진정될 수 있었다.

그제야 한 가지 사실이 떠올랐다. 내가 지금 토하고 있는 장소 바로 옆은 그 남자가 서 있던 곳이다. 몸을 일으켜 깊은숨을 들이쉰 나는 뒤를 돎과 동시에 고개를 옆으로 돌려 남자가 서 있던 곳을 바라봤다. 그리고 눈앞에 펼쳐진 광경에 압도되어 한 발자국도 움직일 수 없었다.

남자는 그곳에 서 있었다. 똑같은 자세로 오래된 정장과 중절모를 쓴 채로 서 있었다. 하지만 이번에도 역시 다른 점이 한 가지 있었다. 이전과 달리 남자는 움직이고 있었다. 그 좁은 틈에서 앞뒤로 몸을 움직이며 마치 오뚝이를 건드린 것처럼 같은 간격으로 몸을 앞뒤로 움직이고 있었다.

뭐라 표현해야 할까. 말도 안 되는 광경에 매료된 것처럼 나도 모르게 뚫어지도록 남자를 쳐다봤다. 얼마간의 시간이 지났을 때 남자는 또다른 행동을 보였다. 고개를 천천히 내 쪽으로 꺾어 눈을 마주쳤고 이내 소름 끼칠 정도로 입을 벌렸다. 나는 금방에라도 찢어질 것 같이 벌어진 입을 보며 겁에 질리기 시작했고, 떨어지지 않는 발을 강제로 움직여 내달리기 시작했다. 저게 사람이 아니었다는 사실과 바로 내 뒤에서 나를 쫓아올 것 같다는 생각이 교차하며 미친 듯이 집으로 달려갔다. 집에 들어와서도 놀란 가슴은 진정되지 않았고 창문으로 몇 번이나 밖을 보며 남자가 없다는 사실을 확인했다. 그렇게 1시간을 넘게 방에서 떨다가 겨우 잠이 들었지만 일어나서도 복잡한 생각에 머리는 동요하고 있었다.

"엄마, 저번에 말했던 우리 동네 미친 남자 말이야. 혹시 기억나?"

"누구 말하는 거니? 저번에 그 골목에서 봤다는 사람 말이야?"

나는 엄마에게 그간 있었던 모든 일을 다 말했다. 남자의 옷이 바뀌었고 그다음 번에는 몸을 움직였고, 마지막에는 나를 쳐다봤다는 것까지 모두 말하자 비로소 어머니의 표정이 일그러졌다. 하지만 나와 달리 엄마는 그게 범죄자 혹은 변태라고 생각했다. 그래서 경찰에 신고하겠다고 하셨고 그런 모습을 보던 나는 그게 사람이 아닌 것 같다고 열심히 설득했다. 그러나 엄마는 설마 그게 귀신이겠냐며 내 말을 믿지 않으셨고 끝내 내 주장을 관철할 수 없었다.

그때부터는 아예 그 골목으로는 다니지 않았다. 아무리 취하는 일이 있어도 일부러 더 먼 곳으로 돌아 집에 들어왔다. 혹시라도 남자와 마주치고 싶지 않았고, 다음번에 만날 때는 대체 어떤 모습으로 나타날지 상상할 때마다 오금이 저리기도 했다. 하지만 그렇다고 해결될 문제는 아니었다.

남자는 이제 어디서든 나타났다. 강의실에서 강의를 듣고 있을 때도, 먼 길을 돌아 집으로 가고 있을 때도, 심지어 화장실에 앉아 볼일을 보고 있을 때도 남자는 내 앞에 나타났다. 뭔가 알 수 없는 묘한 기분이 들었을 때 고개를 들어 주변을 살피면 마지막에 봤던 모습으로 남자는 입을 벌린 채로 나를 보고 있었다. 한번은 정류장에서 버스를 기다리고 있을 때 맞은편 정류장에 남자가 서 있었고, 입을 쫙 벌린 채로 나를 보고 있었다. 그리고 그게 보이는 건 오로지 나뿐이었다.

그럴 때마다 내가 드디어 미친 것인가, 얼마나 충격이 컸으면 이런 허상이 보이는 것인가 싶어 병원에 가야 할지 고민했다. 그러나 이 일은 그리 쉽게 해결되지 않았다. 한동안 남자가 내 눈앞에 보이지 않았기 때문에 이제는 좀 괜찮아지는 건가 긴장이 풀리는 순간이 있었다. 나는 학교를 마치고 집에 돌아와 다 같이 저녁을 먹고 방에서 게임을 하고 있었다. 한창 게임에 열중했을 때 또다시 기묘한 기분이 들기 시작하면서 불현듯 옆을 돌아봤을 때 내 바로 앞에 남자가 서 있었다.

이렇게까지 가까이서 봤던 건 그때가 처음이었다. 그 누구라도 이만큼 입을 벌리지 못할 정도로 벌어진 입안에는 철도 씹을 수 있을 만큼 날카로운 이빨들이 있었다. 그게 내 방 안에, 그것도 내 바로 앞에 서 있는 걸 보고는 나는 그대로 기절해버렸다. 눈을 뜨니 나는 내 방 침대에 누워 있었고, 신음하는 소리를 내니 이내 방으로 부모님이 들어오셨다. 놀란 어머니는 무슨 일이냐고, 오늘 뭘 먹은 거냐고 캐묻기 시작했고, 그 와중에 나는 혹시나 남자가 이 방에 있을지 모른다는 생각에 주변을 둘러보기 바빴다. 정신이 혼미한 상황에서도 방금 겪은 섬뜩한 기억이 떠올라 말 한 마디 할 수 없을 정도로 겁에 질려 있었다.

다행히 남자는 눈에 보이지 않았지만, 여전히 떨리는 몸은 주체할 수 없었고, 방금 겪은 일을 부모님께 상세히 말씀드렸다. 부모님은 그런 내 모습에 조금 놀란 듯했다. 아버지께 처음부터 모든 일을 말씀드리니 그제야 내 말을 조금이나마 믿어주는 눈치였다. 부모님은 그러면 이제 어떻게 해야 하는지 서로에게 물었고, 나는 뭐라도 좋으니 제발 해결 방법을 찾아주시기를 비라고 또 바랐다. 일단 당장 방법을 찾지 못하니 달라지는 것은 없었다. 너무나도 창피하지만 다 큰 남자애가 안방에서 며칠씩이나 부모님과 함께 자야 하는 것 빼고는.

며칠이 지나 엄마가 내 방에 들어와 내일 아침이 되면 본인과 함께 무당을 찾아가자고 말씀하셨다. 무당이라는 단어를 듣자마자 거부감이 들었지만 언제 또다시 내 앞에 나타날지 모르는 남자 때문에 거절할 수 없었다. 다음 날 아침 일찍 일어나 어머니와 신당으로 향했고, 예약한 시간에 맞춰 안으로 들어갔다. 내가 신당에 들어서 1분도 채 되지 않는 짧은 시간 동안 무당은 한참을 나를 쳐다봤다. 그리고 한심하다는 듯 혀를 끌끌 차며 말했다.
"야, 이 미련한 것아. 어쩌자고 그리 홀려버렸냐. 너 잡아먹겠다고 벌린 아가리에 그대로 들어갔고만…."
이후에도 무당은 나를 몇 차례나 더 꾸짖었다. 영문도 모른 채 이야기를 듣고 있어야 했지만 결국 무당의 말은 내가 귀신의 농락에 넘어갔고, 이제는 아예 귀신에 씌여서 이른바 퇴마를 해야 한다고 설명했다. 처음 내 눈에 보였을 때는 그나마 도망갈 수 있는 여지가 있었다고 했다. 하지만 나를 사냥감으로 생각했을 때 내 눈과 마음을 사로잡기 위해 보여지는 것 즉, 옷을 휘황찬란하게 바꿨고 나중에는 몸을 움직이기까지 하며 나에게 한 걸음씩 다가왔고, 나는 그 사실도 모른 채 귀신이 내 바로 앞에 올 때까지 그의 홀림에 넘어갔던 것이다.
그 자리에서 무당이 써준 부적을 쥐고 며칠을 자고 나서야 겨우 굿을 할 수 있었다. 믿고 못 믿고는 전혀 문제가 아니었다. 내가 말을 하지 않았음에도 남자에 대해 알고 있던 무당이 하는 말에 따를 수밖에 없었다. 굿이 시작되었을 때는 기억하지만 그 이후로는 전혀 기억해낼 수 없었다. 정신을 차리고 보니 나는 신당 한가운데 앉아 있었고, 무당이 어머니께 뭐라고 말하는 것만 잠시 듣고는 그대로 밖으로 나와 집으로 돌아왔다. 집에 와서도 쓰러지듯 잠이 들어 다음 날 아침이 한참이나 지나서야 일어날 수 있었다. 참 신기한 건, 이날 일어났을 때 몸이 정말 가벼웠다는 것이다. 상쾌한 마음마저 들 정도로 몸은 한결 가뿐했고 정신까지 맑아지는 기분에 모든 게 해결되었음을 몸소 느낄 수 있었다.

부모님 또한 그런 내 모습에 안도했지만, 딱히 뭐라 말씀은 없으셨다. 귀신을 조심하라는 말을 해봤자 의미가 없었기 때문일 것이다. 물론, 절대로 그 길로 다니지 말라는 말씀은 몇 번이고 들었고, 굳이 말씀하지 않아도 이미 그 길로 다닐 생각은 없었다. 또 한 가지 달라진 것은 내가 술을 자제하게 된 것이다. 술을 피하지는 않았지만, 밤 10시가 되면 나도 모르게 몸이 저절로 자리를 박차고 일어났고 10년이 지난 지금까지도 지키고 있는 버릇이 되었다.

아주 가끔, 잊을 만하면 그때 그 남자가 꿈에 나타난다. 또다시 귀신이 나를 집어삼키려는 것이 아니라 그때 겪은 충격에 꿈에 반영되는 것 같다. 이미 귀신은 떨어져나갔지만, 사람들 속에서 우두커니 서서 나를 지켜보는 남자를 볼 때면, 비록 꿈이라 할지라도 주저앉을 정도로 섬뜩하다.

쉬는 시간

살다 보면 가끔 괜히 눈길이 가는 곳들이 있기 마련입니다. 틈. 물건과 물건, 벽과 벽 사이에 있는 틈을 보고 있자면 다소 기이한 기분이 들기도 하죠. 예를 들어, '저 틈에는 뭐가 있을 것 같다' '저 틈에서 누군가 나를 보고 있는 것 같다'처럼 말입니다. 특히, 깜깜한 저녁에 홀로 틈을 보고 있으면 그 안이 보이지 않아 더욱이 무섭기도 하죠. 하지만 만약 정말로 그 틈에서 누가 나를 보고 있다면, 틈 안의 누군가와 눈이 마주친다면 상상할 수 없을 정도의 섬뜩함이 찾아올 것입니다.

7교시 ─ 틈

회사 생활에 있어 나는 제법 괜찮은 편이었다. 입사 초반부터 두각을 드러낸 건 아니었지만, 맡은 업무를 차근차근 처리했고, 선배 동기들과도 무난하게 잘 지냈다. 상사들은 내 이름을 곧잘 기억했고, 그덕에 작년에는 연말 포상까지 받았다.

어느 날, 같은 해 입사한 동기가 작은 선물을 건넸다. 그녀는 연말 동기 모임에서 본인이 직접 만든 인형이라며 모든 동기에게 선물을 돌린 것이다. 귀엽고 아기자기하게 만든 봉제 인형을 선물로 줬고, 나에게는 나와 비슷한 느낌이라며 귀여운 오리 인형을 건넸다.

"이거, 네 스타일일 것 같아서. 귀엽지?"

그녀는 작은 비닐 가방을 하나 내밀었다. 안에는 노란색 털실로 만들어진 손바닥만 한 오리 인형이 들어 있었다. 동그란 눈, 뭉툭한 부리, 살짝 기운 미소. 마치 유아용 캐릭터 같은 생김새였지만 보기보다 귀여웠다.

"고마워, 진짜 귀엽다!"

그날 집에 돌아와 인형을 원룸 자취방 부엌 선반 위에 올려뒀다. 크지 않은 부엌, 좁은 싱크대 옆에 붙은 작은 선반이었지만 물건이 많지 않아 인형 하나를 올려놓기엔 충분했다. 오리가 내 쪽을 향해 앉아 있는 모습을 보며 괜히 웃음도 났다.

이 시점에 나는 회사 일에 매진하며 하루하루를 보내고 있었다. 경력을 쌓겠다는 일념으로 저녁 늦게까지 일을 했고, 밤마다 지친 몸을 이끌고 집에 돌아오곤 했다.

그러던 어느 날, 여느 때와 같이 야근을 하고 집에 돌아왔는데 뭔가 알 수 없는 기분이 들었다. 엄청 편하고 익숙했던 공간이 다소 낯설게 느껴지는 것이다. 분명히 아늑하고 조용한 내 공간인데, 집에 들어서니 누가 다녀간 것 같은 느낌이 들었다. 아무 이유 없이 등골이 서늘했다.

처음에는 기분 탓이라 생각했다. 워낙 요즘 일이 바빴고, 야근도 잦았으니까. 하지만 그런 위화감은 시간이 지날수록 잦아졌다. 특히 밤에 혼자 있으면, 정적 속에 묘하게 숨소리 비슷한 게 섞여 들어오는 것 같았다. 마치 아주 얕은 호흡, 벽 너머에 있는 누군가가 내 움직임을 따라 쉬고 있는 듯한 감각이 느껴졌다.

그럴 때마다 나는 일부러 TV 볼륨을 조금 높였다. 그리고 스마트폰으로 무언가를 계속 틀어놓으려 애썼다. 침묵이 너무 길어지면, 그 속에서 진짜 무언가가 들려올 것 같아서.

그러던 어느 밤이었다. 유난히 야근이 길어져 새벽이 다 되어 집에 도착했다. 현관문을 열고 들어섰을 땐 평소처럼 조용했고, 대충 씻고 나와 이불 위에 몸을 눕혔다. 눈꺼풀이 무겁게 내려앉으며 깊은 피로

가 덮쳐왔다.

'끽끽.'

얼마나 지났을까. 익숙한 듯 낯선 소리에 눈이 떠졌다.

처음엔 냉장고가 작동하는 소리라고 생각했다. 오래된 가전제품 특유의 진동음이야 원룸 자취방에서는 흔한 일이었으니까. 하지만 그 소리는 그보다 훨씬 가까운 곳에서, 그리고 더 느리게, 일정하지 않은 박자로 들려왔다.

나는 이불 속에서 고개만 살짝 돌려 주변을 둘러봤다. 그때 시야의 가장자리에 무언가 어른거렸다. 선반이었다. 어둠에 잠긴 부엌 한편, 그 조그마한 선반 뒤에서 무언가 움직이는 듯한 느낌.

시야를 조금씩 좁혀가며 시선을 집중하자, 부엌 선반과 벽 사이의 얇은 틈에서 무언가 삐죽 튀어나와 있는 게 보였다. 처음에는 선반에서 떨어진 무언가의 조각인 줄 알았다. 하지만 오래된 벽지의 그림자가 그렇게 뚜렷할 리 없었다. 그것은 분명 가느다랗고 뾰족한 형체였고, 유독 빛을 반사하지 않는 희끄무레한 색을 띠고 있었다.

자세히 들여다보니 그건… 손톱 같았다. 사람의 손톱. 그것도 오래된 것처럼 끝이 일그러진 손톱 하나가 틈에서 아주 조금만 드러난 채 떨고 있었다.

나는 너무 놀란 나머지 얼른 불을 켰다. 순간 형체는 사라졌고, 선반 틈에는 먼지 외엔 아무것도 없었다. 한참을 그 앞에 멍하니 서 있다가 겨우 이불로 돌아왔다. 하지만 이불에 누운 채 어둠 속을 바라보다 보면, 자꾸만 선반 쪽이 신경 쓰였다. 특별히 무섭지는 않았지만 어쩐지 괜히 신경이 쓰였다. 고개를 돌리지 않아도, 그곳에 무언가 있는 듯한 감각이 가끔 스쳤다.

그날 봤던 손톱 같은 것도, 그냥 헛것이었겠지. 워낙 피곤한 상태였고, 원룸이라는 공간 자체가 워낙 좁고, 사소한 소음에도 민감해질 수밖에 없었다. 그렇게 생각하고 싶었다.

그러던 며칠 뒤, 나는 이상한 꿈을 꾸었다. 나는 방 안에 누워 있었다. 불 꺼진 내 방, 선반과 커튼, 놓아둔 가방까지 평소와 다르지 않았다. 하지만 어디선가 누군가 나를 지켜보고 있다는 감각이 끈질기게 따라붙었다. 직접 무언가를 본 것도, 들은 것도 아니었다. 그런데도, 선반 틈 너머에서 무언가 '느껴지는' 꿈이었다.

눈을 감고도 그곳에 무언가 있다는 걸, 분명히 알 수 있었다. 숨이 점점 가빠지고, 손끝이 차가워졌다. 선반 틈에 있는 무언가는 점점 가까워지고 있었다. 움직이지는 않았다. 아니, 내가 그렇게 느낀 것일지도 모른다. 꿈속이었지만, 나는 확신할 수 있었다. 그것은 그 좁은 틈을 통과할 준비를 하고 있었다.

정확히 보이지도 않았고, 어떤 모습인지 분간도 되지 않았다. 그런데도 그것이 사람이 아니라는 건 분명했다. 그곳엔 빛이 닿지 않았지만, 어두운 형체가 고요하게 자리를 차지하고 있었고, 나는 그 앞에 누워 꼼짝도 하지 못한 채, 오직 숨만 몰아쉬고 있었다.

그러다 문득, 아주 작고 마른 손가락 하나가 틈 너머에서 살짝 나오는 것이 보였다. 마치 뭔가 미끄러진 듯, 조용하고 부드럽게. 그 순간, 눈을 떴다. 눈을 떴을 때, 방 안은 고요했다. 창문 틈으로 아침 햇살이 조금씩 스며들고 있었고, 커튼 아래에는 먼지가 떠다니고 있었다. 아무 일도 일어나지 않은 듯 조용한 풍경. 하지만 나는 쉽게 몸을 일으킬 수 없었다. 한동안 가만히 천장을 바라보고 누워 있다가, 겨우 이불을 걷고 일어났다.

지난밤 꿈은 너무 생생했다. 단순히 무서운 걸 떠나, 뭔가 더럽혀진 기분이었다. 물로 씻어내도 남아 있을 것 같은 껄끄러움이 등과 목에 들러붙은 느낌. 꿈속에서 나는 움직이지 못했고, 틈 속 무언가는 분명 나를 향해 손을 내밀고 있었다.

그날 이후로 잠들기가 더 어려워졌다. 몸은 피곤한데 잠이 들지 않았다. 불을 끄면 틈이 어둠에 잠기고, 그 어둠은 점점 짙어졌다. 누워 있으면 그 틈이 더 커진 것 같았고, 꿈인지 현실인지 모를 순간들이 스쳐 지나갔다. 그리고 며칠 뒤, 나는 다시 그 꿈을 꿨다.

이번에는 더 또렷했다. 여전히 같은 구조, 같은 배치의 방이었고, 나는 똑같이 이불을 덮은 채 누워 있었다. 하지만 틈은 분명 전보다 넓어져 있었다. 이전에는 손가락 하나 겨우 삐져나올 만큼이었는데, 이번엔 누가 팔꿈치까지 밀어 넣을 수 있을 정도로 벌어져 있었다.

그 안에서 누군가의 얼굴이 천천히 모습을 드러냈다. 얼굴이라기엔 너무 일그러진 형체였다. 어둠 속에 파묻혀 있었지만, 눈은 부어올라 있었고, 검은자위는 없이 텅 비어 있었다. 입은 찢어져 있었고, 잇몸만 보인 채 미소를 머금고 있었다. 그 여자는, 웃고 있었다. 소리는 없지만, 입이 움직였고, 나는 그것이 나를 부르고 있다는 걸 직감할 수 있었다.

꿈에서 깨어났을 때, 방 안은 고요했다. 하지만 그 고요함 속에서 나는 뭔가 이상한 기운을 느꼈다. 선반 틈에서 무언가 나를 지켜보고 있는 듯한 느낌이 들었다. 나는 천천히 고개를 돌려 선반을 바라보았다. 그 순간, 틈 사이로 창백한 손가락이 천천히 기어나오는 것이 보였다. 그 손가락은 마치 살아 있는 것처럼 꿈틀거렸고, 이어서 팔꿈치까지 나왔다. 그리고 그 뒤를 따라, 일그러진 얼굴이 모습을 드러냈다. 눈이 꺼지고 입이 찢어진, 말라붙은 피로 얼룩진 얼굴이었다. 그녀는 나를 향해 웃고 있었다.

선반 틈에서 그녀가 기어나오는 모습은 꿈보다 훨씬 느렸다. 마치 살이 바닥에 들러붙은 것처럼, 온몸을 질질 끌며 몸통을 밀어내고 있었다. 뼈만 남은 듯 말라붙은 팔이 먼저 바닥을 짚고, 이어서 어깨가, 그리고 목이 틈을 가르며 나왔다. 움직임은 느렸지만, 분명히 나를 향해 곧장 기어오고 있었다. 입이 귀까지 찢어진 그 얼굴이 고개를 들어 나를 바라봤고, 썩은 치아 사이로 마른 피가 갈라졌다. 그녀는 팔꿈치로 바닥을 밀며, 점점 더 가까워졌다. 기척도, 숨소리도 없는데도 발밑이 저릴 만큼 강한 존재감이 밀려왔다.

나는 몸을 움직이려 애쓰며 눈을 깜빡이고 손가락을 움직여보려 했지만, 사지가 얼어붙은 듯 말을 듣지 않았다. 그저 숨만 몰아쉬며, 눈을 뜬 채로 바라보고 있을 뿐이었다. 그녀는 마침내, 내 이불 끝에 닿았다. 그리고 그녀의 얼굴이 눈앞에 있었다. 눈동자가 없는 얼굴과 찢어진 입이 바닥을 긁으며 올라와, 내 얼굴을 바로 들여다보는 거리까지 다가왔다.

　나는 비명을 지르려 입을 벌렸지만, 아무 소리도 나오지 않았다. 목이 꽉 막힌 듯했고, 온몸은 얼음처럼 굳어 있었다. 그 여자의 얼굴은 점점 더 가까워졌다. 숨결은 없었지만, 그 차가운 시선이 이마 위에 내려앉는 듯했다.

　순간, 귀 옆에서 낮은 웃음소리가 들렸다. '크… 크흐….' 갈라진 목소리, 마른 피가 끓는 듯한 소리였다. 나는 눈을 질끈 감았고 끝내 정신이 툭 끊겼다.
　눈을 떴을 때, 나는 비닥에 쓰러져 있었다. 몸은 식은땀에 절어 있었고, 이불은 어디로 갔는지 보이지 않았다. 몇 초 동안 숨을 헐떡이다가, 나는 벌떡 일어나 그대로 현관으로 달렸다. 발끝이 바닥을 질질 끌며 엉망으로 넘어질 뻔했지만 멈추지 않았다. 문고리를 틀며 문을 열고, 복도로 나와 그대로 계단을 내려갔다. 그 순간에도 등 뒤에서 누군가 따라오는 느낌이 있었다. 나는 숨도 제대로 쉬지 못한 채, 슬리퍼도 신지 않고, 새벽의 차가운 복도를 맨발로 뛰었다.

그날 이후 나는 제정신으로 잠을 잘 수 없었다. 불을 켜고 누워도, 등을 돌리고 있어도, 그 틈이 자꾸 떠올랐다. 몸에 뭔가 닿는 느낌에 자다 말고 벌떡 일어나기도 했고, 전에는 아무렇지 않던 집 안의 소리가 전부 의심스러웠다.

일도 손에 잡히지 않았다. 회사에서도 사람들 말에 제대로 대답하지 못했고, 커피잔을 든 채 그대로 멍하니 서 있던 적도 있었다. 그날 밤의 얼굴이, 그 찢어진 입과 웃고 있던 눈동자가 눈을 감을 때마다 다시 떠올랐다.

며칠 뒤, 퇴근길 버스를 기다리다 말고 나는 핸드폰을 꺼내 할머니 번호를 눌렀다. 딱히 무슨 이야기를 하려던 건 아니었다. 그냥, 이유 없이 할머니가 생각났고, 그냥, 누군가에게 이 이야기를 하고 싶었다. 전화를 받은 할머니는 한참을 아무 말 없이 듣고 계셨다. 처음에 난 요즘 통 잠을 자지 못한다고 가볍게 말을 꺼내다 하나둘, 내가 겪은 일들을 말하기 시작했다. 선반, 손톱, 꺼지는 불빛, 얼굴, 도망쳤던 새벽.

"아이고…, 우리 손주 많이 힘들었겠네."

할머니는 그렇게 말하며 한참을 아무 말 없이 숨을 고르시다 밝은 목소리로 말을 돌리셨다.

"할머니가 이번 주말에 집에 한번 갈까? 뭐 해주는 것도 없지만… 얼굴이나 보자."

나는 망설이다가 조용히 대답했다. 아무렇지 않은 척하려 했지만, 솔직히 말해서 그 제안이 무척 감사했다. 누군가 이 집에 들어와 있는 것만으로도 마음이 놓일 것 같았다.

주말, 할머니는 엄마와 함께 집에 오셨다. 문을 열고 들어오자마자 할머니는 생각보다 좁다며 웃었고, 나는 괜히 바닥에 널부러진 물건들을 정리하며 할머니를 안으로 모셨다. 엄마는 냉장고를 열어보며 뭘 사다 놓을지 이야기했고, 할머니는 말없이 집안을 한 바퀴 천천히 둘러보셨다.

그러다 어느 순간, 할머니가 부엌 쪽으로 가더니 선반 앞에 조용히 섰다. 그 자리에 한동안 가만히 계시다가 선반을 가리키며 낮은 목소리로 말했다.

"여기 있는 인형 혹시 어디서 산 거니?"

"아, 그거? 회사 동기한테 받은 거야. 연말에 인형 만들어서 동기들한테 하나씩 줬거든."

할머니는 아무 말 없이 선반에 놓인 인형을 바라봤다. 할머니의 시선이 이상하리만지 오래 머무르자 엄마가 조심스럽게 물었다.

"엄마, 왜 그래?"

"음… 아니야. 이런 건 안보이는데…."

할머니는 말끝을 흐리며 선반에서 인형을 천천히 집어 들었다. 그러곤 조용히 인형의 뒷면을 살폈다. 손끝으로 봉제선을 따라 만지며 아주 미세한 떨림을 느끼는 듯했다.

"이거… 혹시 계속 저기 있었니?"

나는 그제야 약간 긴장한 표정으로 고개를 끄덕였다.

"응. 뭐… 처음엔 귀엽다고 생각했는데, 요즘은 좀 불편하긴 해. 괜히 시선이 느껴지고. 왜?"

할머니는 인형을 한 손에 쥔 채 조용히 말했다.

"얘가… 안 좋은 걸 품었구나."

나는 그 말에 순간 말문이 막혔다.

"얘가 안 좋은 걸 품었다고?"

할머니는 대답 대신 인형을 조심스럽게 들고 거실 한가운데 앉으셨다. 가방에서 작은 가위 하나를 꺼내 조용히 손에 쥐니 엄마가 놀란 듯 물었다.

"엄마, 설마 그걸 찢어보겠다는 건 아니지?"

"확실히 해야지. 느낌이 너무 이상해. 이건… 그냥 만든 게 아니야."

그 말에 나는 인형이 잘못되었을 리 없다고 생각하면서도 더는 뭐라 할 말이 없었다. 지금 느끼는 기분을 설명할 길이 없었다. 할머니는 인형의 봉제선을 따라 조심스럽게 가위를 넣었다.

천이 쭉 찢어지며 속에 들어 있던 솜이 흘러나왔다. 그 안에서 이상한 색 덩어리가 뚝 떨어졌다. 그걸 본 엄마가 입을 막았다. 변색된 갈색 천 조각 같은 것이지만 자세히 보면 오래되어 말라붙은 핏자국이 보였다. 그 안에 섞여 나온 작은 물건 하나가 바닥에 굴러떨어졌다. 나는 본능적으로 뒷걸음질 쳤다.

그건… 손톱이었다. 사람 손톱처럼 생긴, 물기 하나 없이 바싹 마른 채 흰빛을 띠고 있는. 아무도 말하지 않았지만 우리는 모두 알고 있었다. 그건 살아있는 사람의 것이 아니었다. 할머니는 한참을 손톱을 바라보았다. 그러곤 조용히 인형을 다시 모아 종이봉투에 넣었다.

"이건 더 두면 안 돼."

할머니는 그렇게 말하며 조심스럽게 봉투를 들고 일어났다. 엄마가 물었다.

"그거… 어떻게 할 건데?"

"태워야지, 밖에서."

나는 할머니와 함께 뒷마당으로 나갔다. 할머니는 준비해온 라이터를 꺼내 봉투 안에 불을 붙이셨다. 천과 솜이 타들어 가며 검은 연기가 피어올랐다. 그 안에서 섞여 나온 작은 것들, 이름 모를 조각들이 불에 타는 냄새와 함께 연기 속으로 사라졌다.

그날 이후, 집 안의 공기는 확연히 달라졌다. 불빛은 꺼지지 않았고, 숨소리도, 틈새에서 낯선 감각도 느껴지지 않았다. 나는 다시 잠을 잘 수 있게 되었다. 그리고 그 일이 무엇 때문이었는지 곰곰이 생각하게 되었다.

7교시, 틈

며칠 후, 나는 회사를 마치고 동기에게 전화를 걸었다. 선물로 인형을 준 그 동기. 예전처럼 웃으며 전화를 받았지만, 내가 인형에 대해 말을 꺼내자 한동안 아무 말도 하지 않았다.
"그 인형 말이야…. 그거, 왜 준 거야?"
"… 그냥, 귀여워 보여서."
그녀는 그 말만 했다. 내가 아무리 더 캐물어도 대답은 돌아오지 않았다. 우리 사이엔 어색한 공기만 흐르기 시작했고, 그 후로 더는 연락을 하지 않게 되었다. 얼마 지나지 않아 그녀는 회사를 그만뒀다. 부서를 옮긴 것도, 다른 지점으로 간 것도 아니었다. 회사 시스템에서 이름이 사라졌다. 아무도 그녀의 소식을 말해주지 않았다.

지금 나는 그 집을 떠났다. 새로운 곳에서 지내고 있고, 모든 건 잘 흘러가고 있다. 하지만 가끔 밤이 깊어질 때면, 집 안의 틈들을 괜히 한 번 더 쳐다본다. 붙박이장 뒤쪽, 책상 밑, 혹은 선반과 벽 사이의 그 얇은 공간들. 나는 아직도 무언가가 틈에 숨어 있을지도 모른다는 생각을 완전히 지울 수 없다.
그녀가 마지막으로 남겼던 그 웃음. 그건 아직 내 기억 속에 또렷하다.

쉬는 시간

귀신이 등장하는 곳에 따라서 그 의미가 달라지는 경우가 있습니다. 어느 날 갑자기 특정 장소에서 귀신이 등장했을 때, 위치에 따라 의미하는 바가 있다는 뜻이죠. 그중, 지붕 위에 귀신이 나타날 경우 이는 그 집안에 액운이 덮친다는 것을 의미하는데요. 특히, 지붕 위에서 귀신이 춤을 추고 있다면 갖은 수를 써도 해결할 수 없는 재앙이 들이닥친다고 알려져 있습니다.

8교시 — 지붕귀신

지금은 아파트가 들어서고 차들이 쌩쌩 다니는 곳이지만, 내가 어릴 적 살던 마을은 흙길과 기와집이 다닥다닥 붙어 있던 조용한 시골이었다. 집집마다 대문 옆에 감나무가 한 그루씩 있었고, 여름이면 마당에 물을 뿌려가며 모기장을 치고 잤다. 나는 그 마을에서 국민학교를 다녔고, 그 시절 친구들과 뛰어놀며 보냈던 날들은 내 기억 속에서 늘 평화롭고 따뜻했다. 하지만, 그 시절 한 장면만은 마치 검은 먹을 뿌린 듯 지금도 또렷하고 선명하게 기억난다. 지붕 위에 서 있던 그날 밤의 '그것' 말이다.

내가 국민학교 2학년이던 해, 1977년 여름방학의 어느 날이었다. 그날도 동네 친구들과 개울가에서 뛰어놀았다. 개구리를 잡고, 물고기를 쫓고, 서로 물을 끼얹으며 깔깔대던 시절. 그 시절의 여름은 유독 길고 더웠지만, 신기하게도 땀에 젖은 채 웃으며 뛰어놀던 우리는 덥지 않았다.

저녁 무렵, 동네 어귀에 있는 나무 아래에 모여 하루를 정리하듯 잡은 개구리들을 나눠 가졌다. 집집마다 저녁밥 짓는 연기가 피어오르기 시작했고, 친구들은 하나둘 각자의 집으로 흩어졌다. 나는 같은 골목 위쪽에 사는 철진이와 함께 걷고 있었다. 늘 함께 다니던 친구였고, 장난도 많고 겁도 없던 녀석이었다.

해는 이미 지고 있었고, 그나마 희미하게 남은 하늘빛만이 사방을 붉게 물들이고 있었다. 우리는 서로 장난 섞인 대화를 하며 골목을 지나고 있었고, 집이 가까워질 무렵, 철진이의 발이 멈췄다. 말없이 딱 멈춰서더니, 고개를 들고 어느 한쪽을 가만히 바라봤다.

"왜 그래?"

나는 걸음을 멈추고 물었다. 하지만 철진이는 아무 대답도 하지 않았다. 그저 눈을 크게 뜬 채, 입을 반쯤 벌린 얼굴로 어떤 방향을 응시하고 있었다. 철진이의 시선 끝에는 우리 집 옆 김씨 할머니네 집이 있었다. 자연스레 나의 고개도 돌아갔다. 김씨 할머니네는 기와를 얹은 낮은 기단의 집이었다. 평소에도 담벼락 위로 감나무 가지가 드리운, 정감 있는 집이었다. 그런데 그 지붕 위에, 누군가가 서 있었다. 처음엔 눈을 의심했다. 해도 졌고, 하늘은 점점 어두워졌는데, 지붕 위에 사람 형체가 까맣게 보였다. 흐릿한 외곽선 속에서 그것은 분명히 '사람'처럼 보였지만, 가만히 서 있는 게 아니라… 어딘가 이상했다. 나는 나직하게 중얼거렸다.

"사람이야…? 지붕 위에?"

철진이는 고개만 끄덕였다. 철진이의 얼굴은 이미 창백해져 있었고, 입술은 다문 채 덜덜 떨리고 있었다. 지붕 위의 형체는 움직이고 있었다. 정확히 말하면, 춤을 추고 있었다. 기와의 경사 위에서 균형을 잡기도 어려울 텐데 팔을 허공에 휘저으며 머리를 흔들고 몸을 비틀고 있었다. 춤이라기엔 너무 이상했고 발작이라기엔 너무 느렸다. 단지 확실한 건 그건 사람이 할 수 있는 움직임이 아니었다. 우리는 동시에 뒷걸음질 쳤다.

"도망치자."

철진이의 말이 끝나기 무섭게 나는 가방을 내팽개치듯 하고 달리기 시작했다. 집 앞 골목으로 돌진하다 발을 헛디딜 뻔했지만, 뒤도 돌아보지 않았다. 집에 도착했을 땐 숨이 턱까지 차올랐다. 현관문을 벌컥 열고 뛰어 들어갔다. 어머니는 부엌에서 밥상을 차리던 중이었다.

"어딜 그렇게 뛰어와, 이마에 땀 봐라."

나는 대답도 못 한 채, 심장이 식기를 기다리며 자리에 앉았다. 어머니의 목소리가 멀게 들렸고, 밥을 먹으라고 소리쳐도 젓가락이 손에 잡히지 않았다. 지붕 위의 사람, 그 춤. 나는 아무 말도 할 수 없었고, 그날 밤 아무 소리도 내지 못하고 밥을 먹었다.

그날 밤은 그렇게 지나갔다. 나는 한밤중에 몇 번이고 이불을 뒤척이며 잠에서 깼지만, 어찌어찌 아침이 되었다. 그리고 신기하게도 아침 햇살이 방 안을 비추자 어제의 공포가 조금은 옅어진 것처럼 느껴졌다. 학교에 가서는 아무 일도 없었다는 듯 친구들과 또 장난을 치고, 철진이와도 전날의 일을 입 밖에 꺼내지 않았다.

우리는 그냥 '잊어버린 것처럼 지냈다.' 이상하리만치… 혹은 그게 더 편했기 때문인지도 모른다. 지붕 위에서 춤을 추던 사람, 그 장면이 서로의 머릿속에 강렬하게 남았지만, 누구도 먼저 이야기를 꺼내지 않았다. 그렇게 시간은 일주일이 흘렀다. 그 사이 특별한 일은 없었다. 동네는 언제나처럼 평온했고, 아이들은 개울가에 다시 나가기 시작했고, 할머니들은 담장에 앉아 오가며 수다를 떨었다.

그러던 어느 날, 옆집 김씨 할머니가 돌아가셨다는 소식이 들려왔다. 그날 아침, 이웃집 할머니가 들렀는데 아무리 문을 두드려도 인기척이 없어 경찰에 신고했고, 결국 마루에서 싸늘하게 누워 있는 김씨 할머니를 발견했다고 했다. 그날 동네는 말 그대로 조용했다. 평소에 워낙 인심 좋고, 동네 아이들에게 간식도 자주 나눠주시던 분이었기에 마을 사람들 모두가 충격에 빠졌다. 우리 가족도 마찬가지였다. 아버지는 퇴근 후 조용히 앉아 술을 마셨고, 어머니는 김씨 할머니 댁에 가져갈 국을 준비하며 한숨만 쉬었다.

나는 이상하게 마음이 무거웠다. 할머니가 돌아가셨다는 사실 때문일까. 아니면 그 지붕 때문이었을까. 뭔가 둘 사이에 연관이 있는 듯한 기분이 들었지만, 명확한 감정은 떠오르지 않았다.

그날 저녁, 우리는 식탁에 둘러앉아 밥을 먹고 있었다. 찌개에선 모락모락 김이 피고 있었고, 아버지는 말없이 밥만 떠먹고 있었다. 어머니도 천천히 국을 푸고 있었고, 나는 멍하니 수저를 들고 있다가… 문득 그때의 기억이 떠올랐다.

"맞다."

나는 그 말과 함께 숟가락을 내려놓았다.

"지난주에 철진이랑 집에 오는데 김씨 할머니네 지붕 위에 사람이

서 있었어."

 말이 끝나자마자, 두 분의 얼굴이 동시에 얼어붙었다. 아버지는 숟가락을 들고 있던 손을 멈췄고, 어머니는 눈을 크게 뜬 채 나를 바라보았다. 순간, 시간이 멈춘 것 같았다.

 "뭐라고…?"

 어머니가 먼저 입을 열었다. 목소리는 낮았지만, 떨림이 느껴졌다. 나는 겁이 나서 얼버무리듯 말을 덧붙였다.

 "진짜 사람이었는지는 모르겠어. 그냥 검은 형체 같은 게 서 있었고, 움직였어. 그냥… 말하지 않는 게 좋겠다 싶었어."

 그러자 아버지가 갑자기 식탁을 탁 치고 일어섰다.

 "그걸 왜 지금 말하는 거냐!"

 그 목소리에 나는 깜짝 놀라 눈을 크게 떴다. 그렇게 화를 내신 적이 없었기에 더 겁이 났다. 아버지는 거칠게 숨을 내쉬며 내 쪽으로 왔다.

 "그걸 봤으면! 봤으면 바로 말했어야지! 왜 일주일이나 지나서 말해!"

 어머니는 자리에서 일어나 아버지를 말렸지만 아버지는 계속해서 왜 말을 안 했냐며 나를 꾸짖으셨다. 나는 영문도 모른 채 그저 아버지의 말을 듣고만 있을 뿐이었다. 그때 들었던 생각은 내가 예상했던 것처럼 그것이 옆집 할머니의 죽음과 연관이 있다는 것이다. 하지만 구체적으로 어떻게 연관이 있는지는 전혀 알 길이 없었다. 어린 나이였기 때문에 자세한 이야기는 해주지 않으셨지만, 당시에 나는 그 사람이 할머니를 해쳤다고 생각했다.

시간은 참 빠르게 흘렀다. 나는 어느새 중학생이 되었고, 그때보다 조금은 크고, 조금은 조심성 많은 아이가 되어 있었다. 마을엔 여전히 별다른 변화가 없었다. 똑같은 흙길, 기와집, 대숲의 바람 소리. 달라진 게 있다면, 그때 일이 마치 아무 일도 아니라는 듯, 어느 순간부터 우리 가족의 입에서 완전히 사라졌다는 점이었다.

누군가가 그 이야기를 꺼낼 일도 없었고, 나조차도, 그때의 기억을 뭉툭한 감정으로만 간직한 채 '내가 잘못 봤겠지' '헛것이었겠지' 하고 넘기고 지냈다. 아버지도 더는 그날의 일로 나를 탓하지 않았고, 어머니는 여전히 장을 보고, 밥을 하고, 국을 끓였다.

그날도 별반 다르지 않은 날이었다. 시내에 있는 학교에서 평소보다 늦게 나오게 된 건 친구들과 매점에서 컵라면을 먹으며 잡담을 나누었기 때문이다. 시계를 보니 오후 5시. 햇빛은 벌써 기울고 있었고, 그 시간에 마을까지 걷는다면 도착할 땐 해가 완전히 질 터였다.

조금은 무서운 생각도 들었지만, 괜찮을 거라고, 다 지나간 일이라고 마음을 다잡았다. 시내에서 벗어난 외곽 길로 접어들 무렵, 어둠은 생각보다 빨리 내려왔다. 농로 끝으로 듬성듬성 보이는 가로등 불빛에 의지해 나는 빠르게 걸음을 옮겼다.

그때였다. 마을 입구로 접어들자 내 눈에 뭔가 이상한 것이 들어왔다. 어두운 하늘 아래, 검은 실루엣 하나가 철진이네 집 지붕 위에 서 있었다. 순간, 발이 멈췄고 나는 그대로 그 자리에 굳어버렸다. 사람이 서 있었다. 정확하게 말하면 흔들리고 있었다. 비틀거리며 팔을 휘젓고, 고개를 기울이고 무엇인가를 쓸어 올리듯 움직이고 있었다. 나는 숨죽이며 시선을 고정했다. 익숙한 움직임이었다. 4년 전, 김씨 할머니네 지붕 위에서 봤던 형체와 똑같았다. 나는 정신이 아득해져 가방을 움켜쥐고 뒷걸음질 쳤다. 하지만 그 순간, 그것이 고개를 돌린 게 멀리서도 느껴졌다.

나와 눈이 마주쳤을 때 그것이 웃기 시작했다. 나는 그대로 뛰기 시작했다. 신발끈이 풀렸지만 개의치 않았다. 내리막길을 미끄러지듯 내려와 집 대문을 벌컥 열고 들어왔다.

"엄마! 엄마아!"

숨이 끊길 듯 소리를 지르며 주방으로 달려가던 나를 본 어머니는 젓가락을 내려놓고 내 팔을 잡았다.

"무슨 일이야? 얼굴이 왜 이래!"

나는 숨을 헐떡이며 말했다.

"또, 또 봤어! 철진이네 지붕 위에! 그때처럼!"

어머니의 얼굴이 하얗게 질렸다. 어머니는 더는 묻지 않았고 국을 끓이던 불도 끄지 않은 채, 그대로 내 손을 붙잡고 밖으로 나갔다. 우리는 허겁지겁 철진이네 집 앞에 도착했다. 어머니는 고개를 들어 지붕을 바라보았다. 그러나… 거기엔 아무것도 없었다.

나는 멍하니 서 있었다. 그 형체가 있었던 자리와 춤, 웃음. 하지만 지금은 고요하기만 했다. 단지 지붕 위엔 누군가가 밟고 간 듯 기와가 몇 장 어긋나 있었다. 어머니는 아무 말 없이 나를 붙잡고 조용히 철진이네 대문을 두드렸다.

　어머니는 철진이네 대문 앞에서 초조하게 서 있었다. 나는 옆에서 가쁜 숨을 몰아쉬며 기와 쪽을 다시 올려 봤지만, 지붕은 더없이 조용했고, 잠잠한 밤공기 속에서 어쩐지 세상이 멈춘 듯 느껴졌다. 잠시 뒤, 철진이 어머니가 문을 열었다. 그 얼굴도 놀란 기색이 역력했다. 어머니는 다급하게 말했다.

　"금방 전에 우리 애가 지붕 쪽을 보더니… 무섭다고 해서 들어오긴 했는데… 뭔 일이에요?"

　어머니는 숨 돌릴 틈도 없이 말했다.

　"지금 우리 애가 철진이네 지붕에서 누굴 봤다고 했어요"

　철진이 어머니의 얼굴에서 핏기가 사라졌다.

　"또… 또요?"

　그 한 마디에 공기는 무겁게 내려앉았다. 이야기는 거기서 끝나지 않았다. 집으로 돌아오는 길, 어머니는 한 마디도 하지 않고 내 손만 꼭 붙잡고 걸었다. 밥상은 그대로 식었고, 우리 가족은 늦은 밤까지 아무 말도 하지 않았다. 나는 마루에 앉아 창밖을 쳐다봤고, 조용한 풍경 속에서도 계속해서 누군가의 시선이 느껴지는 것 같았다.

　다음 날 아침, 학교에 가기 위해 일찍 집을 나섰다. 동네가 어쩐지 조용하게 느껴졌다. 나는 무언가 달라졌다는 걸 직감으로 느꼈다. 학교에서 철진이를 만난 건 점심시간 즈음이었다. 그는 얼굴이 퀭하게 꺼져 있었고, 표정도 어딘가 불안정해 보였다. 나는 슬며시 다가가 조

용히 물었다.

"너희 집 어제 무슨 일 있었어? 내가 진짜로 지붕에서 뭔가 봤어."

철진이는 주변을 한번 둘러보더니 떨리는 목소리로 입을 열었다.

"…우리 어머니가, 그 말 듣자마자 할머니한테 전화했거든. 그랬더니 할머니가 그러시더래. '지붕에 귀신이 나타나면, 그 집에 사람이 죽는다'고."

나는 말이 나오질 않았다. 숨이 멎는 줄 알았다.

"실제로… 우리 친척 중에도 그런 일이 있었대. 서천 쪽 사는 외삼촌 댁에서, 딱 그 귀신이 보인 다음 날, 그 집 할아버지가 돌아가셨대."

나는 손끝이 차가워지는 걸 느꼈다. 그때 내가 봤던 그 춤과 어머니의 반응까지 모든 게 이어졌다. 철진이는 끝내 울먹이는 소리로 말했다.

"그래서 우리 아버지가 무당 불렀어. 지금 우리 집, 굿 준비 중이야."

그날 이후, 나는 며칠 동안 잠을 설쳤다. 밤이 되면 지붕 위를 올려다보는 습관이 생겼고, 조그만 소리에도 깜짝깜짝 놀라곤 했다. '우리 집은 괜찮을까, 다시 나타나는 건 아닐까?' 머릿속에서 끝없이 그런 생각이 떠나지 않았다. 학교에서는 여전히 철진이와 자주 마주쳤지만, 예전처럼 쾌활한 모습은 찾아보기 어려웠다. 그도 나도 말수가 줄었고, 우리는 서로 피곤한 얼굴로 고개만 끄덕였다.

며칠 뒤, 철진이에게 무당이 왔다는 이야기를 들었다. 처음엔 마당에서 향과 초를 켜고 제를 올렸고, 그다음 날은 작은 방에서 굿을 준비했다고 했다.

"어떤 아줌마인데… 진짜 무섭게 생겼어. 그런데 이상하게, 그 아줌마가 들어오자마자 우리 엄마가 울었어. 지붕을 한 번 올려다보더니, '진짜 왔네' 그러더라."

철진이는 떨리는 목소리로 이야기했다. 나는 말없이 그의 이야기를 들었다. 집에 돌아가는 길, 골목을 지날 때마다 나는 고개를 들어 철진이네 지붕을 바라봤다. 다행히 아무것도 보이지 않았지만 그게 더 무서웠다. 며칠이 더 지났다. 철진이는 여전히 피곤해 보였지만, 예전보다 조금은 말이 많아졌고, 무당이 왔다 가니까 안심된다며 조금 웃기도 했다. 나도 안도했다.

그런데… 그게 마지막이었다. 철진이네 지붕 위에서 무언가를 본 지 9일째 되는 날. 학교에 가는 길, 늘 같은 시간에 마주치던 철진이의 얼굴이 보이지 않았다. 그날은 교문 앞에서도, 복도에서도, 운동장에서도 철진이를 볼 수 없었다. 수업이 끝나고 집에 돌아오는 길에 나는 동네 입구에서 어른들 몇이 모여 있는 걸 봤다. 그리고 들었다.

"차가… 트럭이랑 정면으로 박았다더라."

"아이고야, 애는 그 자리서… 즉사래."

"그 아버지도… 바로 옆에서 죽었다고 하더라고."

숨이 턱 막혔다. 몸이 굳고, 다리가 떨렸다. 나는 그대로 골목을 달렸다. 철진이네 집 앞에는 사람들이 모여 있었다. 문 앞엔 흰 천이 걸려 있었고, 집 안은 통곡 소리로 가득했다. 나는 엄마에게 달려가 물었다.

"진짜야…? 진짜… 죽었어?"

엄마는 고개를 떨군 채 눈물을 훔쳤다. 그리고 낮은 목소리로 말했다.

"아침 학교 가던 길에 중앙선 넘은 트럭이 덮쳤대. 차가 세 바퀴를 굴렀단다…. 둘 다 그 자리에서 갔다더라."

내 머리는 하얘졌고, 귓가에는 그날 본 지붕 위에서 춤을 추던 형체의 옅은 웃음소리가 맴돌았다.

쉬는 시간

귀신이 하는 행동은 굉장히 다양합니다. 여러 미디어를 통해 전해지는 귀신들은 산 사람의 목을 조르거나 어두운 곳에서 울고 있기도 하고, 혹은 산 사람을 꾀어내기 위해 기이한 행동을 하기도 하죠. 그중 가장 기이한 행동은 바로 춤을 추는 것입니다. 귀신이 춤을 춘다는 것 자체가 기괴하게 느껴질 수 있으나, 정확히는 귀신이 춤을 추는 것처럼 보인다는 것이 맞겠네요. 사람이 죽어서 구천을 떠도는 영가가 되었을 때, 자신을 죽음에 이르게 한 원한만이 남아 존재 자체를 잃었을 때 귀신은 춤을 춥니다. 마치 미친 것처럼 몸을 가누지 못하고 순수 악만 남은 채 해원을 기다리는 것이죠. 그렇기 때문에 혹시라도 귀신을 마주했을 때, 그것이 평범한 움직임을 보이지 않는다면 무조건 도망쳐야 합니다.

9교시 — 춤추는 귀신

학교에 부임한 지 세 달째였다. 처음엔 다 괜찮았다. 학생들도 착했고, 다른 선생님들과도 적당히 거리를 두고 지낼 수 있었다. 혼자 있는 걸 좋아하는 성격이라 저녁에도 교무실에 남아 일하거나 학생들 없는 빈 교실을 정리하곤 했다. 그러다 '그곳'에 들어가게 되었다.

지방 소도시 고등학교. 본관 뒤편에는 별도로 떨어진 건물이 하나 있었다. 정식 명칭은 '보조 체육관'이었다. 주로 정문 근처에 있는 체육관을 썼고, 그 보조 체육관은 창고처럼 쓰이거나 아예 닫아둔 상태로 방치되어 있었다. 교무실에도 그 건물 도면은 걸려 있지 않았다. 교장이나 교감도 '거긴 그냥 비워두는 곳'이라며 이상하리만치 무심하게 넘겼다.

나는 우연히 거기에 들어가게 되었다. 운동장 뒤쪽 화단을 따라 걷다가 철문이 살짝 열린 걸 봤다. 그냥 아무 생각 없이 들어갔다. 안은 썩은 나무 냄새가 났다. 천장엔 조명이 없었고, 먼지가 가득했다. 발소리가 사방에 메아리처럼 퍼졌다. 바닥은 옛날 마룻바닥처럼 삐걱거렸고, 한쪽엔 쓰다 버린 의자며 책상이 쌓여 있었다. 천천히 안쪽으로 걸어가던 중, 나는 부대처럼 튀어나온 공간을 보았다.

공간은 높지 않았다. 한 사람 정도 올라가 서 있을 만한 높이. 그 위에 무언가 흔들리고 있었다. 정확히는 누군가의 팔이었다. 치켜든 두 팔이 마치 무언가를 잡으려는 듯 천천히 허공을 가르고 있었다. 나는 소리 없이 뒷걸음질 쳤다. 자세히 보지는 못했지만 본능적으로 저곳에는 사람이 있을 수 없고, 그렇기에 저건 사람이 아니라는 게 온몸을 통해 전해져 왔다. 그날 이후, 그 건물 앞을 지나칠 수 없게 되었고, 누가 시키지 않았는데도 멀리 돌아갔다. 아무 일도 없었다고 스스로에게 되뇌면서도 늘 긴장을 늦추지 못했다.

그런데 진짜 문제는 그때부터 시작이었다. 교무실 복도 끝 거울에 무언가가 비쳤다. 내가 아닌 다른 형체. 내가 움직이지 않아도 그 형체는 어깨를 흔들었다. 학생 한 명이 나를 부르다 문득, 멈추고는 이렇게 말했다.

"선생님, 방금⋯ 뒤에서 뭐 흔들렸어요."

이상한 일은 한둘이 아니었다. 야간 자율학습 도우미 순번이 돌아왔을 때, 교실 복도에서 웅크린 그림자를 봤다. 사람 형체였지만 어깨가 말려 있었고, 팔은 무릎 아래까지 늘어져 있었다. 그리고 마룻바닥, 그 보조 체육관의 바닥 소리가 이따금 교무실에서 들려왔다. 분명히 아무도 밟고 있지 않은데, 무언가가 '뚝, 뚝' 하고 무게를 싣는 소리. 그럴 때마다 내가 다녀온 그 보조 체육관에 무언가 있다는 생각이 들 수밖에 없었다. 내가 그곳에 다녀온 후부터 점차 이상한 일들이 벌어졌고, 직감적으로 그곳에 다녀온 내게 기이한 일들이 벌어지고 있다는 건 알 수 있었다.

다른 선생님들께 보조 체육관에 대해 슬쩍 떠보듯 물었으나 한결같이 대답을 회피하려고 했다. 뭐랄까, 굳이 말하고 싶지 않다는 식이었다. 가장 이상했던 건 교감의 반응이었다.

"거기? 안 쓰는 데야."

짧고 단호한 말투였다. 그리고 그다음 날부터 교감은 내 눈을 피했다. 그 공간은 학교 안의 금기였다. 아무도 말하지 않았지만 모두가 알고 있었다. 그 안에 '뭔가 있다'라는 걸. 그 뭔가는, 내가 본 그 팔, 그 어깨, 그 천천히 흔들리던 몸짓이 전부는 아니었다.

그렇게 어느 월요일 아침이 되었을 때 또다시 섬뜩한 경험을 하게 됐다. 운동장 반대편으로 걸어가다가 그 건물 유리창을 무심코 보게 되었다. 분명히 안엔 아무도 없어야 했다. 그런데 그 안에서 누군가 서 있었다. 그녀는 등을 보이고 있었으며 긴 머리가 어깨 아래까지 내려와 있었고, 붉은빛 원피스 같은 걸 입고 있었다. 그 옷은 이상하게 끝이 찢겨져 있었다. 나는 움직이지 못한 채 그걸 보고 있었다.

그 사람이 아니, 그 형체가 천천히 오른손을 들더니 팔꿈치를 꺾었다. 마치 몸을 풀 듯한 동작이었지만 그 각도는 사람이 가능한 방향이 아니었다. 그녀는 이어서 왼쪽 다리를 꺾듯 들었다. 고개는 여전히 정면을 유지하고 있었으며 움직임은 부드럽지 않았다. 딱딱하고 뭔가가 안에서 부서지는 듯한 느낌. 그리고 한순간, 그녀는 갑자기 목을 꺾었다. '툭' 소리가 내 귀에서 들리는 것처럼 또렷하게 들렸다.

그 순간 나는 숨을 멈췄고 그녀는 그대로 고개를 뒤로 돌려 유리창

너머 내 쪽을 봤다. 그녀와 눈이 마주쳤다. 확신할 수는 없지만, 눈이 마치 검은 구멍 같았다. 눈동자도 흰자도 없는, 그냥 텅 빈 구멍. 나는 그대로 몸을 돌려 달렸다. 호흡이 거칠어졌고, 다리에 힘이 풀렸다.

그날 이후로 나는 혼자 있지 못했다. 컴퓨터를 켜고 라디오를 틀어놓고도 방 안이 비어 있는 느낌을 지울 수 없었다. 거울을 치우기 시작한 것도 그때였다. 눈 마주쳤던 그 형체가 어디에서든 다시 나를 볼 수 있을 것만 같았기 때문이다. 때때로 평소와 다른 것이 느껴지기도 했다. 집에 있으면 벽 한편의 그림자가 늘어났다는 것을 느낄 수 있었다. 방 안의 구조는 늘 같았는데 어느 순간부터 침대 옆 벽 쪽에 작은 구석이 생긴 느낌이 들었다. 거긴 원래 빈 벽이었는데, 이상하게 그림자가 어두웠다. 스탠드 불을 아무리 가까이 비춰도 그림자는 그대로였다.

하루는 불을 다 끄고 침대에 누워 있었는데 그림자 쪽을 보지 않으려고 하니 그쪽에서 무언가 삐걱거리는 소리가 들렸다. 마치 체육관 바닥에서 들리던 그 마룻바닥 소리처럼. 나는 숨을 멈추고 귀를 기울였다. 그리고 딱 한 번, 진짜 딱 한 번 그림자 속에서 하얀 얼굴 하나가 슬그머니 나왔다. 정말 천천히, 앞으로 밀리듯이 얼굴이 나오고 있었다. 그 얼굴이 벽을 통과해 나에게 다가왔고 입술은 보이지 않았고 입은 열려 있었다. 나는 몸이 굳었고, 그 다음 기억은 아침 햇살에 눈을 뜨며 끝났다.

그날 이후, 이제는 편히 잠도 자지 못하는 지경에 이르렀다. 내가 미쳐가는 것인지, 아니면 내 본능이 말하는 것처럼 정말 그곳에 서 있던 여자가 점차 나를 망치고 있는 것인지 알 수 없었다.

그러던 중 며칠 전부터 한 여학생이 수업 시간마다 멍하니 앉아 있는 모습을 보게 되었다. 수업 중 책상 아래로 손을 넣고 가만히 흔들고 있었고, 쉬는 시간에도 아무 말도 없이 창밖만 바라봤다. 그러다 하루는 아예 등교하지 않았다. 나는 그냥 감기겠지 했지만, 그 학생의 담임이 내게 조용히 말했다.

"걔 좀 이상해졌었어요. 며칠 전부터 복도에서 혼잣말하고, 체육관 창문만 계속 보고 있었다고…."

결국, 그 아이는 전학 갔다. 공식적인 이유는 부모의 직장 이동이었지만 며칠 후, 다른 반 학생들 사이에서 이상한 말이 돌았다.

"걔, 갑자기 소리 지르고 쓰러졌대요. 야자 끝나고 나서 체육관 근처 지나가다가… 거기서 뭐 봤대요."

전학 간 아이를 두고 기괴한 소문이 퍼져나갈 때, 나에게는 점차 심각한 일들이 벌어지고 있었다. 밤에 잠들지 못했고, 아침이면 팔다리에 마비가 오는 듯한 통증이 반복됐다. 멍하니 앉아 있다가도 문득, 몸이 아닌 무언가가 나를 움직이는 느낌이 들었다. 수업 시간에도 문장을 끝맺지 못했고, 칠판을 쓸 때면 손에 힘이 들어가지 않았다. 아이들은 하나둘 이상한 눈으로 나를 보기 시작했다.

그날은 오후에 교무실에 혼자 앉아 정리하고 있었다. 커피잔을 책상에 올려놓고, 문서를 넘기다가 고개를 들었는데, 바로 맞은편 파티션에 무언가 서 있었다. 내 바로 앞자리는 분명 3반 담임 선생님의 자리였지만 지금 내 앞에 서 있는 사람은 그 선생님이 아니었다. 빨간 옷, 꺾인 고개와 손목. 그 여자는 채 50cm도 안 되는 거리에서 나를 쳐다보고 있었다. 눈이 없는데도 눈이 마주치고 있다는 걸 느낄 수 있었고 나는 의자에 앉은 채로 의식이 끊겼다.

구급차가 와서 날 실어갔고, 병원 침대에 누운 채 내가 깨어난 건 몇 시간 뒤였다. 동료 교사들이 나를 발견했을 때, 나는 의자에서 쓰러진 채 몸을 심하게 떨고 있었다고 한다. 눈은 감고 있었지만 입을 계속 벌리고 있었다고 한다.

눈을 감았다 떴다를 반복하던 중 어느 순간 내 옆에 교장과 교감이 서 있었다. 그들의 표정은 말없이 굳어 있었고, 눈빛엔 불안감이 가득했다. 하지만 그들의 표정에서 나에 대한 걱정보다는 다른 것을 더 걱정하고 있는 게 느껴졌다. 교장과 교감은 의자에 앉지 않았다. 그리고 그간 내가 겪은 모든 일을 물었고, 나는 하나도 놓치지 않고 다 말했다. 그들은 가만히 듣고 있었다. 그 어떤 끼어듦도, 부정도 없었다.

"정말… 본 거지?"

교감의 목소리는 낮고 단단했다. 나는 대답 대신 고개를 끄덕였다. 그건 내가 원해서 본 게 아니었다. 침묵이 길게 이어졌고 교감이 먼저 입을 열었다.

"이전에도 자네 같은 사람이 있었지."

나는 말을 잃었다.

"지금, 그 건물 안에 남아 있는 귀신은 당신한테 붙어 있어. 보조 체육관에서 자네가 봤다고 하는 여자는 사람이 아니야."

교장은 무겁게 고개를 끄덕였고 나지막한 목소리로 말했다.

"이제부터 제가 하는 말 잘 들으세요. 무당이, 당신이 직접 와야 한다고 하더군요."

"네? 무당이요?"

"이 선생 잘 들어요. 이 선생도 살아야 하지만 결국 체육관에 있는 걸 없애야 해결이 됩니다. 그게 귀신이라면 성불을 시켜야 더 이상의 문제가 없을 겁니다. 그간 학교 측에서 쉬쉬했던 건 사실이고, 그 때문에 피해를 보게 만들어 진심으로 사과드립니다. 하지만 저희가 알아본 무당이 말하기를 이 선생에게도 원혼이 붙어 있어서 굿을 할 때 꼭 같이 있어야 한다고 했습니다. 힘들겠지만 도와줄 수 있죠?"

결국, 내가 퇴원하는 날에 맞춰 저녁에, 학교에서 굿을 하는 것으로 정해졌다. 퇴원은 예상보다 빨랐고 몸 상태도 호전됐다. 그리고 그날 저녁, 학교에 다시 가게 됐다. 학생들도, 다른 교사들도 모두 집에 돌아간 늦은 시간이었다. 보조 체육관은 이미 조용히 정리되어 있었다. 잡동사니들이 치워졌고, 한쪽에 작은 돗자리가 깔려 있었다.

거기엔 무당 하나가 앉아 있었다. 그녀는 나를 보자 말없이 손짓했다. 나는 잠자코 그 앞에 앉았다. 무당은 내 이마에 손을 얹고 눈을 감았다. 한참이 흐른 뒤 그녀가 입을 열었다.

"그애는 오래 있었어."

목소리는 조용하고 낮았다. 그래서 머리카락이 곤두설 만큼 무서웠다.

"처음부터 저렇지 않았을 거야. 처음엔 그냥 조용했지. 벽 쪽에 앉아서, 소리도 없이 책을 보던 애였어. 누구랑도 말하지 않고, 혼자 이곳에 왔어. 그게 그 아이한텐 마지막 남은 공간이었지. 외로웠던 거야. 학교에서, 친구들에게서, 받은 상처. 그애가 감당하기에는 너무 컸을 거야. 그리고 마지막 순간까지도 아무도 몰랐지. 그 아이가 혼자 이곳에서 목을 맸단 사실을 말이야."

 나는 온몸이 차가워졌다. 그리고 무당은 말없이 부적을 꺼냈다. 붉은 종이에 검은 글씨로 무언가 써 내려갔고, 그걸 내 양쪽 어깨에 붙였다. 그다음엔 내 머리 위로 천을 씌웠다. 나는 아무것도 보이지 않았다. 천의 어둠 너머로 작은 촛불 타는 소리와 무당이 중얼거리는 낮은 목소리만 들렸다. 그리고 조용히 무언가가 내 왼쪽 어깨를 건드렸다. 움찔했지만 움직이지 않았다. 그다음 등 뒤에서 기척이 느껴졌고, 뼈마디가 튀듯 흔들리는 소리가 들렸다. 누군가 손을 들어 천을 잡아당기려는 듯한 느낌도 들었다. 실제 손은 없었지만, 촉감은 생생했다.

 무당은 중얼거리는 속도를 높였다. 점점 빠르고 낮게, 목소리가 땅으로 꺼져 들어가듯 이어졌다. 내 목이 조여오기 시작했다. 팔이 들썩였고, 어깨가 안으로 말리는 듯한 통증이 왔다. 나는 눈을 감은 채 입을 다물었다.

 그때였다. 내 안에서 무언가가 '나가려는' 느낌이 들었다. 기침처럼 밀려오던 그 감각은 이제 목 안쪽에서 진동처럼 번졌다. 내 안에 남아 있던 그 무엇이 빠져나가고 있었다. 그 순간, 무당이 나지막이 말했다.

 "이제 이승에 미련 없이 가시게나. 억울함, 분통함은 이곳에 두고 그분의 품에 안기시게나."

그 말과 함께 몸이 떨렸고, 이유 없이 눈물이 흘렀다. 잠시 후, 그대로 돗자리 위에 쓰러졌다. 숨이 거칠게 나왔고 한동안 아무 말도 할 수 없었다. 무당과 함께 온 것으로 보이는 사람들이 나를 부축했고, 한참을 그곳에서 머물다 겨우 집으로 돌아올 수 있었다.

다음 날이 되어 무당에게 직접 연락을 하게 되었다. 나에게 더 이상 문제가 없는지, 이제는 어떻게 하면 좋을지 여러모로 궁금했다. 무당은 이제는 괜찮을 것이고 특별한 비방도 필요 없다고 말했다. 그리고 그곳에 있는 여자에 대해서도 간략히나마 말해줬다. 아주 오래전부터 있었던 영가는 이곳의 학생이었다고 한다. 명확한 이유는 몰라도 원통함이 가득한 채 스스로 생을 마감한 영가이며, 시간이 지나며 악만 남은 원혼이 된 채 자신의 원한을 다른 이에게 풀었다는 것. 아마 그간 당한 사람들이 한두 명이 아니었을 거라고. 그나마 지금이라도 해결을 했으니 다행이라고 덧붙였다. 그날 이후 더는 악몽을 꾸지 않았다. 기이한 움직임도 눈앞에 떠오르던 형체도 어느 순간부터 자취를 감췄다.

몇 주 후, 나는 전근 발령을 받았다. 신청하지 않았지만 이미 정해진 일이었다. 교장은 조용히 내게 인사했고, 교감은 악수 대신 짧은 고개 인사로 떠나는 나를 배웅했다.

보조 체육관은 출입 금지 구역이 되었다. 학교 측은 안전 점검이라는 명복으로 건물 전체를 폐쇄했다. 그리고 나서 한 달 뒤, 그곳은 아예 철거되었다. 아무 말 없이 학교 게시판에 붙은 공지 하나로 조용히 허물어졌다.

　나는 새로운 지역으로 옮겨 새 학기를 준비했다. 지방이었지만 학생들은 활기찼고, 선생님들끼리도 분위기가 좋았다. 하지만 여전히 나는 거울 앞에 오래 서지 않는다. 밤에 어깨가 떨릴 때면 이불을 끝까지 덮고 눈을 감는다. 가끔은 버스 차창에 붉은 천이 스치는 듯한 느낌이 들면 두 눈을 질끈 감는다.

쉬는 시간

이 세상에는 굉장히 다양한 귀신이 존재합니다. 으레 땅덩어리가 좁다고 말하는 우리나라에서조차 사람들이 알지 못하는 귀신들이 무수하죠. 언제부터 이런 귀신들이 존재해왔는지도 알기 어렵고, 그저 사람들의 입을 통해 전해져 오는 악귀도 있죠. 그중에는 존재의 이유도 모르고, 퇴마할 수도 없는 원령도 있습니다. 다가갈 수도 없고, 그저 피할 수밖에 없는 존재 말입니다.

10교시 ──────────── 달귀굴

이 이야기를 꺼낼까 말까 며칠을 고민했다. 지금도 솔직히 손이 덜덜 떨린다. 그 이름을 입에 올리는 것조차 꺼려지지만, 어쩌면 이 이야기를 알아야 하는 사람이 있을지도 모르기에 조심스럽게 말해본다.

'달귀굴'. 우리 마을 사람들끼리는 그렇게 불렀다. 누가 이름을 지었는지도 모르는 지도에도 없는 굴. 하지만 달귀굴은 그저 '위쪽 굴' '그 입구' '거기' 같은 식으로 불렸다. 어른들은 늘 입을 꾹 다물었고, 아이들도 겁에 질려 이야기를 하다가도 주변이 조용해지면 누구랄 것도 없이 말끝을 흐려댔다.

달귀굴 근처엔 가지 말 것. 돌 하나라도 건드리지 말 것. 해 지기 전엔 산 아래로 내려올 것. 이 세 가지는 마을에서 나고 자란 아이들이라면 누구나 외우고 지켜야 하는 규칙이었다. 어렸을 때는 그저 어른들이 겁을 준다고 생각했다. 대부분의 시골 마을이 그렇듯, 무언가 터부시되는 공간이 한 군데쯤 있었으니까.

하지만 우리 마을은 달랐다. 달귀굴에 대해선 아무도 농담을 하지 않았다. 심지어 장난삼아 입 밖으로 꺼내기만 해도 뺨을 맞을 정도였다. 가끔 시장에서 술에 취한 어르신들이 '그때 거기서 그 사람을 봤다'라고 횡설수설 말을 꺼내면 이내 가족들이 부랴부랴 말렸다. 그리고 그 사람은 다음 날부터 얼굴을 비추지 않았다.

가장 섬뜩했던 건, 그 굴 근처엔 항상 작은 돌탑이 쌓여 있었다는 것이다. 누가 쌓았는지는 모르겠지만, 매번 다녀올 때마다 모양이 조금씩 달라져 있었다. 일렬로 나란히 놓인 것도 아니고, 어디선가 굴러온 듯한 돌들이 마치 아이 손으로 대충 올려놓은 것처럼 삐뚤빼뚤했다. 돌탑엔 꽃이나 인형, 아이가 낙서를 그린 종이 같은 것도 올려져 있을 때가 있었는데 누가 놓았는지는 아무도 몰랐다.

심지어 그 굴로 이어지는 길 자체도 사람 손이 닿지 않은 듯했다. 풀과 넝쿨, 낡은 철망, 낙엽들 틈새로 마치 시간이 멈춘 것 같은 느낌이었다. 어릴 적, 할아버지는 내게 한 번 이렇게 말한 적이 있다.

"다른 데는 다 가도 돼. 근데 거기는 안 된다. 거긴 울고 있는 데다."

나는 할아버지의 말뜻을 알진 못했지만, 그 말을 하던 할아버지의 목소리와 눈빛만큼은 아직도 생생하다. 할아버지는 정말로 무서워하고 계셨다. 그게 단순히 미신이 아니라 실제 경험에서 우러나온 말이라는 걸 그때 나는 알지 못했다.

그 후로 시간이 지나고, 나는 도시에 나와 살게 되었다. 어느덧 마을도 기억에서 조금씩 흐려지고 있었고, 달귀굴이란 이름도 머릿속에서 지워지고 있었다. 그런데 며칠 전, 우연히 본 인터넷 커뮤니티 글 하나가 나를 멈춰 세웠다. 제목은 단순했다.

'OO에 있는 이상한 동굴에 대해 아는 사람?'

내용은 짧았지만, 그 안에 있는 묘사 하나하나가 너무도 익숙했다. 누군가 '달귀굴'이라고 부르던 곳. 울음소리가 들렸던 기억이 있는 곳. 그 글을 보고 난 뒤, 나는 그날 밤 잠을 제대로 이루지 못했다. 잊었다고 생각했던 굴이 다시금 머릿속에서 생생하게 기억나기 시작했다. 이제부터 내가 알고 있는 굴에 관한 이야기를 하나씩 꺼내 보려 한다.

나는 그 굴 근처에 가본 적이 있다. 지금에 와서 생각하면 어처구니없는 짓이지만, 그땐 몰랐다. 열한 살, 그때 나는 친구 둘과 함께 작은 모험을 계획했다. 가을이었고, 마을 초입에 있던 숲이 붉게 물들던 시기였다. 어느 날 학교를 마치고 마을로 돌아온 우리는 '그곳'에 가보자고 입을 모았다.

처음에는 누구도 먼저 말하지 못했지만, 결국 한 친구가 슬쩍 꺼낸 말에 나머지도 모른 척 고개를 끄덕였다. 모두 무서워했지만, 동시에 너무나 궁금했던 거다. 아무도 가지 말라 했던 그곳, 그토록 두려움으로 감싸진 금기의 장소는 아이들에겐 결국 '가보고 싶은 곳'이 될 수밖에 없었다.

산에 오르며 우린 일부러 장난을 치고 웃음을 터뜨리곤 했다. 무서움을 감추려는 유치한 방어기제였을 것이다. 그러나 길이 갈수록 숲은 조용해졌고, 발소리만 저벅저벅 메아리처럼 따라왔다. 굵은 나무뿌리를 넘어, 바윗길을 오르고 마침내 우리가 도착한 곳은 정말 '말도 안 되게' 존재하는 그 입구였다.

굴의 입구는 어른 키만 했고 사방이 바위로 둘러싸인 틈새 같았다.

입구 앞은 바람도 불지 않았다. 그 안은 마치 세상과 단절된 공간 같았다. 굴 앞엔 정말로 돌탑이 있었다. 우리가 상상했던 것보다 훨씬 많았다. 작은 것, 큰 것, 쌓다 만 것, 무너진 것…. 마치 무덤처럼 줄지어 놓여 있었고 그 위에는 무언가 삐뚤삐뚤하게 적힌 천 조각도 보였다. 가까이 가서 보니, 붉은색으로 무언가 쓰여 있었지만 어렸던 우리는 이해할 수 없었다.

내가 가장 기억에 남는 순간은 셋이 굴 앞에 서서 아무 말 없이 바라보던 그때였다. 한 친구가 입을 열었다.

"저 앞까지만 가보자."

나는 친구를 말렸지만, 그 친구는 벌써 앞쪽으로 발을 옮기고 있었다. 그때 돌탑 하나가 '탁' 하고 쓰러졌다. 세 명 다 동시에 얼어붙었다. 그리고 몇 초 뒤, 동굴 안에서 무언가 '철퍼덕' 하고 바닥을 치는 소리가 들렸다. 물웅덩이에 무언가 떨어지는 소리였다. 그 친구가 "그만 가자" 하고 말했을 때 우린 서로 쳐다보지도 않고 등 돌리고 뛰었다. 나무뿌리에 걸려 넘어졌고, 흙이 묻은 채로 내려왔다. 숨이 턱에 차오를 때까지 내달렸고 그날 이후 우리는 서로 그 일에 대해 단 한마디도 하지 않았다.

며칠 뒤, 같이 간 친구 중 한 명이 학교에 나오지 않았다. 어른들은 감기라고 했지만, 나중에 들은 말로는 밤마다 고열에 시달리면서 울다가 병원에 입원했다고 그랬다. 그리고 이후에 친구의 집은 마을을 떠났다. 그리고 친구는 끝내 학교에 돌아오지 않았다. 나는 괜히 그 일을 말하려다 입을 다물었다. 왠지 그 이름을 다시 꺼내면 우리 모두에게 무슨 일이 생길 것 같았다.

며칠이 지나자 마을은 평소처럼 조용해졌다. 그날 같이 갔던 아이의 가족이 이사 간 것도 표면적으로는 병치레 때문이라고 했지만 누가 봐도 그날 이후였다는 걸 알고 있었다. 그런데 아무도 그 이야기를 하지 않았다. 선생님도, 이웃도, 우리 부모님조차도.

그때 처음으로 느꼈다. 이 마을은 그 굴을 알고 있지만 아무도 말하지 않는다는 것을. 그러다 우연히 마을 회관 앞 평상에 앉아 계시던 할머니 둘이 조용히 나누는 이야기를 들은 적이 있다.

"그애가 그곳엘 갔었다네?"

"허허, 세상에…. 또 한 명 가는 거지 뭐."

그 말이 내 귀에 그대로 박혔다. '또 한 명'. 이건 처음 있는 일이 아니었다. 나는 무작정 할아버지에게 물었다. 달귀굴이 뭐냐고, 거기에 뭐가 있었길래 다들 숨기냐고. 그 순간 할아버지는 깊은 한숨을 쉬며 손을 떨었다.

그러곤 담배를 꺼내 물더니 말없이 입가만 우물거리셨다. 나는 대답을 듣지 못했지만 그 표정만으로도 확신할 수 있었다. 그 굴은 누군가에게는 '잊고 싶은' 과거였다. 정확한 기록은 없지만 아주 오래된 종이 위에 '갱도' '묘지 터'라는 단어가 흔적처럼 남아 있었다. 노인들 사이에서 돌던 말로는 그 굴은 원래 일제강점기 때 뚫린 것이었다고 했다. 마을 근처에 탄광이 있었고, 거기서 끌려온 사람들이 밤낮없이 굴을 팠다고. 그런데 어느 날 갑자기 굴이 봉쇄됐단다. 무너진 것도, 닫힌 것두 아닌 '안에서 문을 걸어 잠갔다'는 소문.

그리고 마을 주민 몇 명이 갑자기 사라졌다. 다들 전쟁터에 나갔다고 생각했지만 그 이름은 어디에도 올라가지 않았고 기념비에도 없었다. 그들 중 일부는, 아직 그 굴 안에 있다는 말도 돌았다. 그 이야기엔 뒷말이 붙었다. 그 굴은 무언가를 가두기 위해서 막은 것이라는 소문이 있다고 하셨다.

그래서 지금도 그 사람들을 보내주기 위해서 돌탑을 쌓는단다. 하지만 아무도 가지 않는다. 그 탑은, 밤마다 누군가가 와서 쌓는 거라고 했다. 동네 개가 울고, 고양이가 울부짖는 날이면 다음 날 꼭 돌탑이 하나씩 더 생긴다고. 그 말을 들은 날, 나는 밤새 창밖을 보며 잠들지 못했다. 다행히 나에게는 딱히 문제가 발생하지 않았지만 결국 친구들과 다녀왔기 때문에 혹시나 무슨 일이 벌어지는 게 아닐까 하고 겁에 질렸던 기억이 난다.

마을에 큰일이 있었던 건 내가 열다섯이던 해였다. 그 전까지 달귀굴은 공포의 대상이었지만, 어디까지나 '가지 말아야 할 곳'이었다. 하지만 그해, 누군가가 그 규칙을 깨버렸다.

태현이 형은 서울에서 잠깐 내려온 청년이었고, 도시에서 대학까지 나왔다는 사실만으로 마을에선 꽤 똑똑한 사람으로 통했다. 평소에도 터무니없는 미신을 비웃곤 했고, 동네 어르신들이 금기 이야기를 꺼낼 때면 말끝마다 웃음을 삼키며 '시골이라 그렇다'며 넘기던 사람이었다. 태현이 형은 그 굴을 '봉쇄해야 한다'고 주장했다.

"그딴 거에 휘둘리니까 이 마을이 늙어가는 거야. 진작에 막았어야 했지. 뭐 귀신? 웃기지도 않아. 밤에 소리 난다고 무서워하니까 더 소문이 무성해지는 거지."

마을 사람들은 처음엔 말렸지만, 형은 이미 마음을 굳힌 상태였다. 게다가 평소 그와 어울리던 또래 남자 셋이 동참을 선언하면서 일이 커졌다. 그날 밤, 네 명의 청년이 포대 자루, 시멘트, 철판, 망치, 삽을 들고 달귀굴을 향해 올라갔다.

그 넷은 멀쩡하게 돌아오지 못했다. 정확히는, 그날 밤 이후 그들에겐 각기 다른 일이 벌어졌다. 태현이 형은 그날 새벽 거품을 물며 혼자 집에 돌아왔다고 했다. 몸은 진흙투성이였고, 눈동자는 초점이 없었다. 그의 부모는 서둘러 그를 데리고 서울로 올라갔고 그 후로 그를 본 사람은 아무도 없었다.

남은 세 명 중 하나는 그로부터 보름 후, 실종되었다. 마을 뒷산으로 나무하러 간다고 나간 후 다시는 돌아오지 않았다. 또 한 명은 몇 달 후 자기 집 헛간에서 목을 맸고, 마지막 남은 한 명은 결국 정신이상을 겪었다고 들었다. 그 사람이 사건에 대해 입을 뗄 수 있는 유일한 사람이었다. 하지만 그는 어느 날부터 무언가를 '계속 본다'고 말하더니 얼마 지나지 않아 말을 아예 멈췄다. 그러고는 그 누구도 그 일에 대해 다시는 언급하지 않았다.

나도 그냥 그렇게 알고 지냈다. 무서운 기억, 무거운 사건은 지워야 한다고 생각했다. 그렇게 수년이 흘러 나는 이제 마을을 떠나 도시에서 직장생활을 하고 있었고 달귀굴의 기억은 누군가 끄집어내지 않는 이상 떠오르지 않았다. 그러던 어느 날, 퇴근 후 집에 와서 맥주 하나

까놓고 노트북을 켜고 인터넷 커뮤니티를 훑던 중이었다. 도시괴담, 폐가 체험담, 미스터리 사건들이 올라오는 게시판. 그중 하나에 시선이 멈췄다.

익명 게시자의 글이었고 나는 별생각 없이 클릭했다. 하지만 한 줄, 두 줄 읽을수록 손에 들고 있던 맥주캔을 내려놓게 됐다. 그 내용은 이랬다.

"그 마을은 이름도 지도에도 잘 안 나온다. 하지만 거기엔 오래전부터 전해지는 금기가 하나 있다. 산속 어귀에 있는 작은 굴. 겉보기엔 깊지 않아 보이는데 안은 어둠 그 자체라고 한다. 누구도 굴의 끝을 본 적이 없고, 몇몇은 밤에 그 근처를 지나가다 사람이 아닌 걸 본 적이 있다고 했다. 이상한 건, 그 굴의 입구 앞에는 항상 돌탑이 있다. 누가 쌓는지도 모르고, 무너뜨리면 반드시 무슨 일이 생긴다.

가끔 사람들이 그 굴을 막으려 들었다. 철판을 대거나, 막돌로 틀어막거나. 그런데 꼭 그다음 날이면 마을에서 이상한 일이 생겼다고 한다. 어느 가족이 한꺼번에 병들거나 누군가가 소리를 듣고 사라지거나. 그 굴의 이름은 정확히 전해지지 않는다. 누군가는 '달귀굴'이라고 불렀다고도 한다. 밤마다 달빛이 굴 입구만 비춘다고."

나는 그 문장을 읽고 숨이 멎는 줄 알았다. 이 굴과 마을의 금기를 아는 사람이 다른 데도 있었다는 것을 이때 처음 알았다. 글쓴이는 끝에 이렇게 남겼다.

"진짜 무서운 건, 그 굴엔 아무 소리도, 아무것도 없는 것처럼 보여도 사람을 집어삼킨다는 거다. 괜찮다고 돌아온 사람도 결국엔 다 무너진다고 하더라."

그 글을 읽은 후, 나는 밤새 잠들지 못했다. 그곳을 알지도 못할 누군가가 나보다 더 정확하게 그 굴을 설명하고 있었다는 사실에 식은땀이 멈추지 않았다. 어린 시절의 기억들이 마치 오래 잠들어 있던 상자처럼 하나둘씩 열리기 시작했다.

굴 앞에서 느꼈던 공기, 마을 어르신들의 침묵, 그리고 말을 잃은 그 마지막 사람의 눈동자. 나는 그 굴을 다시 보지 않았다. 성인이 된 이후에도 명절에 마을에 들를 때마다 그 근처는 무의식적으로 피해 다녔다. 하지만 이상하게도, 그 이후로도 가끔 달귀굴 앞에 서 있는 꿈을 꾼다.

언제나 같은 구도다. 나는 돌탑 옆에 서 있고, 어디선가 젖은 흙냄새가 풍겨오고, 굴 안은 보이지 않지만 '뭔가'가 그 안에서 나를 지켜보고 있다는 확신 같은 게 느껴지기도 한다. 나는 아직도 가끔씩, 밤이 되면 이마를 짚어본다. 열이 나는 것도 아닌데 얼굴이 끈적이게 식은땀이 흐를 때면, 그 굴 앞에 다시 서게 될까 봐 혼자 중얼거리게 된다.

"가지 마라. 절대로… 거긴 다시 가지 마."

2학기

강령 | 웃는 귀신 | 물귀신 | 빙의
꿈 | 모텔 | 이모의 원혼 | 산귀신 | 무덤귀 | 장례식장

쉬는 시간

귀신의 존재는 이미 오래전부터 인간 문화와 함께해왔습니다. 존재를 믿든 믿지 않든 여러 이유와 방식을 통해 영혼이라는 것이 우리 일상에 녹아 있죠. 그중에는 실제로 귀신을 조우하고 싶다는 갈망도 있습니다. 특정 의식을 통해 자신이 원하는 귀신을 만나는 것. 하지만 귀신은 결국 산 사람들과 함께할 수 없는 존재이기도 합니다. 그렇기 때문에 순리를 거슬렀을 때 오는 결과는 상상 이상으로 끔찍하고 참혹하기도 합니다.

1교시 — 강령

이건 내 동생과의 이야기다. 처음부터 돌이켜보면, 그애는 내 인생의 절반이었다. 단순히 형제였다는 이유가 아니라, 우리는 어렸을 때부터 거의 하나처럼 지냈다. 같은 장난감으로 놀고, 같은 만화를 보고, 같은 라면을 끓여 먹으며 자랐다. 내가 먼저 학교에 가고, 친구들과 어울리는 시간이 늘어나자 혼자 집에 남겨졌던 동생은 매일 나를 따라다녔다. 그리고 나 역시 그게 싫지 않았다.

동생은 내게 많은 이야기를 털어놓곤 했다. 친구 사이에서의 고민, 공부에 대한 불안감, 여자친구 얘기까지. 물론, 그걸 내가 다 이해하고 공감했던 건 아니지만, 적어도 내 앞에서만큼은 웃으며 털어놓을 수 있었던 존재였던 것 같다.

우리는 어릴 때 그렇게 끈끈했지만, 결국 현실이라는 건 그런 유대를 조금씩 파고드는 것이었는지도 모른다. 나는 서울의 대학에 합격해 상경했고, 기숙사와 자취방을 전전하며 살았다. 처음에는 매일같이 통화하고 문자를 주고받았지만, 시간이 지나면서 그 빈도도 줄어들었다.

동생은 아직 중학생이었고, 나와는 다르게 시방에 남아야 했다. 휴학 없이 대학을 졸업하고 취업 준비를 하느라 바쁘다 보니, 명절이나 특별한 날을 제외하고는 본가에 내려갈 일도 많지 않았다. 그렇게 우리는, 어느새 멀어졌다.

가끔 본가에 내려가면 동생은 여전히 밝은 얼굴로 나를 맞아주곤 했다. 어렸을 때처럼 노닥거리고, 오락하고, 밤늦게까지 수다를 떨며 웃었다. 하지만 다시 서울로 올라오는 날이면, 괜히 어색한 인사를 하고, 서로의 뒷모습을 바라보며 돌아서곤 했다.

생각해보면, 그 시기가 마지막이었다. 아무 걱정 없이 마주 앉아 웃었던 시간. 지금 생각하면 더할 나위 없이 소중했던 그 기억들. 대학을 졸업하고 취업을 하게 된 나는, 정말 말 그대로 정신없이 바쁜 하루하루를 보내고 있었다. 출근하고, 회의하고, 야근하고, 집에 돌아와선 쓰러지듯 잠들었다. 하루를 겨우 버티고 살아가는 느낌이었다.

동생은 어느새 지방의 한 대학교에 입학해 있었다. 어머니는 "수민이도 많이 컸어"라며 사진을 보내주곤 했고, 나는 그저 피곤한 눈으로 대충 넘겨보곤 했다. 나도 그애도 바빴고, 우리의 시간은 조금씩 어긋나고 있었다. 그러다 가끔 동생에게서 연락이 왔다.

-형, 요즘 잘 지내? 다음에 내려오면 회 먹으러 가자.

나는 그런 문자에 '응' '그래' '조만간 보자' 같은 짧은 답만을 보내곤 했다. 지금 생각해보면, 왜 그랬을까 싶다. 왜 그렇게 짧게, 무심하게 답했을까. 왜 한 번이라도 먼저 전화를 걸어보지 않았을까.

그날도 평소와 다르지 않은 하루였다. 사무실에서 정신없이 일하고, 정시퇴근은 고사하고 잡무에 휘둘리며 늦게 퇴근하던 중이었다. 퇴근길 버스 안에서 동생에게 전화가 왔다. 정신없는 소음 속에서 받은 전화, 동생은 늘 그렇듯 "형" 하고 먼저 말을 걸었다.

그런데 이상했다. 목소리가 평소와 달랐다. 풀 죽은 목소리, 말끝이 자꾸 흐려졌고, 뭔가 말을 돌리는 느낌이 들었다.

"무슨 일 있어?"

"아니야, 그냥 요즘 좀 피곤해서 그래."

"학교는 잘 다니고?"

"어…. 그럼, 잘 다니지…."

멋쩍은 웃음 뒤에 짧은 침묵이 흘렀다. 평소처럼 투덜거리거나, 성의 없이 장난을 치던 동생이 아니었다. 나는 뭔가 이상하다고 느꼈지만, 막상 그 자리에서 더 깊게 묻지는 않았다. 대화는 흐지부지 끝났고, 통화를 끊으며 들려오는 짧은 부름이 유난히 마음에 걸렸다. 하지만 그날로부터 며칠 뒤, 생각지도 못한 전화 한 통이 울렸다.

"태민아…, 수민이가… 수민이가… 죽었어…."

그 순간을 어떻게 설명할 수 있을까. 귀가 멍해지고, 핸드폰이 손에서 미끄러졌다. 눈앞이 갑자기 빙글빙글 돌았다. 그 말이 현실이라는 걸 받아들이기까지 시간이 오래 걸렸다. 아니, 지금도 그 순간은 꿈처럼 느껴진다.

동생은 죽었다. 자살이었다. 학교 근처의 작은 원룸에서 스스로 목숨을 끊었다고 했다. 그날 이후로 모든 게 무너졌다. 급히 지방으로 내려가 장례식장에 도착했을 때, 이미 부모님은 넋이 나가 있었다. 어머니는 바닥에 주저앉은 채 울부짖고 있었고, 아버지는 고개를 들지 못한 채 손만 부들부들 떨고 있었다.

나는 그 앞에서 멍하니 서 있었다. 눈물조차 나오지 않았다. 슬픔이 너무 커지면 아무 감정도 느껴지지 않는다는 말을, 그때 처음 알았다. 죽음의 이유는, 나중에서야 들었다.

동생은 2년 전쯤 사기를 당했다. 처음엔 투자 관련한 사기였고, 그것 때문에 큰돈을 잃었다. 부모님께 말하지도 못하고, 혼자 감당하려고 했단다. 휴학하고, 아르바이트를 두세 개씩 하면서, 빚을 조금씩 갚아왔다고 했다. 그러는 동안 학교는 거의 나가지 못했고, 취업 준비는커녕 사람들과의 연락도 끊긴 상태였다.

그 모든 걸… 나는 몰랐다. 나와 연락을 했던 시기에도, 그 애는 그런 무게를 혼자 짊어지고 있었다. 나는 그저 '괜찮아 보이네' '말은 잘하네'라고 생각했을 뿐, 그 안을 보려 하지 않았다. 동생의 유품을 정리하다가, 책상 서랍 깊숙한 곳에서 형에게 쓴 쪽지 하나를 발견했다. 부치지도 못했지만 나에게 도착한 편지였다.

- 형, 나 사실 요즘 너무 힘들어. 그냥 형이랑 어릴 때처럼 다시 어디든 놀러 가고 싶어. 아무 생각 없이 웃던 시절로 돌아가고 싶다. 형, 형은 늘 멋지게만 보여. 그래서 내 마음을 더 말하기 어려웠어. 혹시 나중에라도 내가 없어지면… 미안해. -

나는 그걸 읽고도 울지 못했다. 그저 자리에 주저앉았다. 장례식이 끝나고 나서도 나는 아무 일도 할 수 없었다. 회사는 당연히 휴가를 냈고 며칠이 지나도 복귀하지 못했다. 상사는 조용히 넘어갔지만, 동료 몇몇은 나를 피하는 눈치였다. 다들 나를 어떻게 대해야 할지 눈치만 보고 있었다.

하지만 그런 건 상관없었다. 문제는 나 자신이었다. 집에 돌아오면, 온 방 안에서 동생의 흔적이 따라왔다. 냉장고 문을 열다 보면 동생이 좋아하던 요구르트가 보였고, 폴더 안에서 게임을 정리하다가 예전에 둘이 했던 온라인게임의 아이콘을 발견했다.

이따금 동생이 보낸 예전 카톡을 보기도 했다. 짧은 문장이 화면에 남아 있는 걸 보면… 나는 그 자리에서 한참을 멍하니 쳐다보기만 했다. 무엇보다 견딜 수 없었던 건, 동생이 그렇게 죽을지 '내가 몰랐다는 사실'이었다. 동생은 그렇게 힘들었는데, 그렇게 괴로워했는데… 왜 나는 단 한 번도 이상하다고 느끼지 못했던 걸까. 그땐 왜 더 길게 통화하지 않았지. 왜 그때 웃는 척하는 그 표정을 알아보지 못했을까.

매일 밤 자책이 내 머릿속을 갉아먹고 있었다. 제정신이 아닌 채로 하루하루를 보냈다. 자주 술을 마셨고, TV를 켜놓은 채 하루를 멍하니 보내기도 했다. 평일과 주말의 구분도 없었고, 밤낮이 바뀐 하루하루를 보냈다. 어떤 날은 온종일 말 한 마디 하지 않을 때도 있었다.

그렇게 또 하루가 지나던 어느 날 밤, 비가 오던 날 이미 반쯤 마신 소주병을 책상 위에 올려둔 채, 나는 핸드폰을 만지작거리고 있었다. 술기운 탓인지 나도 모르게 인터넷을 뒤적이기 시작했다. 처음엔 그냥 무의식적으로 '죽은 사람' '꿈' '자살한 가족 만나는 방법' 같은 걸 검색하고 있었는데 문득 게시글 하나가 눈에 띄었다.

"죽은 사람을 다시 만나는 방법. 단, 단단히 각오하고 하세요."

나는 그 게시글을 클릭했다. 글은 익명의 사용자가 올린 것이었고, 게시일은 몇 년 전이었다. 내용은 조악했다. 오컬트 포럼에 떠도는 괴담 같은 분위기였고, 전문적인 설명은커녕 오타도 많았다. 하지만 어딘가 이상하게 진지했다. 그리고… 내가 딱 원하던 이야기였다.

"강령술이란건, 귀신을 불러내는 기술입니다. 보통은 무당이나 주술사가 하죠. 하지만 본인만의 간절함과 준비물, 그리고 정확한 순서를 따른다면 일반인도 할 수 있다고 합니다."

나는 그 문장을 두세 번 다시 읽었다.

"먼저, 그 사람과 관련된 유품이 있어야 합니다. 사진, 입던 옷, 머리카락이 가장 좋습니다. 둘째, 그 사람과의 관계가 가까웠을수록 성공 확률이 높습니다. 마지막으로, 손톱과 머리카락을 함께 묶어 주문을 외야 합니다."

나는 처음엔 웃었다. 허무맹랑한 이야기처럼 들렸다. 이게 무슨 게임도 아니고, 정말 저렇게 하면 귀신이 나타난단 말인가? 하지만 웃으면서도… 나는 이미 그걸 따라 하려고 마음먹고 있었다.

며칠 동안 나는 그 인터넷 글을 여러 번 다시 읽었다. 처음엔 장난처럼 여겼던 그 글이 자꾸 머릿속에서 떠나지 않았다. 밤에 누워 눈을 감아도, 문득 눈을 떴을 때 창문 너머 보이는 어두운 하늘을 볼 때도, 내 머릿속엔 '진짜 동생이 다시 돌아온다면' 한 가지 생각만 가득했다.

그래서 나는 결국 준비를 시작했다. 서랍 속을 뒤져 동생의 사진을 꺼냈다. 함께 바다에 갔던 날, 바닷바람에 머리를 날리며 웃고 있던 동생의 얼굴. 그 옆에선 내가 찡그린 얼굴로 피곤해하고 있었지만, 그 사진만큼은 둘 다 행복해 보였다. 그리고 어머니가 장례 후 챙겨주신 유품 중, 동생이 즐겨 입던 후드티가 있었다. 빨간색 체크 무늬가 들어간 회색 후드. 어깨에 약간의 때가 남아 있는 그 옷은 동생의 체취가 아직도 배어 있는 듯했다.

나는 그 옷을 사진과 함께 작은 탁자 위에 조심스럽게 올려두었다. 그리고 손톱깎이와 작은 가위를 가져와 거실 조명 아래에 앉았다. 왼손의 손톱을 하나 깎고, 오른쪽 머리카락을 가늘게 잘라냈다. 그 두 조각을 후드티 안쪽에 숨기듯 넣고, 옷자락으로 가만히 감쌌다. 심장이 두근거렸다. 손이 떨릴 정도로 긴장되었다. 컴퓨터 화면에 띄워둔 주문을 보며, 나는 시계를 확인했다.

현재 시각 1시 57분, 곧 새벽 2시가 다 되어가고 있었다. 집 안의 모든 전등을 끄고, 조용히 촛불 하나를 켰다. 부엌에 남은 케이크 초였지만, 그래도 괜찮다고 믿었다. 방 안은 오직 초 하나의 빛만으로 어둡고 흔들리는 분위기가 되었다.

2시 정각. 나는 조용히 숨을 들이켰다. 그리고, 주문을 외웠다. 낮게, 또박또박, 입술이 바싹 마를 때까지 되뇌었다. 중간중간 혀가 꼬이고 숨이 막힐 것 같았지만, 멈추지 않았다. 주문을 세 번 다 외운 뒤, 나는 눈을 감았다. 방 안은 조용했다. 초의 불빛이 벽에 그림자를 만들었고, 냉장고의 미세한 진동 소리만이 들릴 뿐이었다.

"수민아…."

나는 마지막으로 그 이름을 불렀다. 하지만 아무 일도 일어나지 않았다. 사진도, 옷도, 촛불도 그 무엇도 변하지 않았다. 나는 한참을 그 자리에 앉아 있었다. 무언가가 나타나리라고 믿으며, 고개를 숙이고 기다렸다. 그러나 시간이 흐를수록 공허함만이 커졌다.

나는, 그 자리에서 천천히 무너졌다. 어깨가 흔들렸고, 숨이 막히는 듯한 울음이 터져 나왔다. 감정이 무너지기 시작하니, 억지로 참아왔던 것들이 터지듯 쏟아졌고 후드티를 꼭 껴안았다. 차갑게 식은 천 사이로, 동생의 체온이 남아 있으리라 믿고. 이불도 덮지 않은 채, 나는 그 옷을 끌어안은 채 잠들었다. 초는 타들어가다 꺼졌고, 방 안엔 다시 어둠만이 남았다.

며칠이 지났다. 의식은 실패했다고 생각했다. 그 후로도 별다른 일은 없었고, 나는 그날 이후 후드티를 벽에 걸어두었다. 그 앞에서 무릎을 꿇고 기도라도 해볼까 싶었지만, 민망하고 우스운 마음에 이불 속에서만 혼잣말을 중얼거렸다. 회사에 다시 나가기 시작했고, 일상은 다시 느리게 흐르기 시작했다.

어느 토요일 저녁이었다. 늦잠을 자고 일어나 대충 끼니를 때운 뒤 집안일을 했다. 빨래를 널고, 책상 위에 쌓인 종이들을 정리한 뒤, 핸드폰을 하다가 시간을 보내고 있었다. 밤이 되어 슬슬 씻고 잘 준비를 하려던 참이었다. 세면대 앞에 서서 양치질을 하고, 얼굴을 씻고, 물기를 닦기 위해 고개를 들었을 때였다.

거울, 그 안에서 내 뒤에 누군가가 서 있었다. 심장이 멎는 줄 알았다. 머리카락이 쭈뼛서고, 숨이 멎은 듯한 찰나. 정확히는, 아주 짧은 순간이었다. 아니, 어쩌면 1초도 되지 않는 시간이었을지도 모른다.

하지만 그 모습은 선명했다. 내 어깨너머로 살짝 고개를 내민, 동생의 얼굴. 검정 티셔츠를 입고, 머리는 살짝 흐트러져 있었고, 표정은 아주 조용했다. 무표정도 아니었고, 웃는 것도 아니었다. 그냥 나를 바라보고 있었다. 나는 그대로 얼어붙었다.

속으로 이름을 불렀지만, 입이 떨어지지 않았다. 다시 고개를 돌려 거울 뒤를 돌아봤을 때 아무도 없었다. 심장이 두근거리고, 다리에 힘이 풀려서 자리에 주저앉았다.

하지만 놀라움과 공포보다, 더 먼저 찾아온 건 기묘한 안도감이었다. 나는 거울을 다시 들여다봤다. 역시나 아무것도 없었지만, 이상한 것은, 분명히 확신할 수 있었다. 그건 단순한 환상이 아니었고 눈이 피로해서 생긴 착시도 아니고, 내 머릿속이 만든 허상도 아니었다. 그건, 분명히 동생이었다.

그날 이후로 나는 변했다. 거울 속에서 본 짧은 순간의 동생의 얼굴, 그 한 번의 장면이 모든 걸 바꿨다. 정말로 동생이 왔다는 생각이 들자, 그동안 짓눌려 있던 감정들이 조금씩 풀리기 시작했다.

그날 밤, 나는 이상하리만치 쉽게 잠이 들었다. 술도 마시지 않았고, 피곤하지도 않았는데, 마치 누군가가 등을 토닥이며 재워주는 것처럼, 스르르 눈이 감겼다. 그리고 꿈을 꿨다. 꿈속에서 나는 본가 근처를 걷고 있었다. 햇살이 따듯했고 바람은 적당히 불었다. 어디선가 명절 노래 같은 게 희미하게 들려왔다.

마치 어릴 때처럼, 설 전날 아버지를 도와 시장에 다녀오던 길 같았다. 사람들이 북적이는 가운데, 저 멀리서 누군가의 모습이 눈에 들어왔고, 나는 단번에 알 수 있었다. 낡은 야구점퍼에 회색 트레이닝 바지, 검은 운동화. 딱 내가 기억하는, 고등학교 시절의 동생의 모습이었다.

나는 동생의 이름을 외쳤고 동생이 고개를 들더니 환하게 웃으며 달려왔다. 우리는 서로를 와락 껴안았다. 꿈속인데도 울컥거리는 감정이 그대로 느껴졌다.

"형, 잘 지냈어?"

"…어떻게 여길 온 거야?"

"형이 보고 싶어서 왔지!"

나는 꿈속에서 흐느꼈다. 동생은 웃으면서 울지 말라며 내 어깨를 두드려주었다. 우리는 길가를 함께 걸으며 이런저런 이야기를 나눴다. 내가 회사에서 겪은 일, 어릴 때 함께 보았던 만화, 동생이 마지막으로 갔던 여행. 모든 게 자연스러웠고, 모든 게 행복했다. 현실에서 불가능한 대화들이 꿈속에서는 아무렇지도 않게 이루어졌다. 나는 살아 있는 듯한 그 느낌에 눈물을 참을 수 없었다.

"형, 보고 싶었어. 형이 원하면 나 여기 계속 있을게."

그 말에, 나는 더는 바랄 게 없었다. 아침에 눈을 떴을 때, 두 눈에 눈물이 맺혀 있었다. 베개가 젖어 있었고, 심장이 빠르게 뛰고 있었다. 이상하게 기분은 평온했다. 그날 이후 나는 동생이 곁에 있다고 믿고 살아갔다. 어딘가에 있는 것만으로도 힘이 났고, 삶에 다시 색이 들어오기 시작했다.

그날 이후, 나는 동생의 존재를 매일 느꼈다. 눈을 감고 누우면 이불 끝자락이 누군가에게 눌리는 느낌이 들었고, 밥을 먹고 있으면 옆자리에 시선이 가곤 했다. 혼잣말처럼 중얼거린 말에 누군가 속삭이듯 답을 하는 듯한 착각도 들었다. 하지만 전혀 이상하게 느껴지지 않았다. 이제 내 삶에 '동생'은 다시 돌아온 것이다. 죽음 따위는 이겨냈고, 우리는 다시 이어졌다.

그러던 어느 날이었다. 또 꿈을 꿨다. 이번에도 나는 본가 근처 골목을 걷고 있었고, 동생은 저 멀리에서 다가왔다.

"형, 오늘은 어디 가고 싶어?"

"글쎄, 네가 가고 싶은 데로 가자."

"음…, 그러면….'

그 말끝을 맺기도 전에, 동생이 문득 멈춰 섰다. 나는 이상하게 느꼈다. 동생의 얼굴에 그림자가 드리워져 있었고, 웃고는 있었지만, 표정이 이상했다. 입꼬리는 올라가 있는데, 눈은 웃고 있지 않았다.

"형. 나 죽은 거 알지?"

나는 갑자기 아무 말도 할 수 없었다. 꿈인데도 목이 턱 막히는 듯한 느낌. 그때 동생은 더 가까이 다가오며 중얼거렸다.

"근데, 형이 날 이렇게 꺼냈잖아. 이건 네가 한 거야."

그 목소리는 분명 수민의 것이었지만, 어딘가 기묘하게 낮고 눌려 있었다. 그 순간, 등줄기에서 땀이 흘렀다. 눈을 뜨자 이불 속은 땀으로 흠뻑 젖어 있었으며, 가슴은 미친 듯이 뛰고 있었다.

하지만, 그보다 더 무서운 건 나도 수민의 말에 동의한다는 것이다. 내가 동생을 다시 데려온 것이다. 그 의식을 하고, 그 주문을 외우고, 정성을 들여서. 그랬기 때문에 지금, 동생이 곁에 있는 것이다.

그날 이후부터 뭔가가 달라졌다. 첫 번째로는, 동생에 대한 기억이었다. 동생과 꿈에서 만나 이야기를 할 때면 간혹 엉뚱한 말을 했다.

"형, 기억나? 초등학교 3학년 때 물놀이 갔던 거."

"우리 그땐 이사 직후라서 그해 여름에 어디 안 갔잖아."

"에이~ 갔었지. 물에 빠져서 형 울고, 엄마가 뛰어오고!"

나는 섬뜩했다. 그건 내가 어릴 적에 혼자 겪었던 일이었다. 동생은 그때 태어나지도 않았던 시기였다. 하지만 그는 너무나 자연스럽게 그 기억을 이야기했다.

"형, 형이 초등학교 때 키우던 개 이름 기억나?"

"…그건, 네가 알 리가 없는데."

순간, 방 안의 공기가 얼어붙은 것 같았다. 나는 그제야 알았다. 이건 수민이가 아닐 수도 있다는 걸.

결정적인 건 그날 밤 한 할머니를 만나고나서였다. 일 끝나고 집으로 가던 길 낯선 골목길을 지나고 있었다. 나는 이어폰을 낀 채 음악을 듣고 있었고 아무 생각 없이 걷고 있었다. 그때 골목 어귀에 허름한 저고리를 입은 할머니가 나를 노려보고 있었다. 눈이 마주치는 순간, 몸이 얼어붙는 듯한 느낌을 받았다. 할머니가 내게 다가왔다.

"그거… 네 동생 아니다."

숨이 턱 막혔다. 아무 말도 할 수 없어서 그저 할머니만 쳐다봤다.

"대체 무슨 짓을 한 거냐…? 그건 네 동생 얼굴을 한 귀신이다."

할머니의 말은 너무 또렷해서, 순간 귀를 의심할 수가 없었다. 나는 멍하니 그 자리에 섰고, 할머니는 마치 모든 걸 아는 듯한 눈빛으로 나를 뚫어지게 바라봤다. 주름진 눈가, 희미하게 떨리는 손끝, 그리고 낮게 깔린 목소리.

무작정 고개를 돌려 자리를 피하려던 찰나, 할머니가 내 팔을 단단히 잡았다. 작은 체구였지만, 이상하게 힘이 있었다. 그리고 그 손끝이 뜨거웠다. 마치 불 속에 손을 넣은 듯한 감각이었다.

"그 아이, 혼으로 돌아온 게 아냐. 넌 그걸 부른 게 아니야. 귀신을 먹이는 제사를 치른 거야. 네 자신이 밥이 된 거라고."

그 말에 나는 숨이 멎는 듯한 충격을 받았다. 할머니는 한참을 말없이 나를 바라보다, 조용히 말했다.

"그애는… 떠났지. 이미 편히 갔어. 너의 옆에 있는, 죽은 자가 아닌, 죽지 못한 귀신이야. 오래전부터 이승에서 기생해온 것이지."

그 말을 들은 순간, 머리가 아찔해졌다. 최근 들어 느꼈던 이상한 공백들, 내가 기억하지 못하는 대화.

할머니는 잠시 고개를 떨구었다가 말했다.

"무당만 신을 모시고 살아온 사람이 아니야. 나는 사람을 위해서 기도하며 사는 사람일 뿐이지만, 지금 너한테는 내 기도라도 필요하겠지."

그렇게 나는, 할머니의 손에 이끌려 동네 외곽의 오래된 작은 기도실로 갔다. 좁은 시멘트 방 안에는 벽에 부적이 빼곡했고, 작은 불상과 촛불, 조그만 향로가 놓여 있었다. 나는 피워진 향 연기 속에서 마치 딴 세상에 들어온 기분이었다. 할머니는 조용히 나를 향해 말했다.

"이건 굿이 아니야. 누구를 쫓는 것도 아니고, 정화도 아니고. 그저 너라는 사람을 다시 붙잡아두는 기도야. 그 귀신이 널 완전히 삼켜버리기 전에."

기도실은 차가운 공기로 가득 차 있었다. 향이 피어오르는 가운데, 할머니는 조용히 입을 열었다.

"앉아서 눈 감아. 마음으로 생각만 해. 너는 내가 원하는 사람이 아니라고 말해."

나는 천천히 눈을 감고, 숨을 골랐다. 밖에서는 바람도 불지 않았고, 그 어떤 소리도 들리지 않았다. 나는 할머니가 시킨 대로 속으로 되뇌었다.

그런데 그 순간 속에서 무언가가 꿈틀거렸다. 마치 내 내장 어디선가 '다른 생명'이 움직이는 것 같은 느낌. 식은땀이 주르륵 흘렀다.

"계속해. 멈추지 마라."

할머니의 목소리가 낮고 단호했고 나는 더 강하게 되뇌었다.

그때였다.

"그만해, 형."

익숙한 목소리였다. 너무 익숙해서, 순간 멈칫했다.

"왜 이래. 나잖아. 나야, 수민이."

내 안에서 목소리가 들렸다. 나는 겁에 질려 두 손으로 귀를 막았지만 그 목소리는 계속 들렸다. 귀로 들리는 게 아니었다. 속에서 말하고 있었다.

"형. 나잖아. 우리 그때 같이 본 영화 기억나지? 근데 왜 내가 죽은 건 기억 못 해?! 나야!! 나라고!!!"

말은 수민이었다. 기억도 맞았다. 하지만 목소리의 억양이 미묘하게 불안정했고, 중간중간 다른 말투가 섞여 있었다.

나는 머리를 쥐어뜯으며 주저앉았다. 손톱으로 바닥을 긁고, 온몸이 떨렸다. 그 목소리는 점점 거지고, 왜곡되기 시작했다. 한순간 눈앞이 캄캄해지더니 다시 눈을 떴을 때 나는 땀에 절은 상태로 바닥에 엎어져 있었다. 그리고 그 순간, 문득 기도실 전체가 조용해졌다.

그로부터 며칠 동안 밖을 나서지 않고 집에서만 지냈다. 그간 꿈에서 나타난 것이 내 동생이 아니라는 사실이 불러오는 공포심은 극에 달했고, 집에 있는 내내 가끔 동생의 목소리가 들리는 것 같은 착각이 들기도 했다. 겨우 일상으로 복귀했을 때도 여전히 말을 할 수조차 없을 만큼 두려움에 떨어야 했다.

다행히도 시간이 지나면서 차츰 안정을 찾을 수 있었고, 언젠가 긴 휴가를 내어 본가에 내려가 지내며 악몽 같은 날들을 잠시나마 잊을 수 있었다. 그리고 내 스스로도 그 사실을 인정하게 되었다. 분명 동생은 갔다. 이제는 편히 쉬고 있을 거라 믿는다. 어떤 미련도 꺼내지 않으려 하며 살아가고 있다.

쉬는 시간

귀신의 표정과 행동에 따라 어느 정도로 원한이 있는지 혹은 얼마나 위험한 존재인지를 대강 알 수 있다고 합니다. 그중 웃고 있는 귀신이 단연 최악이라고 하죠. 왜 귀신이 웃는지를 생각해보면 대략 그 이유를 짐작해볼 수 있습니다. 죽어서도 구천을 떠돌 만큼 깊은 원한을 가지고 있지만, 자신이 왜 이곳에 있는지 모르는 게 아닐까 싶습니다. 즉, 이성이 사라지고 미쳐버린 자아만이 남아 있는 것이죠. 그렇기 때문에 죽어서도 웃으며 구천을 배회하는 것이 아닐까 싶네요.

2교시 ──────────────────── 웃는 귀신

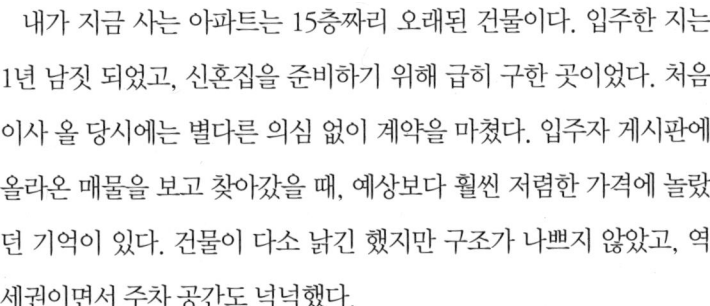

내가 지금 사는 아파트는 15층짜리 오래된 건물이다. 입주한 지는 1년 남짓 되었고, 신혼집을 준비하기 위해 급히 구한 곳이었다. 처음 이사 올 당시에는 별다른 의심 없이 계약을 마쳤다. 입주자 게시판에 올라온 매물을 보고 찾아갔을 때, 예상보다 훨씬 저렴한 가격에 놀랐던 기억이 있다. 건물이 다소 낡긴 했지만 구조가 나쁘지 않았고, 역세권이면서 주차 공간도 넉넉했다.

"요즘 이 정도면 괜찮죠. 바로 위층에도 신혼부부가 들어왔어요."

중개인은 가볍게 웃으며 덧붙였다. 무언가 숨기는 듯한 기분이 들었지만, 일정이 촉박했고 예산도 넉넉지 않아 결국 마음을 정했다. 우리가 계약한 곳은 14층이었다. 위에는 꼭대기 15층만이 자리하고 있었다.

이사를 마치고 며칠이 지나자, 엘리베이터를 타다가 이상한 점을 발견했다. 패널 버튼에 13층이 없었다. 12층 다음은 곧장 14층으로 이어졌고, 건물 내부 도면에도 13층은 비어 있었다. 하지만 분명히 존재했다. 외부에서 건물을 보면 13층 창문에도 불이 켜졌고, 사람들의 생활 흔적이 보였다. 택배 기사들이 13층에 물건을 배송하는 모습도

목격할 수 있었다.

13층 버튼만 사라진 것이다. 나는 그 점이 오히려 더 섬뜩하게 다가왔다. 마치 감추려는 누군가의 의지가 반영된 듯한 인상이 들었다. 13이라는 숫자를 꺼리는 미신 때문이겠거니 생각했지만, 그 결번은 오히려 존재감을 부각시켰다. 사라져야 할 것이 아니라 사라졌기에 신경 쓰이는 듯한, 설명할 방법이 없는 불편함이 마음속 깊숙이 남았다.

그러던 어느 날, 아래층에 거주하는 할머니와 함께 엘리베이터를 타게 되었다. 인사를 나눈 뒤, 할머니는 버튼을 누르며 조용히 중얼거렸다.

"여긴… 가능하면 혼자 타지 말아요. 밤에는 더더욱."

그 말은 장난처럼 들리기도 했지만, 할머니의 얼굴은 진지했다. 어색하게 웃으며 넘겼지만, 며칠 뒤 직장 동료와 대화하다가 이 아파트 이름을 언급했을 때 그는 잠시 말을 멈추더니 조심스럽게 물었다.

"혹시… 엘리베이터에 관한 얘긴 못 들으셨어요?"

이 아파트에는 특히 엘리베이터를 중심으로 한 괴담이 잦았다. 새벽에 혼자 탔다가 울음을 터뜨린 사람, 13층에서 내리자마자 비명을 지르고 뛰쳐나온 사람, 엘리베이터 안에서 갑자기 미소를 지으며 멈춰버린 중학생까지. 그 아이의 가족은 결국 짐을 싸 이사를 나갔다고 들었다.

하지만 이상하게도, 사람들은 입을 다물었다. 괜한 소문이 돌면 집값에 영향이 간다는 이유였다. 그 일에 대해선 모두가 암묵적으로 쉬쉬했다.

2교시, 웃는 귀신

엘리베이터만이 문제가 아니었다. 어느 날, 옆집 아주머니는 야간에 쓰레기를 버리러 나갔다가 기묘한 광경을 보았다고 말했다. 비상구 계단 쪽에서 '다다다다' 급히 뛰어오르는 발소리가 들려 문을 열었더니, 긴 머리카락을 늘어뜨린 여자가 웃으며 달려오고 있었다는 것이었다. 놀란 아주머니는 재빨리 문을 닫고 도망쳤다.

그리고 그날 밤, 나 역시 그것을 마주했다. 엘리베이터를 타고 올라가던 중, 버튼을 누르지도 않았는데 층수 표시등에 '13'이라는 숫자가 서서히 떠올랐다. 문은 열리지 않았다. 대신, 엘리베이터 벽면 거울 속 무언가가 느릿하게 움직이기 시작했다. 그리고… 웃고 있었다.

그 순간 나는 전신에 한기를 느꼈다. 엘리베이터 안은 분명 나 혼자였는데, 거울 속에는 분명히 한 여자가 나를 향해 웃고 있었다. 입은 과장될 정도로 벌어져 있었고, 잇몸이 드러난 채로 입꼬리는 귀 가까이 까지 찢어진 듯 올라가 있었다. 나는 비명을 지르지도 못한 채 뒷걸음질 쳤다. 손이 떨려 층 버튼을 제대로 누르지 못했다. 눈을 감았다가 다시 떴을 땐 거울 속엔 아무것도 없었다.

그날 이후, 나는 남편이 집에 없다면 밤에는 되도록 계단을 이용하기 시작했다. 하지만 이상하게도, 그날 이후 내 꿈속에도 그녀가 나타나기 시작했다. 엘리베이터 안에서, 똑같은 웃음을 지으며 천천히 다가오는 모습으로.

꿈속에서 나는 항상 같은 엘리베이터에 타고 있었다. 불빛은 어둡고, 천장은 금이 가 있었으며, 거울은 뿌옇게 흐려져 얼굴이 제대로 보이지 않았다. 버튼을 누르려 해도 숫자가 모두 지워져 있었고, 엘리베이터는 저절로 움직였다.

내가 탄 엘리베이터는 꼭대기 층으로 향하는 듯 보였지만, 표시창엔 아무 숫자도 찍히지 않았다. 그리고 이내 문이 열리면, 어두운 복도. 그 복도 끝엔 긴 머리의 여자가 등을 보인 채 서 있었다. 천천히 돌아서며 웃고 있는 그녀의 얼굴은, 현실보다 더 상세했다. 눈이 없었고, 입은 찢겨 있었으며, 웃음소리는 꿈속인데도 내 고막을 두드릴 만큼 선명했다.

나는 몸을 돌려 도망치려 하지만, 발이 떨어지지 않았다. 마치 바닥

에 뿌리를 내린 것 같았다. 결국, 그녀가 내게 다가오고, 바로 코앞에 다다랐을 때, 나는 항상 그 웃음을 정면으로 바라본 채 눈을 떠야 했다. 그리고 현실의 내 방은, 늘 차가운 땀에 젖어 있었다.

도저히 이대로는 안 될 것 같았다. 나는 결국 관리사무소에 찾아가 용건도 없이 이런저런 이야기를 꺼냈다. 엘리베이터가 자주 멈추는 것 같다고, 한밤중에 문이 혼자 열렸다고, 계단에서 이상한 소리를 들었다고. 관리 직원은 처음엔 멋쩍게 웃더니, 조용히 말투를 바꿨다.

"혹시… 몇 층에 사세요?"

"14층이요."

그 말에 그는 한참을 말없이 있었다. 그리고 아주 조심스럽게 말했다.

"여기… 사실 13층에서 사고가 난 이후로 종종 그런 말들이 있었어요. 공식적으로는 다 없던 일로 처리됐지만요."

나는 그 자리에서 얼어붙을 수밖에 없었다. 그가 들려준 이야기는 이랬다. 지금으로부터 5년 전, 13층에 거주하던 20대 여성이 극단적인 선택을 했다. 그녀는 이별 이후 정신적으로 극도로 불안정해졌고, 주변 사람들과도 점점 소통을 끊어가던 중이었다. 그런데 기묘하게도, 죽기 며칠 전부터 엘리베이터 안에서 매일같이 웃고만있었다. CCTV에도 그 모습이 고스란히 남아 있었다고.

그리고 그녀가 사라진 후에도 이상한 일들이 계속되자, 아파트 측은 13층을 엘리베이터 패널에서 제외했다. 겉보기에는 단순한 미신 배려처럼 보이지만, 실상은 문제를 덮기 위한 임시 조치였다.

이상한 건, 그런 꿈을 꾸고 난 날이면 꼭 엘리베이터에 문제가 생겼다는 이야기를 듣는다는 점이었다. 문이 한참 열리지 않았다거나, 혼자 타고 있었는데 문이 다시 열렸을 때 누군가 탔다고 착각했다는 이야기들.

그중 가장 섬뜩했던 건 위층 아주머니가 해준 이야기였다. 그녀는 새벽 다섯 시쯤, 딸아이를 학원 버스에 태우기 위해 엘리베이터를 탔는데, 버튼을 누르기도 전에 13층에서 문이 열렸다고 했다.

아무도 없었다. 하지만 아주머니는 누군가 뒤에 탄 느낌이 들어 무심결에 "몇 층이세요?"라고 물었다고 한다. 아무런 대답이 없었고, 고개를 돌린 순간, 거울 속에서 딸아이의 얼굴이 비치고 있었다. 아주머니는 등골이 서늘해져 아이를 붙잡고 그대로 내렸다. 그 딸은 전날 엘리베이터를 혼자 타다 울며 집으로 돌아온 적이 있었단다.

이웃 중에서는 한밤중에 갑자기 짐을 싸서 떠난 가족도 있었다. 이유를 묻자, 남편이 문틈으로 '웃는 얼굴'을 봤다고만 했다.

어느 날 아파트 입구에 이상한 전단이 붙었다. 주민 대표 회의에서 배포한 공지였는데, 13층 관련 불미스러운 일들로 인해 '정화 의식'을 진행할 예정이라는 내용이었다. 누가 봐도 굿이었다. 하지만 표면적으로는 '심리적 안정을 위한 공동 기도'라는 표현이 적혀 있었다.

그날 밤, 단지 내 놀이터 근처에서 천막이 세워졌고, 몇몇 주민들과 무속인이 조용히 모였다. 짧은 북소리와 기도, 향냄새가 아파트 전체에 퍼졌고, 창문을 닫았는데도 그 냄새가 내 집 안까지 들어왔다.

한참을 바라보다 나는 알 수 없는 오한을 느꼈다. 그건 불안감이라기보다 무언가가 고개를 숙이고 조용히 나를 응시하고 있다는 기분이었다. 이후로 잠깐 이상한 일은 멈춘 듯했다.

하지만 그건 착각이었다. 주말, 나는 다시 꿈을 꾸었다. 그 여자, 웃고 있던 그 얼굴이 다시 내 눈앞에 있었다. 다시는 그 얼굴을 보고 싶지 않았다. 다음 날 아침, 나는 남편에게 그간의 일을 모두 털어놓았다. 그도 믿기 어렵다는 얼굴이었지만, 내 표정이 말해주고 있었을 것이다.

우리는 바로 새로운 집을 알아보기 시작했고, 한 달도 채 되지 않아 이사를 결정했다. 짐을 싸는 내내, 나는 엘리베이터를 쓰지 않았다. 며칠 뒤, 짐을 옮기기 위해 마지막으로 계단을 오르던 중, 13층 복도 쪽에서 누군가 웃는 소리가 들린 것 같았지만 결코 돌아보지 않았다.

지금은 새로운 아파트에서 지내고 있다. 밝고, 조용하고, 사람들이 서로 인사를 나누는 동네다. 그런데도 가끔, 꿈속에서 다시 그 엘리베이터에 타 있는 나를 본다. 그리고 그곳엔 여전히, 누군가 웃고 있다.

지금도 그 아파트는 그대로 있다. 관리비는 저렴하고, 교통도 좋다. 간혹 부동산 애플리케이션에 매물이 올라오는 걸 본다. 그리고 그 설명 아래에는 늘 이렇게 적혀 있다. "조용한 동네, 깔끔한 단지. 단, 엘리베이터 13층 버튼은 없습니다." 나는 그날 이후 그 아파트를 다시 찾지 않았다. 내 짐도, 계약도, 남은 월세도 모두 포기했다.

지금도 가끔 헷갈린다. 내가 정말 도망친 게 맞는지. 아니면, 내가 아직도 그 엘리베이터 안에 갇혀 있는 건 아닐지….

쉬는 시간

공포 영화나 무서운 이야기를 좋아하지 않는 사람일지라도 물귀신이라는 존재는 알고 있습니다. 물귀신은 단어 그대로 물에서 죽은 원혼을 뜻하며, 물속에서 사람을 끌어당겨 죽게 하는 귀신이죠. 물귀신이 다른 귀신들보다 더 무섭고 섬뜩한 이유는 그들은 반드시 산 사람을 홀려서 물에서 죽여야 하기 때문입니다. 물귀신은 자신이 죽은 곳에서 다른 희생자를 만들어 자신의 자리를 대체해야 승천할 수 있다고 하는데요. 그렇기 때문에 수단과 방법을 가리지 않고 산 사람을 꾀어내고 죽음에 이르게 해야 하는 비극적인 운명을 지니기도 하죠. 따라서 익사가 많이 발생한 곳은 절대로 들어가서도 안 됩니다. 특히, 수심이 깊지 않고 물살이 느려 보이는 곳임에도 불구하고 익사 다발 팻말이 있는 곳이라면 더욱이 조심해야 하죠.

3교시 — 물귀신

내가 살았던 경기도 모처에는 아무도 이름을 모르는 강이 흐르고 있다. 이름은 가지고 있지만, 그 누구도 기억하지도, 찾지도 않는 그런 강이다. 하지만 이곳에서 오래 살았던 사람들은 이 강에 대해 입을 모아 말하는 한 가지 사실이 있다. 해마다 사람이 빠져 죽는다는 것. 참 놀랍고도 섬뜩한 사실이다. 정말로 해마다 누군가는 그 강에서 사망한다. '대체 왜 사람이 죽을까?' 의문이 들 정도로 말이다.

사람들이 빠져 죽는 곳은 강의 특정 구간이다. 그곳은 북한강의 지류인데 밖에서 보면 전혀 위험해 보이지 않을 정도로 얕은 곳이다. 다리 위에서 보면 안이 훤히 들여다보이고, 비가 오래 내리지 않는 날이면 성인 남자 무릎까지밖에 오지 않는 수심이다. 그런데도 매년 사망자가 발생한다. 그 이유에 대해 물 안쪽에 물살이 빠르고 물에 들어간 사람은 당황해 숨을 제대로 쉬지 못하여 사망한다고 한다. 하지만 우리는 그 말을 믿지 않는다.

내가 보고 들은 익사 사고는 셀 수 없을 정도다. 같은 장소에서 숱하게 사람이 빠져 죽었기 때문에 우린 그곳을 물귀신 자리라고 불렀다. 당시 강가 근처에는 유원지가 성행했고 동네 사람들을 비롯해 각지에서도 이곳에 놀러 오곤 했다. 초등학생이 되기도 전부터 할머니께 절대로 거기 가면 안 된다고 말을 들어왔지만, 비로소 위험성을 체감했던 것은 같은 학교를 다니던 친구가 죽었을 때였다. 여름 방학이 끝나고 학교로 돌아왔을 때 한 학년 위 형이 물에 빠져 죽었다는 소식을 들었다. 가족들과 다 같이 놀러 갔다가 하필 부모가 잠시 한눈을 판 사이 물에서 놀다가 사라져버린 것이다. 그러고는 몇 시간이 채 안 되어 멀리 떨어진 곳에서 시체를 발견했다.

기억에 남는 익사 사고는 몇 개 더 있다. 휴가를 나온 군인 두 명이 이곳에 놀러 왔다가 두 명 모두 사망한 사건이다. 심지어 해병대였던 두 사람이 빠져나오지 못하고 사망했을 때 사람들은 하나같이 한숨을 내쉬며 혀를 찼다. 그렇게나 들어가지 말라고 했음에도 왜 들어가서 죽느냐는 것이다. 주변 곳곳에 익사 사고 발생 지역이라는 팻말과 현수막을 설치했음에도 무시하고 물에 들어간 것에 대한 탄식이었다.

이 사건 이후로 마을 사람들이 그곳을 지날 때 혹시라도 텐트를 치고 있거나 물에 들어가 노는 사람이 있으면 당장 나오라고 경을 쳤다. 아예 펜스를 만들어 들어가지 못하도록 해야 한다는 말도 오갔지만 그건 현실적으로 불가한 방안이었고, 그저 마을 사람들이 오며 가며 직접 경고하는 것이 최선이었다.

그곳에서 참 많은 사람이 죽었다. 군인, 아이, 신혼부부 등 이곳으로 놀러 온 외지인들이 대부분이었고, 현수막에는 여기서 몇 명이 죽었는지까지 숫자로 기입해 사람들에게 경고했다. 그리고 몇 년이 지

나 사람들의 머릿속에 있었던 의문을 풀 수 있는 이야기들이 들려왔다. 왜 자꾸 사람들이 그곳에 들어가는지 짐작할 수 있는 말이 나돌았다. 여행을 온 젊은 남자들이 카페에서 나누던 이상한 이야기가 내 귀에까지 들어오게 된 것이다.

저녁에 먹을거리를 사기 위해 차를 타고 장을 보러 가는 길에 뒷좌석에 탄 남자의 눈에 기이한 광경이 펼쳐졌다. 다리 위를 달리던 중 강을 내려다보니 온통 살색만 가득한 여자가 물에서 이쪽을 쳐다보고 있었다. 짧은 찰나에 스치듯 봤지만 그건 분명 나체의 여자였다. 발가벗은 여자가 물에서 자신을 보고 있다는 것만으로도 놀란 남자는 그대로 운전을 하던 친구에게 소리쳤고, 이내 갓길에 차를 댔다. 그리고 남자의 말에 따라 다리로 간 남자들은 친구의 말과 달리 아무도 없는 물을 내려다보며 아쉬움을 토로했다.

이 이야기를 처음 듣는 사람에게는 아마 별로 시답지 않은 누군가의 야한 생각이라고 치부할 수 있다. 하지만 이런 이야기가 점차 쌓여갔을 때 점차 의심이 들기 시작했고 현실이 되어갔다.

마을에서 철물점을 운영하던 한씨 아저씨는 오지랖으로 유명한 분이었다. 동네 이곳저곳을 돌아다니며 마을 사람들을 돕기도 했고 온갖 이야기들을 동네방네 퍼트리던 사람이었다. 그런 그가 어느 날 저녁에 일을 마치고 집으로 돌아와 아내에게 이상한 말을 하더란다.

"여보, 덕재 형 작년에 죽지 않았어?"

"갑자기 무슨 소리야? 덕재 오빠 작년에 죽었잖아. 당신이 직접 관도 듣지 않았어?"

"응, 맞아. 내가 직접 관도 들었지. 근데 왜…."

"왜라니? 무슨 말이야?

"아까 집에 오는 길에 덕재 형처럼 생긴 사람을 봤어. 평소 덕재 형이 입고 다니던 점퍼를 입고 있었고, 나를 물끄러미 보고 있다가 어디로 가버리더라고."

"당신, 오늘 술 마셨어?"

"나도 알아. 나도 믿기지 않으니까. 근데 따라가 보니 어디론가 사라지고 없더라."

"헛것을 봤겠지. 피곤한 것 같으니까 빨리 씻고 자."

다음 날, 잘 다녀온다는 말과 함께 집에서 나선 한씨 아저씨는 강에서 퉁퉁 불은 채 발견되었다. 누구보다 물귀신 자리에 귀신이 있다고 주장했던 한씨 아저씨가 거기서 죽었다는 것은 동네 사람들 누구도 쉽게 믿지 못했다. 이때부터 사람들은 강 근처에 가지 않으면 물귀신에게 당할 일은 없다는 이야기조차 의심하기 시작했다.

이런 기괴한 일은 계속해서 발생했다. 물에서 허우적대던 남자를 물 밖으로 건져냈을 때, 정신을 차린 남자는 자신이 아이를 구하러 들어갔다고 말했다. 하지만 물속에는 아이가 없었고 심지어 당시 주변에도 어린아이는 한 명도 없었다.

어느 날, 모든 사람이 심각성을 깨닫게 된 사건이 발생했다. 쌀가게를 운영하던 아주머니가 물에 뛰어들었다가 마을 사람들에게 극적으로 구조되었다. 아주머니에게는 자식이 셋이나 있었는데 그들 모두 성인이 되어 서울로 상경해 살고 있었다. 그러다 교통사고로 둘째 아들을 잃게 되었고, 한동안 쌀가게 문을 닫기도 했다. 아들이 죽고 2개월 뒤 가게 문이 열렸고 다들 아주머니를 걱정했지만 점차 아픔을 잊고 살아가는 듯 보였다.

그러던 중 아주머니가 갑자기 아들을 만나러 간다며 강가로 가기 시작했고, 가는 길에 마주친 사람들이 뭔가 이상함을 느껴 아주머니를 따라나섰다. 어느새 뛰기 시작한 아주머니는 곧장 강으로 향했고 강가에 도착하자 아들의 이름을 부르짖으며 물속으로 뛰어들었다. 아주머니를 구하기 위해 장정 셋이 달라붙었지만, 죽어라 들어가던 아주머니를 끌어내는 데에 힘이 부칠 정도였다. 겨우 끄집어냈을 때도 아주머니는 아들의 이름을 외쳤고 사람들은 아주머니가 완전히 미쳐버렸다고 생각했다.

며칠 뒤, 아주머니를 보살피던 남편이 동네 사람들을 한곳에 불러냈다. 한데 모인 사람들은 다들 걱정스러운 표정으로 아저씨를 바라보는데 그는 전혀 예상치 못한 이야기를 꺼냈다.

"여러분, 제가 오늘 꼭 여러분께 드리고 싶은 말이 있어 이렇게 모이시라 했습니다. 먼저, 며칠 전 제 아내 때문에 심려를 끼쳐 드린 점 사과드리고, 도와주셔서 정말 감사드립니다. 하지만 지금 저희가 논의해야 하는 것은 그게 아닙니다. 이미 다들 잘 아시겠지만 물귀신 자리에 대해 우리 모두 고민하고 해결해야 한다고 생각합니다."

이 자리에 있었던 모든 사람의 눈이 휘둥그레졌다. 난데없이 물귀신 자리를 논한다는 것은 전혀 예상에 없던 일이기 때문에. 하지만 쌀가게 아저씨가 하는 말을 들으며 누군가는 옷을 여미며 부르르 떨기도 했고, 또 다른 누군가는 고심에 빠지며 사태의 심각함을 받아들였다.

"제 아내가 며칠 전부터 계속 성민(둘째 아들)이가 보인다고 말했습니다. 꿈에 자꾸 성민이가 나오는데 아내한테 '엄마, 나 배고파. 엄마, 여긴 너무 추워'라는 말을 했다고 하더군요. 며칠 지나서는 자꾸 아내 눈에 성민이가 보인다고 했습니다. 가게를 보고 있으면 입구에 서 있는데 밖으로 따라나서면 어느새 저만치 앞에 가서 보고 있더랍니다. 눈물이 펑펑 쏟아지면서 아들을 쫓아가는데 아무리 가도 좀처럼 거리가 좁혀지지 않는다는 것입니다. 그렇게 몇 날 며칠을 눈앞에 나타나는데 그날도 죽어라 아들을 따라갔는데 정신을 차리고 보니 강가에 누워 있었다고 합니다. 다들 한씨 아저씨 어떻게 죽었는지 기억하시죠? 저는 아내가 겪은 일과 같은 일이라 생각합니다. 그래서 문제가 더 심각해지기 전에 물귀신 자리를 걷어내야 합니다."

물귀신이 사람들을 속여 물에 들어오도록 홀리고 있다는 것이다. 그 사람이 원하는, 그 사람의 이목을 끌어들일 갖가지 방법을 이용해 산 사람을 불러내는 것. 병으로 세상을 떠난 이가 물로 들어가는 걸 본 한씨 아저씨나 교통사고로 죽은 둘째 아들이 엄마를 물로 끌어들이고 심지어 알몸으로 꾀어내는 섬뜩한 짓도 하는 것이다.

결국, 그가 마을 사람들에게 제안한 건 무당을 불러 물귀신 자리를 없애자는 것이었다. 몇몇 동네 사람들은 꺼림칙하게 생각하거나 귀신

같은 소리는 하지 말라며 반대 의견을 내기도 했다. 하지만 그간 수많은 사람이 그곳에서 죽어나갔고, 당시 유원지 사업이 마을의 주 수입원이었던 만큼 제안에 동의하는 사람들이 더 많았다. 그리고 상인협회장이 무당을 수소문하기 시작해 얼마 안 가 굿을 하게 되었다.

온 동네 사람들이 굿을 보러 모였고, 무당과 함께 온 사람들은 아침부터 분주히 굿을 준비했다. 굿은 물에 있는 원혼들의 영을 건져 내는 넋 건지기 굿으로 진행되었고, 중간중간 섬뜩한 장면들이 연출되었다. 물귀신 자리 바로 앞에서 춤을 추던 무당이 한순간 바닥에 쓰러져 울기 시작했다.

"억울하다! 분통하고 억울해! 내가 반드시 네 연놈들을 찢어 발기겠다."

한참 억울함을 토해내던 무당은 잠시 정신이 돌아오나 싶더니 땅바닥에 칼과 무령을 내팽개치고 물속으로 들어가기 시작했다. 무당은 형형색색 한복이 물 위에 다 뜰 때까지 걸어 들어갔고 어느 순간 멈춰서서 두 팔로 물을 이리저리 휘저었다.

"용왕님이오. 부디 살려주시오. 불쌍한 넋들은 마른 옷으로 갈아입고 훠이 가소. 훠이."

물속에서 넋을 달래던 무당이 밖으로 나오자 무당과 함께 온 사람들은 더욱 분주히 움직이기 시작했다. 새하얀 천을 꺼내어 서로 묶어서 길게 늘어뜨리고 천 끝을 동그랗게 말았다. 무당은 천의 끝을 잡고 다시 물 안으로 노래를 부르며 들어갔고 다시 나왔을 때는 사람들과 천을 잡고 앞뒤로 당기며 노래를 이어갔다. 그리고 한순간 천을 잡아당기던 사람들의 손이 밈췄다.

한없이 가벼웠던 천은 어느 순간 무거운 돌덩이처럼 움직이지 않았고, 사람들이 끌어당길 때마다 팽팽해졌다. 무당은 줄을 잡은 사람들에게 힘껏 당기라고 소리쳤고 다들 온 힘을 다해 천을 당겼다. 하지만 천은 좀처럼 올라오지 않았고 결국 굿을 구경하던 마을 남자들까지 가세해 당기기 시작했다. 이내 천천히 천이 끌려오기 시작했고 10여 분간의 사투 끝에 끄트머리가 뭍으로 올라왔다. 그리고 그 자리에 있던 사람들의 입에서 외마디 비명이 들렸다.

동그랗게 말린 곳에 사람 머리카락이 무수히 붙어 있었다. 처음 하얗던 모습은 온데간데없이 흉측하고 섬뜩할 정도로 다양한 머리카락이 얽혀 있었다. 대체 누구의 머리카락인지 알 수도 없을 만큼 길고 짧은 머리카락들이 물에 잠겼던 부분에도 붙어 있었고 그걸 본 사람들은 기겁하며 뒷걸음질까지 쳤다.

그렇게 아침부터 시작한 굿은 저녁이 다 되어서야 끝이 났다. 하지만 굿을 끝마친 무당은 사람들이 고대하던 말을 하지 않았다.

"몇몇은 건져졌을지도 모르겠습니다. 하지만 원령의 한이 너무 깊고 강해서 저로서도 어찌할 도리가 없습니다. 저들의 한은 달램으로 해결할 수 없는 수준입니다."

"네? 굿을 이렇게까지 했는데도 해결이 안 된다는 말씀이신가요? 그러면 뭘 어떻게 해야 하는 겁니까?"

"이건 만신이 와도 사정이 같을 겁니다. 그저 산 사람들이 이곳에 오지 못하게 하고, 저들의 눈을 속이는 방법이 최선이라고 말씀드리겠습니다."

"눈을 속인다는 게 무슨 말이죠?"

"제가 가져온 걸 저 강에 넣어두려고 합니다. 그나마 그게 한을 줄이는 방법입니다."

무당의 지시에 따라 장정 둘이 차 트렁크에서 보자기에 쌓인 무언가를 꺼냈다. 남자들이 보자기를 풀었을 때 그제야 그게 돼지머리임을 알 수 있었다. 그들은 머리카락이 얽힌 천의 끝부분을 잘라 감싸기 시작했다. 무당은 감싼 돼지머리를 강 한가운데 던져놓았고 절대로 돼지머리를 밖으로 꺼내면 안 된다고 신신당부하며 자리를 떠났다.

무당이 떠난 후 마을 사람들은 하나같이 탄식할 수밖에 없었다. 본인들이 직접 목격한 장면들을 떠올리며 충격을 받기도 했지만 결국 아무런 대책이 없다는 것이 그들을 더욱 한탄하게 했다. 그나마 얻은 게 있다면, 이제는 마을 사람들 모두가 그곳에 귀신이 있다는 것을 인정한다는 것이었다. 그렇기 때문에 면사무소와 협의해 최대한 사람들이 가지 않도록 팻말, 현수막을 추가로 설치했고, 유원지까지 옮기게 되었다.

하지만 그런 노력이 무색하게 계속해서 익사 사고는 일어났다. 심지어 강가에서 귀신을 보거나 물놀이를 하는 사람을 발견하고 쫓아갔을 때 사람이 보이지 않았다는 일도 심심치 않게 발생했다.

많은 시간이 흐르고 유원지 사업이 점차 쇠퇴해 사라지게 되었다. 자연스레 강에 오는 사람들은 줄어들게 되었고, 예전만큼 익사 사고는 발생하지 않게 되었다.

마을에서도 서울로 상경하는 사람들이 늘어나면서 인구도 대폭 감소했다. 그렇게 물귀신 자리는 점차 사람들의 머릿속에서 사라져갔다. 그럼에도 여전히 물귀신 자리 근처에는 현수막이 걸려 있고, 해지고 찢어지면 빠르게 새것으로 교체하고 있다. 아직도 해마다 최소 1명이 그 강에서 죽기 때문이다. 어디서 왔는지, 어떻게 그곳을 알고 갔는지 모르지만, 이곳과 전혀 관련 없는 사람들이 죽어나가고 있다.

쉬는 시간

악귀(惡鬼)는 단어 뜻 그대로 몹쓸 귀신을 의미합니다. 단순히 원한을 지니고 있는 귀신이 아닌 사람을 괴롭히고 죽음에 이르게 하려는 목적을 지닌 귀신이죠. 아무런 이유도 없이 산 사람을 죽이려고 하는 악귀는 보통 빙의(憑依)를 통해 사람을 조종하려고 합니다. 서서히 정신을 잡아 가두고 스스로 죽음에 이르게 하도록 목을 조이는 악독한 짓을 하는 것입니다. 악귀의 경우 영험한 무당이라고 할지라도 쉽게 떼어내기 어려운 존재인데요. 더 큰 문제는, 떼어냈다고 하더라도 악귀가 눈앞에서 사라지는 것뿐 이 세상에서 아예 사라지는 게 아니라는 것이죠.

빙의

 우리 가족은 그저 평범했다. 직장에 다니는 아버지, 집안일과 학원 상담을 챙기는 엄마, 그리고 고등학교 2학년인 누나, 중학생인 나. 각자 할 일에 바쁘지만 끈끈했고, 큰 싸움 없이 조용하게 지냈다.
 그날도 다르지 않았다. 엄마는 저녁 반찬으로 김치찌개를 끓였고, 아버지는 퇴근 후 뉴스 채널을 틀어놓고 소파에 앉아 계셨다. 나는 식탁 위에 교과서를 펼쳐놓고 한참을 낑낑대고 있는데 현관문이 쾅 소리를 내며 열렸다.
 누나였다. 가방을 한쪽 어깨에 메고, 숨을 거칠게 내쉬며 신발도 제대로 벗지 못한 채 안으로 들어섰다. 엄마가 깜짝 놀라 달려가며 물었다.
 "왜 그래? 무슨 일 있어?"
 누나는 현관에 멈춰 서서, 눈을 크게 뜬 채 그대로 말없이 있었다. 그러고 나서 몇 초 뒤, 입을 열었다.
 "…오는 길에, 골목길에 어떤 여자가 쭈그리고 앉아 있었어."
 그 말에 거실이 조용해졌다. 누나는 그대로 신발도 벗지 않은 채 거실에 멍하니 섰다. 엄마가 손목을 잡고 끌어당기자 비로소 한 발, 두

발 안으로 들어왔다. 표정은 굳어 있었고, 목소리는 흩어지는 김처럼 흐릿했다.

"학원 끝나고 집에 오는데… 뒤쪽 골목 알지? 작은 놀이터 옆에 있는데."

우리는 고개를 끄덕였다. 누나는 계속해서 말을 이었다.

"거기서 어떤 여자가… 등 돌리고 쭈그리고 앉아 있더라고. 처음엔 술 취했나 싶어서 그냥 지나치려 했는데… 뭔가 느낌이 이상했어."

엄마가 뭐가 이상하냐고 물었지만 누나는 대답하지 않았다. 그 대신, 입술을 살짝 깨물더니 손으로 자신의 팔을 매만졌다.

"너무 조용했어. 자동차도, 바람 소리도 안 들리고. 그 여자만 거기 있었어. 그래서 무슨 일 있나 싶어서… 가까이 가서, 괜찮으세요? 하고 말했거든? 그런데… 여자가, 갑자기 고개를 확 들더니, 그냥… 웃었어. 소리도 없이."

누나는 말을 멈추더니, 입꼬리를 억지로 잡아당기듯 짓궂게 일그러뜨렸다. 그리고 중얼거렸다.

"그냥… 이렇게."

엄마는 찌개를 끓이던 불을 껐고, 아버지는 무거운 표정으로 누나를 바라보다가 담배를 물러 나가셨다. 나는 그냥, 괜히 말도 못 꺼낸 채 누나를 피해 방으로 들어갔다. 별일 아닐 거라고, 다들 그렇게 생각하려 했던 것 같다. 누나는 그날 밤 일찍 잠자리에 들었다.

"좀 피곤해서 누울게."

말을 남긴 채 방으로 들어가더니, 스탠드 불도 켜지 않은 채 조용히 문을 닫았다. 나는 침대에 누운 채 핸드폰을 만지작거리며 시간만 흘려보냈다. 그리고 자정을 조금 넘긴 무렵, 거실에서 뭔가 바스락거리는 소리가 들렸다. 누가 물 마시러 나왔나 싶었다. 하지만 부엌 쪽은 조용했다. 희미한 인기척은 거실 한가운데 머물러 있었다. 나는 가만히 이불을 걷고 일어나 조심스럽게 방문을 열었다. 거실엔 불이 꺼져 있었지만, 그 어둠 속에서 누군가의 그림자가 보였다. 그건 누나였다.

누나는 등불 하나 없이 벽 쪽을 보고 서 있었다. 어깨는 흔들리고 있었고, 가만히 귀를 기울이니 웃는 소리가 났다.

"후후… 후후후…."

그러다 갑자기 울기 시작했다.

"흑… 흐윽…. 왜… 나한테…."

나는 말없이 거실 한편에서 그 모습을 지켜봤다. 아무 말도 할 수 없었다. 그리고 누나는 다시 웃기 시작했다.

다음 날 아침, 식탁에는 묘한 공기가 감돌았다. 누나는 평소처럼 앉아 있었고, 엄마는 조용히 반찬을 덜고 있었다. 아버지는 식탁에 팔짱을 낀 채 눈만 내리깔고 있었다. 나는 조심스레 눈치를 살피며 물었다.

"누나… 어젯밤에 나왔었지?"

누나는 젓가락을 들다 말고 고개를 들었다. 표정은 맑았다. 정말로 아무것도 기억하지 못하는 사람처럼.

"응? 나? 무슨 소리야."

"거실에 나와서… 벽 보면서 웃고 있었잖아."

누나는 한참을 멍하니 나를 바라보더니, 어이없다는 듯 어깨를 으쓱였다.

"내가? 너 꿈꾼 거 아냐?"

엄마가 조심스럽게 말했다.

"지수야, 혹시 요즘 너무 피곤한 건 아니니?"

누나는 그 말에 천천히 미소를 지었다. 말없이 고개를 끄덕였지만, 그 웃음은 이상하게 걸렸다.

그날 이후로 우리는 누나의 사소한 행동 하나하나를 유심히 살피게 됐다. 누나도 그걸 아는 듯, 더 밝은 척 웃고, 더 씩씩하게 굴었다. 엄마는 그걸 안쓰럽게 바라보며 "지수가 예민해져서 그래" 하고 넘겼고, 아버지는 무뚝뚝한 얼굴로 "수험 스트레스 때문일 거야"라고만 말했다. 나 혼자만, 그날 거실에서 봤던 그 기이한 모습이 잊히지 않았다. 그건 절대로, 피곤해서 나올 수 있는 행동이 아니었다.

누나는 예전보다 말이 줄었다. 아니, 말의 '내용'이 달라졌다. 가끔은 대답이 느렸고, 어떤 날은 물어보는 말에 대답이 엉뚱했다.

"누나, 오늘 학원 갔어?"

"어…, 나 오늘 안 가도 됐어. 그쪽에서…."

"그쪽 누구?"

학원에선 그렇게 말하지 않을 텐데.

그리고 또 하나, 누나는 거울을 오래 들여다보는 버릇이 생겼다. 화장대 앞에 앉아, 빗도 들지 않은 채 한참 동안 고개만 살짝 기울인 채, 자신을 바라봤다. 어느 날은 그 모습이 너무 낯설어 방문 틈으로 몰래 지켜보다가 눈이 마주쳤다. 누나는 거울을 본 채로 말했지만, 그 말이 나를 향한 건지는 알 수 없었다.

"…이거, 나 아니야."

이상한 점은 점점 더 늘어났다. 누나는 가끔씩 혼잣말을 했다. 처음엔 중얼거리는 수준이라 못 들은 척했지만, 몇 번은 분명히 들렸다.

"계속… 여기에 있어…."

"소리 들려…. 안 멈춰…."

"왜 다들 모른 척해…."

식사 시간에도 분위기는 달라졌다. 누나는 말없이 밥을 먹었고, 우리가 대화를 나누면 고개만 끄덕일 뿐 참여하지 않았다.

그러던 어느 날 저녁이었다. 그날은 오랜만에 가족이 다 같이 모여 앉아 저녁을 먹는 날이었다. 김치찌개에서 김이 피어오르고 있었고, 엄마는 오랜만에 분위기를 띄우려 이런저런 이야기를 꺼냈다.

그때 누나가 갑자기 숟가락을 내려놓았다. 아무 말도 없이, 천천히 자리에서 일어났다.

모두가 멈췄다. 아버지가 어디 가냐고 묻기도 전에, 누나는 거실을 가로질러 베란다로 향했다. 베란다 창문을 열고, 슬리퍼도 신지 않은 채 턱을 넘었다.

엄마가 일어나 외쳤다.

"지수야, 뭐 하는 거야!"

누나는 베란다 난간에 서서, 이상하게 평온한 얼굴로 아래를 내려다보고 있었다. 그리고 중얼거렸다.

"…나 저기 가야 해."

아버지는 단숨에 달려가 누나의 팔을 잡았고, 나는 그 옆에서 문을 닫으려고 안간힘을 썼다. 누나는 그 손에 이끌리며 발을 헛디뎠고, 거의 구르듯 안으로 끌려 들어왔다. 거실 바닥에 넘어져 주저앉은 누나는, 잠시 멍하니 천장을 바라보다가 눈을 끔뻑이며 말했다.

"…나, 왜 여기 있어?"

그날 밤, 거실은 숨소리조차 무거웠다.

누나는 자신의 방으로 돌아간 후 다시 나오지 않았다. 엄마는 식탁에 앉아 고개를 숙인 채 울었다. 아버지는 말없이 담배만 태웠다. 나도 아무 말도 하지 못했다.

아버지가 처음으로 무속인을 입에 올린 건 바로 다음 날이었다. 조심스럽게 입을 열었다.
"지수, 병원엔 다녀왔잖아. 근데… 이건… 좀…."
엄마는 울음을 멈추지 않은 채 고개만 끄덕였다.
"나도 알아. 근데 이건… 병원에서 치료할 게 아닌 것 같아."
그날 밤부터 아버지는 핸드폰을 붙잡고 전화를 돌리기 시작했다. 예전 동창, 지방에 사는 친척, 심지어 평소 전혀 믿지 않던 엄마 쪽 사돈까지 수소문했다. 며칠이 지나고, 겨우 한 사람을 찾았다. 경북 쪽에서 활동하는 무속인이라는 여성이었다. 강한 것만 맡는다고 했다. 아버지 말로는 "사람이 죽기 직전에야 부르는 분"이라고도 했다.

아버지는 바로 그 무속인에게 연락했다. 집 앞 복도에서 무당과 30분 이상 심각하게 통화를 이어갔고, 전화를 끊고 집으로 들어와 깊은 한숨을 내쉬었다.

그날 밤, 누나는 식탁 앞에 가만히 앉아 있었다. 불도 켜지지 않은 주방에서, 빈 접시를 앞에 두고, 가만히 앉아 있었다. 나는 조심스럽게 다가가 "누나…" 하고 불렀다. 누나는 고개를 돌리지 않고 대답했다.
"…엄마는 왜 아직 안 왔어?"
"지금… 누가 날 계속 부르는데."
나는 온몸이 굳었다. 누나는 천천히 고개를 돌렸다. 그 눈은… 내가 아는 누나의 눈이 아니었다.

"죽으면 편하겠지?"

입꼬리를 올리며 그렇게 말하던 그 얼굴은 낯설었다. 분명 웃고 있었지만, 웃음이 아니었다. 뭔가가 틀어져 있었다.

그날 밤, 누나는 다시 한 번 베란다로 나가려 했다. 웃으면서. 문턱을 넘으려는 그 순간, 엄마가 울부짖으며 누나를 끌어안았다. 누나는 엄마의 팔을 물어뜯으려 했고, 아버지가 겨우 누나에게 매달리듯 난간에서 끄집어내렸다. 베란다 안쪽으로 들어온 누나는 여전히 몸부림치며 부모님을 공격하려고 했고 결국 나까지 동원되어 누나의 팔다리를 부여잡아야 했다. 몇십 분의 사투 끝에 누나는 기절하듯 푹 꺼졌고 그제야 방에 누나를 누이고 한숨 돌릴 수 있었다.

며칠 뒤 정갈하게 차려입은 무당이 우리 집 문 앞에 도착했다. 40대 중반쯤 되어 보였고, 얼굴에는 화장기 하나 없었지만, 눈빛은 매서웠다. 그녀는 아무 인사도 없이 신발을 벗고 집 안으로 들어왔다. 들어오자마자 뭔가를 맡은 듯, 코를 살짝 찡그렸다. 가방을 들고 거실을 가로질러 천천히 안방, 주방, 복도를 훑었다.

누나는 방 안에 누워 있었다. 마치 잠든 사람처럼 말없이 누워, 아무런 움직임도 보이지 않았다. 무당은 방문 앞에 섰다가 발을 내딛지 못했다. 문턱 앞에서 멈춰서더니, 고개를 살짝 숙이고 눈을 감았다. 입을 열어 중얼거리듯 말했다.

"…들어가면 안 돼요. 지금은 안 됩니다."

아버지가 다가가 물었다.

"무슨 말입니까?"

무당은 천천히 돌아보며 대답했다.

"안에 있는 건, 이쪽을 보고 있네. 이미 내가 온 걸 알고 있어. 지금 준비 없이 들어가면 내 쪽이 당할 거야."

그 말에 엄마는 두 손을 움켜쥐었다. 무당은 거실 탁자 위에 조용히 앉아 말했다.

"이건 간단한 일 아니다. 어디서 저런 걸 물어 왔는고. 애가 죽기만을 기다리고 있네. 이건 그냥 귀신도 아니고 악귀다. 악귀."

그녀는 곧 조그만 가방에서 부적 몇 장을 꺼내 방문 앞에 붙였다. 그리고 손끝으로 문틀을 짚은 채 조용히 덧붙였다.

"3일 후, 밤에 굿을 올릴 거니까 그 전까진 절대 문 열지 마. 깨우지 않는 편이 나을 거야. 지금 저 몸에 있는 건 억지로 깨우면 흉해진다."

3일 후, 무당은 다시 돌아왔다. 해가 지고, 거리는 조용했지만, 집 안은 낮부터 기이한 기운이 맴돌았다. 무당은 말없이 준비를 시작했다. 가방에서 부적, 막대 향, 방울, 징, 붉은 천, 그리고 굵은 칼을 꺼냈다. 엄마는 초를 들고 눈물을 닦았고, 아버지는 식은땀을 닦으며 입술을 깨물고 있었다. 나는 무당의 지시에 따라 거실 벽에 부적을 붙였다.

"문 닫아. 그리고 절대 문 쪽을 보면 안 돼. 알겠지?"

무당은 방문 앞에 앉아 징을 울렸다.

이윽고 무겁고 낮은 징 소리가 퍼졌고, 그 순간 누나의 방 안에서 쿵, 쾅 벽을 치는 듯한 소리가 울렸다.

"아아아악!! 그만해!"

누나의 목소리였다. 하지만… 그게 누나의 평소 목소리가 아니라는 건 우리 셋 모두 알고 있었다. 목소리는 낮고, 뒤집혀 있었고, 단어 하나하나가 틀어져 있었다. 그리고 방 안에서 웃음소리가 터졌다.

"하하하하하하하하하하!"

일반적인 웃음이 아닌, 울부짖음을 흉내내는 것 같은 소리였다. 무당은 징을 연달아 울리며 방울을 흔들었다.

"야, 이 사악한 것아, 여기 네 자릴 만들었느냐! 이 몸을 등쳐 네 목숨 채울 작정이냐!"

그때 누나의 방문이 쾅 하고 열렸다. 문은 분명 닫혀 있었고, 문고리를 건 상태였다. 그런데 문이, 안에서 부서지듯 열렸다. 누나는 눈을 부릅뜨고 서 있었다. 머리는 풀어 헤쳐져 있었고, 입가엔 피가 말라붙어 있었다. 그리고, 웃었다.

무당은 손에 쥐고 있던 방울을 더 세게 울리며, 부적을 그대로 누나의 이마를 향해 던졌다. 부적이 누나 몸에 붙는 순간, 누나는 날카로운 비명을 질렀다.

"끄아아아아아아아아아아아아아악!"

그 소리에 나는 귀를 막았다. 살이 찢어지는 듯한 소리였다. 누나는 그대로 땅에 주저앉았다. 온몸이 떨렸고, 두 눈은 하늘을 향해 뒤집혀 있었다. 무당은 이를 악물고 부적을 하나 더 붙였다.

이내 더욱 커진 징 소리가 집 안을 뒤흔들었다. 누나는 갑자기 경련하듯 몸을 비틀었다. 그리고, 완전히 쓰러졌다. 한순간 방 안이 쥐죽은 듯 고요해졌다. 퇴마의식이 끝나고 타들어간 향냄새만 퍼지고 있었다. 그리고 누나가 남긴 비명은 이상하게도 그 어떤 흔적도 남기지 않은 듯 사라져 있었다. 누나는 침대에 누운 채, 조용히 눈을 감고 있었다. 숨은 고르게 쉬고 있었고, 이마에 붙였던 부적은 힘없이 바닥에 떨어져 있었다.

무당은 이마에 맺힌 땀을 닦으며 한참 숨을 골랐다.

"애가 버텨서 살았다. 애가 못 버텼으면 오늘 상 치렀을게다."

엄마는 그 말에 얼굴을 묻고 울었다. 아버지는 두 손을 모은 채 말없이 고개를 숙였다. 무당은 그대로 집을 나갔다. 단지 마지막으로 한마디만 남겼다.

"며칠간 힘들겠지만 확실히 괜찮아질 거다. 하지만 애가 봤다고 하는 그 여자, 그년이 있었다고 하는 곳은 절대로 못 가게 해야 해!"

누나는 그 후 며칠 동안 잠만 잤다. 중간중간 깨긴 했지만, 힘없이 미음만 먹고 다시 잠자기를 반복했다. 그리고 얼마 안 가 누나는 평소대로 돌아왔다. 우리가 옆에 앉아 있는 걸 보고도 놀라지 않았고, 배고프다며 평소처럼 웃었다.

모든 게 돌아온 것 같았다. 식탁엔 웃음이 오갔고, 엄마는 반찬을 더 얹어주며 기분 좋은 소리를 냈다.

하지만 한 가지, 누나는 그날 밤에 대해 아무것도 기억하지 못했다. 자신이 무슨 일을 했는지, 무슨 말을 했는지 전혀 모른다고 했다. 심지어 '그 여자'에 대해서도 기억나지 않는다고 했다.

아버지는 직장을 옮겼고, 우리는 다른 동네로 이사했다. 누나는 무사히 졸업했고, 겉으로는 모든 게 평범한 일상으로 돌아왔다. 하지만 나는 아직도 겁이 난다. 밤중에 누나가 방문을 열고 그때처럼 조용히 서 있을까 봐. 그리고 예전과는 다른 눈빛으로 "왜, 아직도 여기 있어?" 하고 말하면 어쩌지? 아마 이건 그 광경을 모두 지켜본 사람들이 똑같이 가지고 있는 트라우마일 것이다.

쉬는 시간

잠을 자며 꾸는 꿈은 아직도 과학적으로 명확히 밝혀지지 않은 미지의 영역입니다. 현실과 전혀 연관성 없는 소위 '개꿈'을 꾸거나 자신의 깊은 내면을 반영하는 꿈을 꾸기도 하죠. 하지만 혹자들은 미래를 내다보는 꿈을 꾸기도 하고, 자신도 모르는 사이 벌어진 어떠한 사건을 꿈을 통해 마주하기도 합니다. 전혀 귀신을 봐오지 않았던 사람이라고 할지라도 어느 순간 자신의 꿈에서 섬뜩한 경험을 하기도 하고, 그것이 단순한 악몽을 넘어 현실에서 벌이진 끔찍한 사건이기도 하죠. 물론, 그 원인에 대해서는 그 누구도 알아내지 못했습니다.

5교시 — 꿈

 나는 귀신이라는 존재를 믿지 않았다. 믿지 않았고, 믿을 이유도 없었다. 귀신 이야기를 보거나 들을 때면 눈에 보이지도 않고, 누군가의 착각이나 꿈 같은 걸로 만들어진 이야기라고 생각했다. 내가 직접 겪기 전까지는.
 나는 서울의 평범한 여자 고등학교를 졸업했다. 그저 그런 여학생들처럼 학교에서 친구들과 수다 떨고, 놀고, 학원 다니고, 그런 평범한 일상을 살았다. 여러 친구와 사이좋게 지냈지만, 그중에서도 아영이와는 중학교 때부터 친하게 지내왔다. 아영이는 나와는 정반대의 사람이었다. 흐트러짐 없는 단정함이 그녀를 설명할 수 있는 최고의 단어일 것이다. 줄이지 않은 교복을 입고, 머리카락 한 올까지도 깔끔했던 아영이는 언제나 학교에서 손꼽히는 성적을 유지했고 모범생이라는 말이 딱 어울리는 친구였다. 게다가 친구들과 수다를 떨 때면 꽤 잘 어울리기도 했고, 그 와중에 공부까지 잘했기 때문에 여러모로 부러운 점이 많은 친구였다.
 하지만 우리는 알고 있었다. 그녀의 출중함에는 어머니라는 존재가 있다는 것을. 아영이의 어머니는 정말 유별났다. 아니, 어쩌면 끔찍이도 자식을 사랑하고, 자녀 교육에 가장 유난을 떠는 사람이었다. 아영이는 30분 단위로 어머니에게 문자를 보내야 했다. 지금 무엇을 공부하고 있는지, 어디에 있는지, 심지어 학교 수업을 하는 와중에도 수강하고 있는 수업과 어떤 단원을 공부하고 있는지까지 30분 단위로 일일이 보고해야 했다. 우리 또한 그 모습을 직접 보고 있음에도 믿을 수 없을 정도로 어머니는 아영이를 철저하게 관리했다.

아영이는 집에 돌아가면 그날 있었던 일들을 알림장처럼 정리해 어머니에게 보여드려야 했다. 숙제나 필기 노트는 물론, 가방 안에 든 준비물까지 매일 점검을 받았고, 한번은 아영이 교복 치마 길이가 짧다고 어머니가 학교로 직접 찾아온 적도 있었다. 창피해 죽겠다는 말 대신, 아영이는 그저 멋쩍게 웃으며 원래 그렇다고만 했다.

같은 반 친구들도 그 모습을 보며 대체 어떻게 자라왔고, 집에서 어머니가 얼마나 오랫동안 극성을 부렸으면 이렇게까지 고분고분 어머니의 말에 따르는 것일까 궁금하기도 했다. 사춘기를 겪는 여느 여자애였다면 분명 사달이 나고도 남았을 만했지만 아영이는 끝내 어머니에게 대들거나 불만을 표한 적이 없었다. 그리고 그 모습은 고등학교 졸업을 앞둔 시점까지도 변함없이 유지되었다.

고등학교에 진학한 아영이는 3년 내내 우수한 성적을 유지했고 결국 당당히 명문대에 진학했다. 한편으로 부럽기도 했지만, 여러모로 고생했던 걸 너무나도 잘 알고 있었기 때문에 친구들은 모두 아영이를 축하해줬다. 그 무렵, 학업에 열중하지 않았던 나는 재수학원에 다녀야 했고 이때부터 차츰 아영이와 멀어지게 되었다.

그 1년 후, 나도 대학에 들어가고 다시 친구들과 모이기 시작할 때쯤 아영이의 소식을 건너 듣게 되었다. 아영이네 집안이 나름 유복하기도 했지만, 대학교 1학년을 마치고 곧바로 유학길에 나선다는 말에 다소 놀라기도 했다. 하지만 또 얼마나 공부를 하려는지, 대체 그 어머니가 아영이에게 어떤 길을 걷게 하려는지 대충 이해가 되기도 했다. 왜 그랬는지 모르겠지만 분명 아영이와 친하게 지냈던 기간은 길었어도 알 수 없는 거리감이 들었기 때문에 고등학교를 졸업하고서 아영이와 직접적으로 연락한 적은 없었다. 나와 다른 길을 걷는 사람, 나와는 종이 다른 사람으로 느껴졌던 게 아닐까 싶다. 그렇게 각자의 삶을 살아가며 소식조차도 알 수 없을 만큼 멀어졌고 아영이는 내 머릿속에서 완전히 사라져버렸다.

그렇게 몇 년이 흘러 대학 졸업을 앞둔 시점이었다. 나는 한창 마지막 학기를 준비하며 취업 준비에 몰두하던 시기였고 밤낮없는 하루하루를 살아가고 있었다. 꿈을 좇기보다는 어디든 좋으니 남부럽지 않은 회사에 다니고 싶었기 때문에 피곤한 나날을 보내야 했다. 그날도 대외활동 마지막 보고서를 밤늦게까지 작성하고 나서야 겨우 잠이 들 수 있었다. 그리고 1년에 한두 번도 꾸지 않는 기이한 꿈을 꾸게 되었다.

꿈속에서 나는 기차를 타고 있었다. 대학교 친구들과 행복한 여행을 떠나는 길이었고, 우린 기차에 앉아 맛있는 음식들을 먹으며 열심히 수다를 떨고 있었다. 뿐만 아니라 이 여행의 목적은 취업에 성공하 친구들이 다같이 떠나는 기념 여행이었고 꿈에서 나는 그토록 원했던 대기업 취직에 성공했다. 나는 꿈을 꾸면 그게 꿈인지 인지하지 못했기 때문에 행복은 그만큼 더 크게 느껴졌다.

얼마간의 시간이 흘러 목적지 도착까지 시간이 꽤 남았지만, 다들 열심히 수다를 떨어서 그런지 슬슬 잠드는 친구들이 생겨났다. 현실이었다면 약간 괴리감이 느껴졌을 수도 있겠으나 꿈속에서 우린 갑자기 다들 각자의 자리로 이동해 잠을 청하고 있었다. 나는 친구들과 조금 떨어진 곳에 앉아야 했고, 친구들이 자는 모습을 보며 슬슬 잠을 청할 생각이었다.

그런데, 어느 순간 기차의 불이 꺼지고 방금까지 환하게 밝았던 밖의 풍경이 어두컴컴하게 변했다. 사방이 온통 검게 변했고 한 치 앞도 보이지 않을 만큼 어둠이 짙게 내렸다. 이게 대체 무슨 일인가 싶어 친구들을 불렀지만 아무런 대답이 없었고 나는 그저 자리에 앉아 불이 밝아지기만을 기다리고 있었다. 그 순간, 우리가 타고 있었던 열차 칸에서 이상한 소리가 들리기 시작했다.

'쩝쩝. 우그작 우그작.'

꼭 누군가 음식을 먹는 것 같은 아니, 흡사 라면을 먹는 것 같은 소리가 들려왔다. 처음에는 이 소리가 대체 어디서 들리는지 알아채지 못했고, 심지어 누가 뭘 먹고 있는 소리인지도 알 수 없었다. 하지만 앞이 보이지 않았기 때문에 점차 소리에 집중하게 되었고, 이 소리가 내 뒷자리에서 들리고 있음을 깨달았다.

'아니, 얘가 컵라면이라도 먹고 있나? 어두워서 보이지도 않는데 어

떻게 먹는 거지?'

별의별 생각을 하면서 가만히 있으니 이내 열차 불이 들어왔고 칸 전체가 환하게 밝아왔다. 빠르게 옆을 보니 다른 친구들은 아까 그대로 잠을 자고 있었고 밖은 여전히 심야인 것처럼 어두컴컴했다. 그리고 여전히 그 기이한 소리는 내 뒷자리에서 들리고 있었다.

'쩝쩝. 우그작 우그작.'

다른 애들은 자고 있었기 때문에 왜 너 혼자만 뭘 먹고 있는 거냐 묻기 위해 뒤를 돌아본 순간 그대로 숨이 멎어버렸다. 분명 내 뒷자리에는 대학교 4년을 함께 다닌 수진이가 곤히 잠이 든 채로 앉아 있었다. 하지만 그 옆자리에 난생 처음 보는 여자가 수진이를 향한 상태로 쪼그려 앉아 있었다. 그리고 내 눈에 보이는 건 그 여자가 자신의 손으로 수진이의 머리카락을 쥐어 그녀의 입에 넣고 있는 모습이었다. 여자는 쩝쩝 소리를 내며 수진이의 머리카락을 입안으로 넣은 채 씹고 있었고, 모든 머리카락을 먹을 것처럼 머리채를 휘어잡으며 그녀의 입에 욱여넣고 있었다.

눈앞에 펼쳐진 너무나도 충격적인 장면에 기겁했지만 몸은 움직일 수 없었고 아무리 시선을 피하고 싶어도 고개는 돌아가지 않아 여자가 수진이의 머리카락을 꼭꼭 씹어먹는 모습을 계속 지켜봐야 했다. 아무리 소리를 질러도 수진이를 비롯해 친구들은 깨어나지 않았고 여자는 아랑곳하지 않고 하던 일을 지속했다. 나는 겁에 질린 채 그 모습을 바라보고 있다가 어느 순간 여자의 정체를 깨달았다.

헝클어진 머리카락, 핏발 세워진 눈, 창백한 얼굴의 여자는 분명 아영이었다. 대체 아영이가 여기 왜 있는지, 왜 머리카락을 먹고 있는지 알 수 없었고, 나는 놀란 마음을 감추지 못하며 아영이의 이름을 불렀다. 내 입에서 아영이라는 단어가 나왔을 때 아영이는 고개를 돌려 내 쪽을 쳐다봤고 또다시 열차 칸의 불이 꺼져버렸다.

　짧은 정적이 흐른 뒤 나는 내 침대에서 눈을 뜨게 되었다. 나는 꿈에서 깨어나서도 한참 누운 상태로 천장을 바라보고 있었다. 너무나

도 생생했던 꿈이 다시금 스쳐 지나갔고 모든 생각은 결국 아영이로 귀결되었다. 대체 아영이가 갑자기 왜 내 꿈에 나타난 것일까, 그리고 왜 그런 모습으로 나타난 것인지 한참을 고민했다. 하지만 별다른 이유를 알아낼 수 없었고, 또다시 시작된 피곤한 현실에 꿈은 빠르게 잊혀 갔다.

그렇게 몇 달이 흘러 취업에 성공한 나는 회사 근처 반지하 원룸에서 자취를 시작했다. 좁고 습한 방이었지만, 출퇴근하기엔 나쁘지 않은 위치였기에 만족했다. 그리고 출근한 지 얼마 안 되어 부서 회식이 있던 날, 늦은 밤 취기에 지친 몸을 이끌고 집으로 돌아왔다. 이불 위에 누우니, 눈을 감는 순간 바로 잠에 빠졌다.

얼마나 지났을까. 갑자기 눈이 번쩍 떠졌다. 몸이 움직이지 않았고 눈동자만 겨우 움직일 수 있었다. 나는 옆으로 누운 채로 현관문을 마주하고 있었다. 살면서 처음 겪는 가위눌림이었다. 손끝 하나 움직이지 않았고, 숨조차 제대로 쉬어지지 않았다.

그때 쾅! 쾅! 누군가가 문을 두드리는 소리가 들렸다. 심장은 요동쳤고, 온몸에 땀이 흘렀다.

'이 시간에 누가?'

대답하고 싶어 입을 벌리려 했지만, 혀조차 굳어 있었다. 하지만 점차 소리에 익숙해질 때쯤 소리가 이상하다는 걸 깨달았다. 문을 두드리는 위치가 너무 낮았다. 마치 누군가 문 아래쪽을 두드리는 듯한 느낌. 두드리는 그 '쾅쾅' 소리가 문 아래에서 울렸다. 순간, 등골이 오싹해졌다. 그리고 끼익- 하는 소리와 함께 현관문이 열렸다. 아무도 만지지 않았는데, 천천히, 아주 천천히… 문은 틈을 벌리며 열려갔다.

밖은 깜깜했다. 건물 불빛조차 없었고 마치 세상이 통째로 지워진 듯한 검은 공간이 눈앞에 펼쳐졌다. 나는 숨을 죽인 채, 문 너머를 응시했다. 그 순간, 문턱 아래, 검은 바닥에서 뭔가가 꿈틀거렸다. 어둠 속에서 조금씩, 아주 조금씩 꿈틀대며 기어오는 형체. 처음엔 먼지나 그림자인 줄 알았다. 하지만 그것은 분명 '사람'의 형태를 하고 있었다. 아니, 정확히 말하자면, 사람의 '머리'였다.

머리카락 없이 칠흑 같은 어둠 속에서 두 눈만 하얗게 빛났다. 그 눈동자가, 나를 바라보고 있었고, 그것은 천천히, 아주 천천히, 문턱을 넘어 방 안으로 들어왔다. 그 사람은 몸을 세우지 않았고, 배를 바닥에 붙인 채로, 사지가 힘없이 늘어진 채 기어왔다. 말 그대로, 바닥에 '달라붙은' 채로 나아오는 것이었다. 손이나 무릎으로 기는 것이 아니었다. 마치 물속에서 떠밀려오듯, 사뿐히 밀려왔다.

그리고 그게, 점점 가까워졌다. 3미터… 2미터…. 너무나도 무서워 이빨이 파르르 부딪히는 상황에서도 눈을 감을 수 없었고, 얼굴을 자세히 볼 수 있었다.

그건 아영이었다. 무표정한 얼굴, 창백한 피부, 그러나 눈빛은 선명했다. 슬픔과 원망, 고통과 후회의 감정이 뒤섞인 눈동자.

그녀는 나를 똑바로 바라보며 입을 열었다. 하지만, 아무 소리도 들리지 않았다. 나와 아영이의 거리가 1미터가 채 안 되었을 때 아영이가 갑자기 빠른 속도로 기어서 다가왔다. 나는 외마디 비명도 지르지 못한 채 그대로 눈을 질끈 감았다. 다시 눈을 떴을 땐, 햇살이 창문으로 들어오고 있었고, 침대보는 땀으로 흥건히 적셔져 있었다.

그리고 또다시 아영이가 내 꿈에 나타났다. 그것도 사람이라고 말할 수도 없을 만큼 섬뜩한 모습으로 나타났고, 나는 온종일 꿈에 대해 생각할 수밖에 없었다. 그날의 꿈은 단순한 꿈이라 치부하기에는 생생했고, 끔찍한 아영이의 모습에 도무지 쉽게 넘어갈 수 없었다.

회사에서 온종일 멍하니 있다가, 결국 친구들에게 연락을 돌렸다. 그리고 일주일 정도가 흐른 뒤 아영이의 소식을 들을 수 있었다. 그녀는, 몇 달 전 아파트에서 투신했다. 유학을 마치고 돌아왔지만, 어머니와 진로 문제로 갈등이 심했다고 했다. 평생 어머니의 말에 따라 살았던 아영이가 진로만큼은 본인이 하고 싶은 것을 하겠다고 선언했다고 한다. 유학까지 다녀온 그녀였지만 소소하게 꽃집을 하며 사는 것이 아영이가 하고 싶었던 가장 큰 꿈이었다고 한다. 하지만 아영이 어머니는 도저히 그 말을 받아들일 수 없었고, 며칠 동안이나 아영이와 다툼을 이어갔다고 한다.

그러다 결국 아영이의 아버지가 딸의 진심을 들어주자고 아영이의 선택을 존중하겠다고 말했고, 이 일이 부부 갈등으로까지 커졌다고 한다. 며칠을 집에서 부모님이 싸웠고 가장 갈등이 심했던 날, 거실에서 부모님이 싸우고 있던 와중에 아영이는 베란다 창문을 열고 그대로 몸을 던졌다고 한다. 아파트 고층에 살고 있었기 때문에 아영이는 그 자리에서 즉사했고 한동안 아파트 전체가 시끄러웠다고 한다.

그 이야기를 들은 순간, 머릿속이 하얘졌다. 내가 본 건, 그날 밤에 기어서 들어왔던 '그것'은 죽은 아영이었다. 아영이가 죽은 시점과 아영이가 내 꿈에 처음 찾아왔던 시기가 정확히 일치했다. 아영이는 죽어서 학창 시절 친하게 지냈던 나를 찾아온 것이다.

한동안 나는 본가에서 지냈다. 밤이면 아영의 눈동자가 떠올라 잠들 수 없었고, 며칠 뒤, 나는 아영이의 납골당에 갔다. 작고 하얀 유골함 앞에 앉아, 오래도록 가만히 있었다. 대체 무엇을 위해 이렇게 살았을까. 그리고 부모님 앞에서 투신할 정도로 그녀를 힘들게 한 것이 무엇이었을까. 감히 내가 상상할 수 없을 만큼의 괴로움이었을 것이다.

그리고 문득 그녀가 '기었던' 이유를 알게 되었다. 그녀는 평생 어머니의 눈치 속에, 땅을 보며 살아온 아이였다. 자신의 삶을 단 한 번도 '일어선 채' 살아본 적이 없었던 아이. 그래서 죽어서조차도, 고개를 들 수 없었던 건 아닐까. 그래서 그렇게 기어서 나를 찾아왔던 걸까.

그날 이후로도 나는 꿈속에서 문소리가 들리는 것 같고, 바닥을 기는 소리를 환청처럼 듣기도 했다. 하지만 그럴 때마다, 스스로 주문을 건다. 아영이는 이제 고통받지 않는다. 더 이상 무릎 꿇고 살지 않아도 된다. 이 이야기를 누군가에게 전해야겠다고 생각한 건, 혹시라도 또 다른 '아영이'가 어딘가에 있을지도 모른다는 생각이 들었기 때문이다.

나는 이제 귀신을 믿는다. 그리고 가끔은, 그들이 세상에서 하지 못한 말을 이렇게라도 우리에게 전하고 있다는 것도.

쉬는 시간

가끔 일하러 가거나 놀러 갔을 때 처음 가는 지역에서 숙박업소를 이용할 때가 있습니다. 호텔, 리조트, 펜션 등 다양한 숙박 종류가 있지만, 값이 싸고 좋은 모텔을 선택하기도 하죠. 하지만 모텔이라고 해서 꼭 좋은 곳만 있지 않습니다. 그만큼 많은 사람이 오가기 때문에 모텔에 숨겨진 사연이 무엇인지 알 수도 없죠. 무서운 이야기에 모텔이 자주 등장하는 이유도 이 때문일 것입니다. 혼자 있는 공간, 한 번도 와본 적 없는 공간에서 마주한 원혼은 상상할 수 없을 만큼의 공포를 자아내기도 합니다.

6교시 ——————————————————— 모텔

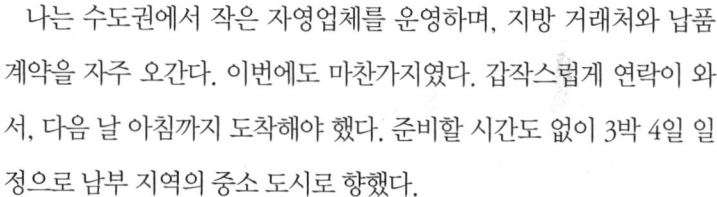

나는 수도권에서 작은 자영업체를 운영하며, 지방 거래처와 납품 계약을 자주 오간다. 이번에도 마찬가지였다. 갑작스럽게 연락이 와서, 다음 날 아침까지 도착해야 했다. 준비할 시간도 없이 3박 4일 일정으로 남부 지역의 중소 도시로 향했다.

전날 밤을 꼬박 새우고 준비해서 이른 아침 고속버스에 올랐고, 현지에 도착했을 땐 이미 오후 4시를 넘기고 있었다. 배가 고프고 미팅까지 시간이 빠듯해 식당부터 찾았다. 역 근처에 백반집 하나가 보여 들어갔는데, 허름한 간판에 문도 반쯤 열려 있었다. 내부는 무척 조용했고, 나는 창가 쪽 자리에 앉아 주문을 했다.

식사가 나오길 기다리던 중, 무심코 창밖을 바라보다가 한 여자를 보게 됐다. 길 건너편 골목 입구에, 창백한 얼굴의 여자가 서 있었다. 흐트러진 머리카락에 눈 밑은 시커멓게 꺼져 있었고, 무엇보다도 불쾌했던 건 그녀가 나를 똑바로 바라보고 있었다는 점이다. 나는 순간 움찔했지만, 애써 시선을 피하고 밥이 나오기만을 기다렸다.

밥을 먹고 난 뒤, 미팅 장소로 향해 업무를 마무리했다. 날은 이미 어두워지고 있었고, 이제 숙소를 찾아야 했다. 역 주변에는 모텔이 여럿 있었지만, 하나같이 비슷해 보였다. 그러다 눈에 띈 곳이 있었다. 큰길에서 한 블록 떨어진, 좁은 골목 안 모텔. 외관은 낡고 조명도 흐릿했다. 원래라면 지나쳤을 곳이었지만, 어쩐지 이상하게 그곳에 눈이 갔다. 발길이 멈췄고, 나도 모르게 안으로 들어섰다.

카운터에는 낮에 봤던 그 여자가 앉아 있었다. 백반집 창밖에서 나를 바라보던 바로 그 여자. 표정은 없었고 눈동자도 흐릿했다. 나는 멈칫했지만, 다시 고개를 숙이고 말을 걸었다.

"방 있나요?"

여자는 말없이 열쇠를 내밀며 말했다.

"306호."

나는 어리둥절한 채 열쇠를 받아 들었다. 그 말투는 기계처럼 건조했고, 손끝도 차가웠다. 찝찝한 기분이 들었지만, 너무 피곤했던 나는 그냥 계단을 올라 306호로 향했다. 엘리베이터는 고장 표시가 붙어 있었다.

306호 문 앞에 섰을 때, 복도는 쥐 죽은 듯 고요했다. 형광등 하나는 깜빡이고 있었고, 다른 쪽은 아예 꺼져 있었다. 방 번호가 적힌 플라스틱 표식은 반쯤 떨어져 있었고, 손잡이는 녹이 슨 자국이 선명했다. 열쇠를 돌려 문을 열자 곰팡이 냄새가 풍겼다. 안은 컴컴했고, 전등을 켜도 희미한 주황색 불빛만 공간을 비췄다. 침대보는 구겨져 있었고, 욕실 문은 반쯤 열려 있었다. 에어컨은 고장 났는지 작동하지 않았고, 실내는 축축한 냄새로 가득했다.

나는 작은 탁자에 짐을 내려놓고, 편의점에서 사 온 삼각김밥과 캔 맥주를 꺼냈다. 씻을 엄두도 안 나서 그냥 옷을 입은 채 침대에 누웠고, 스마트폰을 만지작거리다 그대로 잠이 들었다.

한밤중 갑자기 몸이 차갑게 식는 느낌이 들면서 잠에서 깼다. 방 안은 이상할 정도로 조용했고, 나는 무심코 몸을 옆으로 돌렸다. 그때, 침대 옆 바닥에 누군가 앉아 있었다. 어두워서 얼굴이 잘 보이지 않았지만 그녀였다. 백반집 앞에서, 카운터에서 봤던 여자. 그 여자가 조용히 나를 내려다보고 있었다.

심장이 쿵 내려앉았다. 소리를 지르려고 했지만, 목이 막혀 나오지 않았다. 몸도 꿈쩍할 수 없었다. 마치 악몽 속에 갇힌 기분. 여자는 꼼짝도 하지 않고 그 자리에서 나를 지켜보고 있었다. 나는 온몸을 덜덜 떨며 눈을 감았다가 다시 떴다. 그대로였다. 꿈이 아니었다. 그리고, 여자는 갑자기 고개를 옆으로 꺾더니 천천히 입꼬리를 올렸다. 귓가까지 찢어질 듯한 미소였다. 침묵 속에서 그녀는 소리 없이 일어났고, 방 안을 이리저리 걷기 시작했다. 벽에 머리를 부딪히고, 천장을 보며 웃고, 바닥에 손톱으로 뭔가를 긁기 시작했다. 나는 그 모습을 지켜볼 수밖에 없었다. 마치 마네킹 같은 움직임. 그리고 갑자기, 여자가 침대 위로 펄쩍 뛰어올랐다. 내 위에 올라타고, 눈을 마주보며 중얼거렸다.

"이래도 몰라?"

여자의 얼굴이 점점 가까워졌고, 나는 그제야 정신을 잃었다. 눈을 떴을 땐 이미 아침이었다. 침대 위엔 나 혼자였고, 방 안은 고요했다. 하지만 내가 본 것, 느낀 감각, 여자의 목소리는 너무도 선명하게 남아 있었다. 이불은 식은땀으로 흠뻑 젖어 있었고, 숨은 가쁘게 쉬어졌다. 나는 벌떡 일어나 욕실로 달려갔다. 거울에 비친 내 얼굴은 창백했고, 눈 밑은 시커멓게 꺼져 있었다. 씻는 둥 마는 둥 정신없이 옷을 입고 1층으로 내려갔다.

카운터에는 아무도 없었다. 대충 적힌 전화번호 옆 벨을 눌렀지만, 아무 반응이 없었다. 그냥, 아무도 없는 거였다. 전날 밤의 일을 따져야겠다는 생각이 들었다가 순간적으로 말문이 막혔다. 어쩌면… 꿈이었을지도 모른다는 생각이 들었다. 하지만 내가 본 여자의 눈동자, 미소, 그 말. "이래도 몰라?" 그건 절대로 꿈이 아니었다.

나는 미친 듯이 모텔을 빠져나왔고, 정오가 가까워서야 겨우 정신을 추스른 뒤 업무 장소로 향했다. 일은 평소처럼 진행되었고, 거래처 사람과의 대화도 무난했다. 하지만 눈앞에는 계속 어젯밤 여자의 얼굴이 겹쳤다. 결국 오늘도 늦게까지 일을 마치고, 어쩔 수 없이 다시 어제 머문 모텔로 돌아왔다. 대안이 없었기 때문이다. 지방 출장 중, 익숙하지 않은 장소에서 더 늦게 움직이는 것도 곤란했다.

밤 11시가 다 되어서야 모텔에 도착했다. 하지만 나는 바로 들어가지 못하고 문 앞에서 한참을 서성이다 306호로 들어갔다. 마음속에서는 계속 경고음이 울리고 있었다.

이번에는 불을 모두 켜둔 채 잠을 청했다. 혹시 몰라 텔레비전도 켜두었다. 최대한 익숙한 소리와 밝기로 낯선 공기를 덮으려 했다. 새벽 2시 무렵, 잠을 자고 있던 와중에 소리가 들렸다.

'끼익….'

나는 그대로 눈을 떴다. 아주 천천히 열리는 문이 보였다. 순간 얼어붙었다. 문틈으로 사람 얼굴이 보였다. 전날 봤던 그 여자였다. 나는 그대로 외쳤다.

"누구세요?"

하지만 아무 소리도 들리지 않았다. 서서히 문이 더 열리고 있었다. 그리고 반쯤 열렸을 때, 여자의 얼굴이 모두 드러났다. 입은 여전히 벌어져 있었고, 눈은 까맣게 멍든 듯 퀭했다. 침대에서 몸을 일으키려 했지만, 여자가 더 빨랐다. '쾅' 하는 소리와 함께 문이 완전히 열리자 여자가 방 안으로 뛰어들었다.

나는 반사적으로 뒷걸음질을 했지만 이미 늦은 것 같았다. 침대 끝에 다다랐을 땐 여자가 한 치의 망설임도 없이 내 위로 올라탔다. 무릎으로 내 팔을 짓누르고 차가운 손으로 내 목을 움켜쥐었다.

"이래도 몰라? 이래도!"

그녀는 마치 짐승처럼 소리를 질렀다. 입에서는 침이 튀었고, 부릅뜬 눈동자는 떨리고 있었다. 나는 목이 졸려 숨을 몰아쉬며 온몸을 비틀고 발버둥쳤다. 그러나 여자의 손은 점점 더 조였다. 손톱이 피부를 파고들고, 귀에서는 윙윙 울리는 소리가 커져만 갔다.

그녀는 똑같은 말만 중얼거리며 내 얼굴을 바닥에 밀어붙였다. 체감상 30분은 된 것 같았다. 이렇게 죽는구나 싶은 순간, 여자의 손아귀가 스르르 풀렸다.

나는 기침을 토하며 겨우 몸을 일으켰다. 정신을 차리고 살펴보니 방 안에는 아무도 없었다. 시계를 보니 새벽 4시를 가리키고 있었다. 나는 미친 듯이 문을 열고 그대로 계단을 달려 내려갔다. 1층 카운터에는 졸고 있는 남자 직원 하나가 앉아 있었다. 나는 소리쳤다.

"여기 여자 어디 갔어요? 어제, 그리고 오늘 밤 내 방에 들어온 여자요!"

직원은 눈을 비비며 어리둥절한 표정으로 고개를 들었다.

"예? 무슨 말씀이세요…."

"어제 저한테 306호 열쇠 준 여자요! 오늘은 아예 들어와서 목을 조르려고 했다니까요! 하얀 옷 입고 머리는 길고 말은 없던 여자 몰라요?"

직원의 얼굴이 하얗게 질렸다.

"저… 그 방에는 손님을 안 받고 있는데요…. "

"뭐라고요?"

"몇 달 전에 어떤 여자가 306호 거기서… 죽었어요. 그 이후로 열쇠도 안 꺼내놨고… 방도 닫아놨는데…."

나는 그 자리에서 굳을 수밖에 없었다.

"근데, 난 거기서 잤어요. 열쇠도 받았고… 그 여자한테시! 내가 봤어요. 당신 말고 그 여자가 어제 카운터에 있었단 말이에요!"

직원은 오히려 물었다.

"여자가 어떻게 생겼는지… 말해줄 수 있어요?"

나는 덜덜 떨리는 손으로 그녀의 인상착의를 설명했다. 그러자 직원은 입을 다물고 한참을 바라보더니 조용히 말했다.

"말씀하신 그 여자… 306호에서 죽은 여자랑 똑같이 생겼네요."

 나는 더 이상 견딜 수 없었다. 직원의 말도, 상황도, 다 이해할 수 없었지만 한 가지는 분명했다. 306호, 그 여자는 현실이었다. 나는 홀린 사람처럼 다시 306호로 올라갔다. 짐을 쓸어 담았다. 치약도, 속옷도, 그냥 눈에 보이는 대로 다 밀어넣었다. 짐을 들고, 계단을 뛰어내려 모텔에서 벗어났다.

 아직 해는 뜨지 않았다. 하늘은 짙은 회색이었고, 바람은 습하고 차가웠다. 어딜 가야 할지 몰랐지만 일단 무작정 거리를 걸었다. 근처 24시 카페를 찾아 들어가 앉았다. 뜨거운 커피를 시켰지만, 손이 너무 떨려 컵을 제대로 들지도 못했다.

  아침이 되자마자 다른 모텔을 급하게 잡았다. 시 외곽에 있고, 여러 곳에 체인점을 둔 브랜드 모텔이었다. 기계적으로 체크인하고, 방으로 들어갔다. 평범한 방의 밝은 벽지, 틀에 박힌 가구를 환한 조명이 감쌌지만, 나는 긴장을 놓을 수 없었다. 문을 몇 번이고 잠그고 커튼도 닫고 화장실 샤워 커튼도 젖혀뒀다. 침대에 누웠지만 잠이 올 리가 없었다.

  몇 시간 뒤에 나는 모든 일정을 마치고 서울로 돌아가는 버스에 몸을 실었다. 창가 자리에 앉아 눈을 감고 있다가 깜빡 졸았다. 그때 누군가가 내 어깨를 툭 건드렸다. 나는 화들짝 놀라 눈을 떴지만, 옆자리는 비어 있었다. 주위를 둘러봤지만 다들 조용히 자고 있었다. 나는 고개를 돌려 창밖을 봤다. 순간 심장이 멎는 줄 알았다. 도로 옆 풀숲 그늘 속에 그 여자가 서 있었다. 고개를 살짝 숙인 채 눈동자만 위로 들어 버스를 바라보고 있었다. 차가 쌩쌩 달리고 있는 와중에도 마치 그 자리에 멈춰 있는 것처럼 여자는 나에게 시선을 고정하고 있었다.

  그날 이후, 나는 서울로 올라왔지만, 결코 일상으로 돌아갈 수 없었다. 처음엔 그저 하룻밤 악몽이겠지 생각했지만, 여자는 매일 밤 나타났다. 불을 꺼두면 방문 너머에서 끼익, 소리가 들렸고, 욕실 거울을 보면 머리카락이 젖은 여자 실루엣이 비쳤다. 깜빡 잠이 들면 귓가에 숨소리가 들렸다. 분명 잠이 깼는데도, 몸이 움직이지 않았다. 그 상태로 여자가 이불 위로 올라오는 게 느껴졌다. 숨이 막히고 목이 저리고 몸이 눌리는 감각이 생생했다.

도저히 일상생활이 불가능했다. 회사에선 동료가 부르기 전까지 멍하니 아무것도 하지 못한 날이 많았다. 지하철을 타면 창밖 너머로 여자가 보인 적도 있었다. 겨우 엎드려 잠든 사이, 누군가 귀에 대고 속삭이는 소리도 들렸다.

"이래도… 몰라?"

이 모든 게 단순한 환각이라고 생각하기엔, 그녀의 눈빛이 너무 생생했다. 죽기 전의 감정이 뚝뚝 묻어 있는 눈동자. 나는 정신과 상담도 받았지만, 달라진 건 없었다. 약을 먹고도 밤이면 반복되는 기이한 경험은 그대로였다.

그렇게 3주를 시달리다가 견디지 못하고 다시 그 도시로 향했다. 내가 직접 모텔을 확인해야겠다는 생각이 들었다. 그 외엔 어떤 이유도 없었다. 모텔은 여전히 그 자리에 있었다. 하지만 뭔가 달랐다. 간판은 꺼져 있었고, 입구엔 종이 하나가 붙어 있었다.

'임시 영업 중단 - 관리자에게 문의 바랍니다.'

나는 문을 두드렸다. 안에서 나오는 직원은 내가 모텔에서 뛰쳐나왔던 그날 카운터에 앉아 있던 남자였다. 그는 말하자마자 고개를 저었다.

"306호 얘기죠?"

나는 멍해졌다. 아무 말도 하지 않았는데 직원은 내가 온 이유를 알고 있었다. 직원이 한숨을 쉬며 말했다.

"안 그래도 곧 폐업합니다. 요 며칠 새 손님들도 다 도망가고, 직원들도 그 방 근처에 못 가겠다고 나갔어요."

나는 조심스레 물었다.

"그 여자, 지금도… 나오나요?"

직원은 잠시 머뭇거리다 입을 열었다.

"매일 나옵니다. 어떤 손님은 잠자다 비명을 지르고, 어떤 사람은 문 열자마자 뛰쳐나갔어요. 그래서… 무당도 부르기로 했습니다."

동네에도 이미 소문이 났다고 했다. 306호 귀신, 모텔 여자로 말이다. 사람들이 서로 얼굴을 찡그리며 이야기를 주고받는 수준이었다.

나는 그 이야기를 듣고 몸이 얼어붙은 것 같았다. 그는 그냥 조용히 고개를 숙이고 돌아섰다. 다시 고속버스를 타고 서울로 올라가는 길, 창밖을 보며 나는 문득 그녀가 있을까 두려웠다. 차창에 비친 자신의 얼굴 뒤로, 또다시 창백한 여자의 모습이 보일까 봐 고개를 숙였다.

이상하게 그날 이후부터 그녀는 나타나지 않았다. 굿이 진행되었고, 무당이 무언가를 했을 것이다. 혹은… 잠시 떠나준 것일 수도 있었다. 하지만 그녀는 완전히 사라진 게 아니었다. 아직 나에게는 모텔과 여자가 그대로 남아 있었다.

이후, 나는 어디에서든 숙박을 해야 할 상황이 되면 입실하기 전 방 번호부터 확인했다. 엘리베이터로 3층을 누르지 않았고, 화장실에 샤워 커튼이 있으면 꼭 열어두었다. 거울은 최대한 보지 않으려 했다. 잠을 청할 땐 늘 불을 켜놓고 텔레비전을 틀어놓고 핸드폰을 손에 쥔 채 이불을 덮었다.

다행히 아직은 여자의 목소리가 들리거나 내 앞에 나타나거나 하는 일은 없었다. 하지만 아주 가끔 떠오르는 그때의 기억을 되짚어 보자면, 여전히 알 수 없는 것이 있다. 대체 그녀는 왜 나를 모텔로 데려간 것일까. 왜 나에게 모르냐고 물어보는 일까.

어쩌면 자신이 죽었다는 사실을 알리고 싶었던 것일까. 혹은 자신이 여기 아직 남아 있다는 걸 누군가에게 알리고 싶었던 것일까. 명쾌한 해답을 알아낼 수는 없지만 아니, 알아내고 싶지도 않다. 그저 두 번 다시는 내 앞에 나타나지 말기를 기도할 뿐이다.

쉬는 시간

귀신은 살아생전의 감정, 이성을 가지고 있지 않다고 합니다. 저승으로 가지 못하고 이승에 남아야 하는 이유 즉, '한'만 남은 채 구천을 떠돈다는 것이죠. 그렇기 때문에 인간으로서 갖추어야 할 최소한의 이성도 존재하지 않으며, 오롯이 원한을 해소하고자 행동한다고 합니다. 자신의 원한을 풀기 위해 산 사람에게 들러붙어 괴롭히고, 죽음에까지 이르게 하는 순수 악으로 남아 있는 것입니다. 그게 자신의 피붙이라고 할지라도 말이죠.

7교시 ———————————————— 이모의 원혼

 그 여자를 처음 본 건 아침 출근길이었다. 회사 근처 지하철역에서 내리는 순간, 유리문 반대편에서 나를 보고 있는 여자와 눈이 마주쳤다. 도시락처럼 생긴 손가방을 들고, 몸은 기울어져 있었다. 무표정한 얼굴로 정확히 내 눈을 보고 있었다.
 처음엔 그냥 우연이라고 생각했다. 워낙 정신없고 사람 많은 시간대니까. 그런데 그다음 날에도, 같은 자리에서 그 여자가 있었다. 이번엔 내가 타고 있는 열차의 창문 너머로 반대편 승강장에 서서 또 나를 보고 있었다. 나는 멈칫했지만, 사람들이 나를 밀치며 지나갔다. 뭔가 잘못되고 이상하다는 생각이 들었다. 하지만 당장 회사에 지각하지 않는 것이 중요했다.
 그다음부터였다. 이상한 건, 그 여자가 하루에도 몇 번씩 보이기 시작했다. 퇴근길에도 보였고, 회사 근처 카페 유리창에도 어김없이 비쳤다. 심지어 한밤중에, 편의점 가는 길목 횡단보도 맞은편에서도 그 여자는 항상 나를 보고 있었다. 움직이지 않았고, 표정도 없었고, 그 흔한 미소 한 번 짓지 않았다.
 처음엔 나도 헛것이 보인다고 생각했다. 피곤하면 충분히 있을 수 있는 일이다. 하지만 이젠 꿈에서도 나온다. 처음 꾼 꿈에서, 나는 아무도 없는 아파트 복도를 걷고 있고, 복도 끝 창가에 그 여자가 서 있다. 조심스럽게 가까이 가자, 갑자기 여자가 뒤를 돌아 뛰기 시작했다. 그리고 나는 무슨 이유에선지 꿈에서 그 여자를 쫓고 있었다.

꿈에서 깼을 때, 새벽 3시 33분, 호흡은 거칠었고, 식은땀이 났다. 그날부터 가위가 시작됐다. 처음엔 몸만 움직이지 않았는데 점차 방 안 구석 어둠 속에서 무언가 나를 쳐다보는 시선이 느껴졌다.

어느 날은 분명히 보였다. 책상 아래, 어둠에 묻혀 있던 무언가가 고개를 들었다. 길고 부스스한 머리, 기울어진 고개, 그리고, 나를 똑바로 보고 있는 눈. 매번 같은 얼굴로 나타나는 그 여자였다. 누군지는 모르겠지만, 확실히 같은 여자였다.

가장 이상한 건 그 여자는 항상 내 방에만 나타난다는 것이다. 나는 결국 방에서 자는 걸 포기했다. 소파에 누워 거실에서 자는 날이 많아졌다. 이상하리만치 거실에서 자는 날엔 그 여자는 나타나지 않았다. 처음엔 그냥 방이 더 어두워서 그런 줄 알았는데, 그게 반복되다 보니 어떤 확신이 들었다. 하지만 누구에게 털어놓기도 애매했다. 친구들에겐 피곤한지 헛것이 보인 것 같다고 둘러댔고, 부모님께는 말도 꺼내지 않았다.

그 무렵, 나는 연차를 내고 본가에 내려갔다. 단순히 피로 때문만은 아니었고, 정신적으로 너무 지쳐 있었고, 무언가 설명할 수 없는 압박감이 계속해서 목덜미를 누르고 있었다. 혼자 있는 시간이 점점 힘들어져서 그나마 사람 냄새 나는 곳, 가족의 기척이 있는 곳으로 피신하듯 내려간 것이다.

 엄마는 반갑게 맞아주셨고, 오랜만에 뵌 외할머니는 많이 야위어 있었다. 하지만 오랜만에 모인 가족이 어색하지는 않았다. 하루이틀 지나며 조금씩 안정을 되찾았고, 어느 날 저녁에 할머니 방에서 같이 사진첩을 보게 됐다.

 먼지 쌓인 서랍 속, 오래된 앨범은 낡고 무거웠다. 할머니가 직접 한 장씩 넘기며 엄마의 어린 시절, 외삼촌의 모습, 그리고 지금은 돌아가신 외할아버지의 모습까지 보여주셨다.

 "여기, 이거 네 엄마 열여섯 살 때 사진이야. 이때도 아주 고집이 셌어. 하하…."

 할머니의 웃음소리에 나도 웃으며 페이지를 넘겼다. 그러다, 서랍 안에 다른 사진첩이 하나 더 눈에 들어왔다. 색이 바랜 노란색 표지에 왠지 모르게 손이 갔다. 한 장, 한 장 넘기다가 나는 그 사진에서 얼어붙었다.

거기…그 여자가 있었다. 꿈에 나오던 여자. 내 방 구석에 앉아 있던 여자. 나를 보던 그 무표정한 눈의 여자가 사진 속에서 미소를 짓고 있었다. 숨이 턱 막혔다.

"할머니…, 이 사람 요즘 자꾸 꿈에서 나와요. 현실에서도 보이고요. 어떤 날은 제 방구석에 앉아 있기도 해요…. 아무 말도 안 하는데… 계속 저만 봐요."

순간, 할머니의 손에서 사진이 떨어졌다. 할머니는 두 눈을 부릅뜨고 나를 바라봤다. 입을 틀어막고, 숨도 제대로 쉬지 못하시는 듯, 가슴을 부여잡으며 말씀하셨다.

"애야…. 애야!"

떨리는 목소리로 엄마를 다급히 부르셨고, 방으로 뛰어 들어온 엄마는 사진을 보자마자 그대로 얼어붙었다.

"…네가 이 사람을 본다고?"

"네. 자꾸 봐요. 몇 달 전부터… 자주요."

엄마는 사진을 들고 방을 나가 어디론가 전화를 걸었다. 방으로 돌아와선 나를 가만히 내려다보며 말했다.

"이번 주까지 좀 더 있어야 할 것 같아. 휴가 좀 더 낼 수 있지?"

그날 밤, 엄마는 조용히 내 방으로 들어왔다. 손에 따뜻한 보리차를 들고 있었지만, 표정은 한없이 굳어 있었다. 나도 말없이 자리에 앉았고, 엄마와 마주 앉았다. 우리는 잠깐 아무 말도 하지 않았다.

"그 사진 속 여자가 누구인지… 너한테는 말한 적이 없었지."

엄마는 그렇게 이야기를 시작했다.

"그 사람은 네 이모야. 내 친동생."

이모…. 내 기억 속에 외삼촌은 있지만, 이모는 한 번도 들어본 적이 없었다.

"왜 난 처음 듣는 거야? 말 안 했던 거야?"

엄마는 잔을 내려놓으며 깊게 숨을 내쉬었다.

"말할 수가 없었어. 애초에 너도 기억 못 했잖아."

그 말에 순간 멍해졌다. 정말 그런 사람이 있었다는 기억이 없었다. 엄마는 천천히 말을 이어갔다.

"너 어릴 때 이모가 죽었어. 스물여섯이었지. 너 겨우 다섯 살 무렵."

"…어떻게?"

"자살했어."

"네 이모는 정말 좋은 애였어. 공부도 잘하고, 착하고. 근데 대학 졸업하고 나서는, 좀 힘든 일을 겪었어. 처음엔 그냥 자취한다고 했는데, 어느 순간 연락이 끊기더니 나중에 알게 된 건, 술집에서 일하고 있더라고. 그 일도 괜찮아. 솔직히 그건 비난받을 일이 아니니까. 문제는 남자였어. 그 남자한테 이모가 당한 거야. 여기저기 돈을 빌리게 하고, 빚을 떠안기고, 우리 집에도 몇 번이나 연락 왔어. 결국엔 나랑 아버지, 그러니까 네 외할아버지까지 나서서 절연했지."

나는 조용히 듣고만 있었다. 엄마는 그날 밤의 기억을 되새기듯, 손끝을 떨며 말을 이어갔다.

"그리고 얼마 안 돼서… 연락이 왔어. 서울 변두리 고시원에서 혼자 목을 매고 죽었다고. 외할머니는 거의 정신이 나가셨어. 말도 안 나오고 곡기까지 끊으셨어. 그때 우리 가족 모두가 망가졌어. 그런데 얼마 있으니 이제 네가 아프기 시작한 거야. 이모 장례 치른 뒤로 네가 시름시름 앓기 시작했어. 처음엔 가벼운 감기인 줄 알았는데, 열이 떨어지질 않고, 기운 없이 밤마다 울면서 깼어. 병원이란 병원은 다 갔는데 소용없더라."

엄마는 그때를 생각한 듯, 한참을 뜸들이다 말을 이었다.

"결국엔 외할머니가 다니는 절에 너를 데려갔어. 주지 스님이 너를 보고 딱, 한 마디 하시더라. '왜… 애한테 이렇게까지 하는고.' 스님 말로는 이모의 원혼이 너한테 씌어 있다고 했어. 너한테 자기 원한을 푼다는 거야. 우리도 놀랐지. 그애가, 그렇게 착했던 애가 대체 얼마나 원한이 있길래 피붙이인 너를 데려가려고 한다니까…. 결국 절에서 제사를 올리고 스님이 너한테 염주를 하나 주셨어. 항상 지니고 다니라고. 그게 너를 지켜줄 거라고. 그리고 나서는 네가 조금씩 나아졌어. 그리고 다시는 그애 이야기를 꺼내지 않기로 했지."

나는 아무 말도 하지 못한 채, 그 자리에 가만히 앉아 있었다. 내가 기억하지 못한 그 시간들. 그리고 잊히지 않고, 지금까지 나를 따라온 존재. 심지어 내가 어려서부터 가지고 다녔던 염주의 이유까지 알게 되며 머릿속이 복잡했다.

그날 밤, 나는 도저히 잠을 잘 수 없었다. 엄마와의 대화는 마치 얇은 얼음을 걷는 기분이었다. 말 한 마디, 기억 한 조각이 떠오를 때마다 이유 모를 공포와 싸늘한 진실이 들이쳤다. 여전히 머릿속엔 사진

속 이모의 얼굴이 또렷했고, 이젠 그 얼굴이 내 기억 속에도 깊이 들어와 있었다.

문득, 어릴 적 내가 항상 가지고 다니던 그 염주가 떠올랐다. 적어도 회사 생활하기 전까지는 십수 년을 몸에 지니고 다녔던 염주. 2년 전, 처음 집에 이사하면서 어느 순간부터 차고 다니지 않았고 거실 서랍 속에 넣어놨다. 만약 엄마의 말이 맞다면, 내가 거실에 머물 때, 여자가 나타나지 않았다는 게 이를 증명하는 것이겠지. 나는 당장이라도 집으로 돌아가 염주를 차고 싶었다.

다음 날 아침, 엄마는 아침 일찍 밥상을 차리며 함께 절에 가자고 말씀하셨다. 오래전 나를 살려주신 주지 스님이 있던 절 말이다. 절에 가자는 엄마의 말이 이상하게 싫지 않았다. 거부감도 느껴지지 않았고, 피하고 싶지도 않았다.

절로 향하는 차 안은 조용했고 엄마는 도로에 시선을 고정한 채 한 마디도 하지 않았다. 창밖으론 간간이 지나치는 풀잎과 구불구불한 길을 한참을 가다 보니 절이 눈앞에 보였다. 너무 어렸을 때의 일이라 절의 모습은 기억하지 못했다. 작고 조용한 마당, 멀리서 풍경 소리가 들려오는 대웅전, 그리고 오래된 기와지붕만이 눈에 들어올 뿐이었다.

엄마는 조심스레 발길을 옮겨 안에 계신 스님께 인사를 드렸다. 나는 절 마당 가운데 서 있었고 엄마는 이내 내게 손짓하며 불렀다. 나는 천천히 발을 옮겨 엄마에게 향했고 문 안으로 들어가자 맑은 향냄새가 코끝을 간질였다. 안에는 스님 한 분이 단정히 앉아 계셨다. 머리는 하얗고, 주름진 얼굴에는 잔잔한 표정이 어려 있었다. 엄마는 스님에게 다시금 허리를 숙여 인사했고 나도 따라 고개를 숙였다.

"이 아이가 전에 주지 스님께서 기도를 해주셨던 아이예요."

스님은 아무 말 없이 내 얼굴을 보았다. 그 시선은 이상하게도 기억을 꿰뚫는 것 같았다. 스님은 조용히 고개를 끄덕였다.

"원혼이 아직 떠나지 못했구나. 천만다행입니다. 만약 지금 이곳에 오지 못했더라면 영영 오지 못했을 것입니다."

나는 입을 꾹 다물었다. 그리고 스님이 이모를 위해 작은 제를 하나 올리자고 조용히 말씀하셨다.

어디서 가져온 큰 북이 울리거나, 주문을 외우거나 요란하게 불공을 드리는 일은 없었다. 작은 방, 단정한 탁자에 놓인 따뜻한 차 한 잔과 향 하나가 전부였다.

스님은 조용히 무릎을 꿇고 앉았고, 엄마와 나는 그의 뒤에 따라 앉았다. 향이 타들어가며 공기 중에 은근한 냄새가 퍼졌다. 정적 속에서, 스님은 천천히 입을 열었다.

"세상에 오지 말았어야 할 사람은 없습니다. 하지만 어딘가에는 이해받지 못한 채 사라진 사람은 있습니다. 그런 이의 마음은 시간이 지나도 떠나지 못하고 맴돕니다. 이제 떠나도 됩니다."

나는 가만히 눈을 감았다. 순간 내 머릿속 어딘가에서 이모의 눈빛이 다시 떠올랐다. 늘 무표정하던 그 얼굴, 말없이 나를 보던 그 눈동자.

스님은 아무 말 없이 향을 다 태우고 손을 모아 두 번 절을 하셨다. 공기에는 여전히 향냄새가 남아 있었지만, 무거웠던 기척은 더 느껴지지 않았다. 엄마와 나는 합장을 하고 조용히 스님에게 인사를 드리고 절을 나섰다. 집으로 돌아오는 길에 엄마는 계속 내 분위기를 살폈지만, 한결 마음이 편해졌음을 재차 말씀드렸다.

그날 이후, 이모는 지금까지 내 앞에 나타나지 않았다. 하지만 집에 돌아오자마자 손목에 찬 염주는 어째서인지 결코 없앨 수는 없을 것 같다.

쉬는 시간

우리나라에 전해져 내려오는 여러 전설을 보면 산에 귀신들이 많다는 것을 알 수 있습니다. '산귀신'이란 산에 존재하는 귀신을 뜻하는데, 산에는 영험한 기운도 있지만 그만큼 음기도 많다고 하죠. 그렇기 때문에 산에서 귀신이 더 잘 보인다고도 합니다. 하지만 산에서 귀신이 나타나는 이유는 제각기 다릅니다. 각자가 지닌 사연이 다르겠지만 한 가지 확실한 건, 울창한 숲에서 귀신을 마주하면 정말 무섭다는 것이죠.

8교시 — 산귀신

 요즘 따라 가슴이 너무 답답했다. 말로 설명하기 어려운 무게 같은 게 내 몸 안에 자리 잡은 듯한 느낌이었다. 직장 생활, 인간관계, 반복되는 하루. 아무리 버티려 해도 어느 순간부터는 견딜 수 없게 된다. 그게 지금 내 모습이었다.
 그래서 나는 도망치듯 가방을 챙겼다. 어디론가 떠나지 않으면 안 될 것 같았다. 잠깐이라도, 나를 옥죄고 있던 일상에서 벗어나고 싶었다. 처음엔 바다를 생각했지만, 너무 멀고 준비도 번거로울 것 같아 산을 떠올렸다. 어릴 적 아버지를 따라 새벽에 올랐던 동네 뒷산의 기억이 불현듯 떠올랐기 때문일지도 모르겠다.
 나는 익숙하지 않은 이름의 지방 산 하나를 찾아냈다. 블로그 후기들을 보니 사람도 많지 않고 공기도 좋다고 했다. 마음에 들었다. 그렇게 주말 아침, 누구에게도 말하지 않고 이른 새벽, 차에 올랐다. 도로는 한산했고, 점점 도시를 벗어날수록 풍경은 푸르게 물들었다. 그렇게 몇 시간을 달려 도착한 산 입구는 정말 한적했다.
 '괜찮은데.'
 나도 모르게 혼잣말이 나왔다. 주차장엔 차량 몇 대만 보였고, 등산로 초입도 조용했다. 뭔가 정비가 덜 된 느낌이었지만, 오히려 그런 점이 마음에 들었다. 나는 배낭을 메고 산으로 들어섰다.

공기는 확실히 달랐다. 풀 냄새, 흙냄새, 나무 사이로 스며드는 햇빛. 내 몸 구석구석을 맑게 씻어주는 기분이 들었다. 천천히 걸음을 옮기며 숨을 고르고, 주변을 둘러봤다. 초입은 괜찮았지만, 조금만 올라가자 길이 좁아지고, 돌부리에 몇 번이나 발이 걸렸다. 사람 손이 많이 닿지 않은 산이라는 게 금세 느껴졌다.

산길을 오르며 문득 이런 생각이 들었.

'이렇게 조용한 산에 혼자 있다는 게 이상한 걸까, 아니면 지금 순간이 내가 제대로 휴식을 누리는 시간일까.

내가 선택한 이 산은 분명 인기 있는 관광지는 아니었다. 그래서 더 좋았다. 누가 말을 걸지도 않고, 핸드폰 신호도 간간히 끊겼다. 어쩌면 이곳에서는 시간이 천천히 흐르는지도 모르겠다.

땀이 이마를 타고 흘러내릴 무렵, 나는 근처 바위에 걸터앉았다. 아직 해가 높이 뜨기 전이라 바람은 선선했고, 그 바위에 앉아 숨을 고르며 가져온 물을 마셨다. 도시락에서 김밥 하나를 꺼내 입에 넣고 천천히 씹으며 하늘을 바라봤다.

"그래, 이런 걸 원했던 거지."

나는 무심코 중얼거리며 주변을 둘러봤다. 평소라면 사람들 소음에 묻혀 들리지도 않았을 자연의 소리가, 오늘은 뚜렷하게 내 귀를 두드렸다. 마음이 정화되는 기분. 나는 깊게 숨을 들이쉬고는 다시 배낭을 메고 자리에서 일어섰다.

산을 오르며 점점 길이 희미해지는 걸 느꼈다. 처음엔 간헐적으로 보이던 리본이나 이정표도 어느 순간부터 전혀 보이지 않았다. 길이라 부르기 민망할 정도로 울퉁불퉁하고, 자갈과 낙엽이 뒤섞인 흙길이 이어졌고, 그마저도 어디까지가 등산로인지 확신하기 어려웠다.

몇 번이나 멈춰 서서 방향을 가늠했다. 핸드폰을 꺼내 지도를 확인해보려 했지만, 화면엔 '서비스 없음'이라는 단어가 보였다. 신호가 끊긴 건 오래전이었고, 예상보다는 훨씬 깊은 곳까지 들어온 것 같았다.

'조금 더 올라가 보자. 능선까지 가면 길이 보일 거야.'

나는 그렇게 스스로 다독이며 다시 발을 옮겼다. 어느덧 햇살이 더 강해지고 있었고, 나무 사이로 비치는 햇빛이 땀에 젖은 팔을 간질였다. 숨이 차오르고 다리가 무거워지기 시작했다. 배낭을 고쳐 매며 한참을 걷던 중, 문득 주변이 너무 조용하다는 걸 느꼈다. 새 소리도, 바람 소리도, 아무것도 들리지 않았다.

그게 이상하다고 느껴질 찰나였다. 저 멀리, 나무 사이로 무언가 움직이는 게 보였다. 나는 걸음을 멈추고 눈을 가늘게 떴다. 초록색 나뭇잎들 사이로 흰색 무언가가 스치듯 보였다.

처음엔 꽃인가 싶었다. 그런데 자세히 보니 그건 사람이었다. 더 정확히 말하면, 여자였다. 그녀는 나무 사이, 내가 오르던 방향과 완전히 다른 쪽, 그것도 등산로가 아닌 산의 옆 경사면 쪽에 서 있었다. 언뜻 봐도 위험해 보이는 곳. 경사가 심하고 바위와 돌무더기가 섞여 있는 지형이었다.

나는 순간적으로 주춤했다. 저런 곳에 사람이 서 있다고? 게다가 등산복도 아니고, 흰 원피스를 입고 있었다. 길게 풀어헤친 머리와 새하얀 원피스, 산의 푸르름 속에서 도무지 어울리지 않는 차림이었다.

무심코 그녀의 얼굴을 보려 했지만, 나뭇잎이 가려져 제대로 보이지 않았다. 그래도 분명히 내 쪽을 바라보고 있다는 건 느낄 수 있었다. 움직이지도 않고, 서서 나를 주시하고 있었다.

'젊은 사람들은 역시 대단하네….'

순간 이상하다는 생각보다 그런 멍청한 감상이 먼저 들었다. 저런 복장으로 저런 곳에 올라오다니. 체력이 좋거나, 아니면 그냥 사진 찍으러 온 인스타 감성 여행자인가 보다. 그래, 요즘엔 그런 사람들도 많지. 나는 고개를 저으며 시선을 애써 떨쳐냈다. 괜히 이상한 사람처럼 보이기 싫었고, 또 솔직히 말하면, 괜히 더 신경 쓰다간 무서워질 것 같았다. 그냥 등산에 집중하자. 아무 일 없다는 듯이 다시 발을 옮겼다.

산길을 따라 한참을 더 올랐을 무렵이었다. 계곡 하나를 가로지르고, 고도를 점점 높여가는 느낌이 들었다. 숨은 점점 더 거칠어졌고, 온몸이 땀으로 흥건히 젖었다. 나무 사이로 떨어지는 햇빛조차 따갑게 느껴질 정도였다. 이마의 땀을 닦으며 발을 내딛고 있을 때였다.

'어…?'

앞쪽, 약간 굽은 등산로 너머에서 익숙한 실루엣이 보였다. 흰색. 틀림없다. 나무에 가려져 전체적인 모습은 안 보였지만, 길게 늘어진 머리카락과 산과는 도무지 어울리지 않는 차림새.

'설마… 아까 그 여자?'

나는 그대로 걸음을 멈췄다. 그 여자는 분명히 아까 경사면 쪽에 서 있던 여자였다. 그런데 이젠 내가 걷고 있는 등산로, 그보다도 더 위쪽에서 걷고 있었다. 그녀는 마치 아무렇지 않은 듯, 안정된 발걸음으로 천천히 산을 오르고 있었다. 헉헉대며 걷고 있는 내 모습과는 달리, 어깨 하나 들썩이지 않고 유유히 걸어가는 모습이었다.

내가 제자리에서 멍하니 그 뒷모습을 바라보고 있는 동안, 그녀는 나뭇잎 사이로 스르륵 사라졌다. 어디로 향한 건지도 모르게, 마치 산과 하나가 된 것처럼 보였다.

'어떻게… 저기까지 간 거지?'

아무리 생각해도 이해가 되지 않았다. 내가 경사로를 지나 산길을 오르며 얼마나 힘들어했는지를 생각하면, 그녀가 그런 복장으로 거기까지 먼저 올라간다는 건 말이 되지 않았다.

게다가, 그 순간이 이상했다. 처음에는 그녀의 발소리조차 들리지 않았다. 나무가 흔들리지도 않았고, 흙을 밟는 소리 하나 들리지 않았다. 오직 내가 내쉬는 거친 숨소리만이 귀를 가득 채우고 있었다.

'신경 쓰지 말자. 그냥 신경 쓰지 말자….'

나는 그렇게 중얼거리며 억지로 시선을 거두었다. 그래도 마음 한 구석이 계속 불편했다. 뭔가 이상하다는 감각. 그런 옷차림을 한 사람이, 이 산에서, 아무도 없는 시간에, 그렇게 가볍게 움직이고 있다는 사실이 불안하게 다가왔다. 나는 계곡 옆 나무 다리를 건너고, 능선으로 향하는 가파른 돌계단을 오르기 시작했다. 허벅지가 터질 것처럼 아팠고, 숨은 더 이상 고를 수 없었다. 그서 한 발 힌 발을 힘겹게 옮기

며 올라갔다.

그런데, 그 돌계단의 마지막 지점. 탁 트인 능선으로 넘어가기 직전. 거기서… 다시, 그 여자를 봤다.

이번에는 분명했다. 그녀는 내가 오르는 방향 정면에 서 있었다. 흰 원피스, 까만 머리카락, 그리고 창백해 보이는 피부. 여전히 등산객답지 않은 모습. 나와 눈이 마주친 것 같았다. 하지만 그녀는 미동도 하지 않았다. 마치 내가 없는 사람인 것처럼, 혹은 무언가를 기다리는 사람처럼, 조용히 서 있었다. 그리고, 아주 천천히 몸을 돌려 능선 쪽으로 사라졌다.

나는 멈춰 선 채 한참 동안 움직일 수 없었다. 이상했다. 너무 이상했다. 이건 단순히 등산객을 마주친 게 아니었다. 내가 이 산에서 그녀를 본 건 벌써 세 번째였다. 그런데도, 아무 말 없이, 아무런 반응 없이 그렇게 계속 내 앞에 나타나는 그 존재는… 사람이 아니란 생각이 점점 더 강하게 머릿속을 파고들었다.

나는 능선 쪽으로 향하는 마지막 계단을 오르며, 스스로를 다그쳤다. 그래도 그녀가 나타났던 장소들, 옷차림, 걸음걸이, 분위기… 모든 게 우연치곤 너무 낯설었다. 나는 그 사실을 인정하지 않으려고 애쓰며, 능선 너머 정상으로 향해 걷기 시작했다.

능선에 올라서니 시야가 탁 트였다. 바람도 더 강하게 불었고, 하늘은 아까보나 훨씬 가까워 보였다. 저 멀리 산줄기들이 겹겹이 쌓여 있고, 그 아래로는 크고 작은 나무들이 초록빛 물결을 이루고 있었다.

나는 숨을 고르며 배낭을 내리고, 손등으로 이마의 땀을 닦았다. 정상이 가까워지고 있다는 생각에 마음이 조금은 놓였다. 방금 마주쳤던 그 여자의 존재가 여전히 머릿속에 떠돌고 있었지만, 이 광활한 풍경이 잠시나마 내 불안을 눌러주는 것 같았다.

나는 주변을 천천히 둘러봤다. 등산로 옆 평평한 바위 위에 60대로 보이는 남성 한 명이 앉아 있었다. 그 옆에는 등산용 스틱과 물병, 김밥이 놓여 있었다. 그제야 안도감이 들었다.

'사람이 있구나.'

나는 그 사람에게 고개를 살짝 숙여 인사를 건넸다. 그는 조용히 웃으며 손을 흔들어 보였다. 그저 그 짧은 교류 하나로도 긴장이 풀렸다. 여긴 아직 현실이라는 감각이 되살아났다. 나는 바람을 쐬며 잠깐 쉬었다가 다시 정상 방향으로 걷기 시작했다. 등산로는 다시 좁아졌고, 나무들이 빼곡히 들어서 있었다. 몸은 무거웠지만, 도착이 머지않았다는 생각에 발걸음이 가벼워졌다.

그러다 문득 생각났다.

'그 여자… 어디로 간 거지?'

아까 분명 내 앞쪽, 능선 위에 있었다. 내가 도착하기 전 이미 올라섰던 걸까? 하지만 여긴 탁 트인 곳이다. 어느 방향으로든 움직였다면 눈에 띄지 않을 수가 없다. 나는 다시 뒤를 돌아봤다. 사람도, 인기척도 없었다. 불과 몇 분 전까지 분명히 내 앞에 있었는데, 이렇게 갑자기 사라질 수 있는 건가? 어떻게? 머릿속이 혼란스러워졌다.

일단 나는 발걸음을 더 재촉했다. 산의 정상이 가까워지고 있었고,

일단 거기까지 도달하면, 내려가는 길도 찾을 수 있다고 생각했다. 아무리 정비되지 않은 산이라도, 정상 부근엔 사람들이 쉬어갈 수 있는 공간이 있기 마련이다. 정상에 도착했을 땐 이미 온몸이 땀범벅이었고, 다리는 후들거렸다. 그나마 기분 좋은 건 바람이 너무도 시원하게 불어준다는 거였다. 나는 정상석 근처에 자리를 잡고, 배낭을 내려두었다.

그렇게 차가운 바람을 맞으며 쉬다가 다시금 배낭을 짊어지고 하산을 시작했다. 아래쪽을 살피며 하산하던 도중 어느 순간, 목소리가 들렸다.

"저기요. 같이 가요."

여자의 목소리가 들렸다. 눈을 번쩍 뜨고 주위를 둘러봤지만, 아무도 없었다.

산에서는 소리가 멀리서 들릴 수도 있고, 메아리처럼 울릴 수도 있다. 그저 다른 사람의 목소리가 들렸다고 생각했고 다시 하산하기 시작했다. 그로부터 10분 정도가 지났을까 다시 목소리가 들려왔다.

"같이 가요."

이번에는 더 가까웠다. 아까보다 분명히 더 또렷하게 들렸다. 마치 내 바로 등 뒤에서 장난치듯 부르는 목소리. 나는 돌아섰다. 그러나 아무도 없었다.

'뭐야, 방금 그거… 진짜였나?'

순간적으로 혼잣말을 하듯 중얼거리며 머리를 흔들었다. 산에서는 소리가 이상하게 들릴 수도 있다는 걸 들어본 적이 있었다. 워낙 고요한 공간이라 누군가 멀리서 이야기해도 울려 들릴 수 있다고. 나는 그렇게 스스로 이해시키기 위해 최선을 다했다.

"같이 가요!"

이번엔 바로 등 뒤에 있었다. 땀이 한순간에 식었고, 심장이 쿵 하고 내려앉는 기분이었다. 나는 숨을 들이쉬며 천천히 고개를 돌렸다. 아무도 없었다. 바위도, 나무도, 바람도 그대로였지만 사람은 없었다.

그 순간부터 도저히 이곳에 더 있을 수 없겠다는 생각이 들었다. 나는 급히 배낭을 들고 몸을 일으켰다. 그대로 빠르게 하산을 시작했다. 마치 누가 내 뒤를 따라오는 것 같았고, 어떤 시선이 계속 등을 쫓는 느낌이 들었다. 길을 따라 뛰듯 내려가며 발을 헛딛지 않으려고 애썼다. 머릿속은 텅 비었고, 그저 이 산에서 하루빨리 벗어나야겠다는 생각뿐이었다.

나는 거의 굴러 내려오다시피 빠르게 산을 내려가고 있었다. 숨이 가빠졌고, 발목은 여러 번 비틀릴 뻔했지만 멈추지 않았다. 지금 멈추는 순간, 다시 그 목소리를 듣게 될 것만 같았다. 아니, 어쩌면 누가 내 등 뒤에 서서 따라오는지도 모른다는 생각에 공포가 앞섰다.

가파른 내리막길을 지나며 몇 번이고 나무에 몸을 기대고, 급한 경사에서는 거의 미끄러지듯 뛰었다. 무릎이 후들거렸고, 배낭은 등에 찰싹 붙어 있었지만, 땀이 식으면서 오히려 한기가 느껴졌다. 그러다 어느 지점에서 문득 발걸음을 멈추게 되었다. 이유는 없다. 단지 그 순간, 내 시야에 들어온 '그것' 때문이었다.

조금 떨어진 곳. 나무들 사이. 하얀 옷. 그 여자가 또 있었다. 이번에는 산의 중턱쯤 되는 위치였다. 전혀 등산로가 아닌, 수풀과 바위들이 섞인 위험해 보이는 경사면이었다. 하지만 그녀는 그곳에, 아무렇지도 않게 서 있었다. 나는 그대로 굳어버렸다.

조금 멀긴 했지만, 그 모습은 분명히 같은 여자였다. 흰 원피스, 길게 늘어진 머리, 고개를 약간 숙이고 있는 자세. 너무 조용했고, 너무 생경했다. 내가 그쪽을 바라보자, 여자는 마치 기다렸다는 듯 천천히 몸을 돌렸다. 그리고 나를 향해 한 발짝 걸어왔다. 아니, 걸어온다기보다… 위치를 옮겼다. 이상하게 소리 하나도 내지 않았다. 나뭇가지를 밟는 소리도, 잎이 흔들리는 소리도. 그저 그 여자의 모습만이 내 시야 안에서 조금 더 가까워졌을 뿐이었다.

나는 소리를 지르려다 멈추고 숨을 들이쉬며 뒷걸음질로 도망쳤다. 하지만… 그 순간, 이상한 일이 벌어졌다. 내 발이 내 의지와 상관없이 그쪽으로 움직이고 있었다.

내가 움직이는 게 아니었다. 몸이 저절로, 천천히 그 여자가 있는 방향으로 향하고 있었다. 마치 자석에 끌리듯, 혹은 무언가에 홀린 것처럼. 마음속에서는 온갖 경고등이 켜졌지만, 몸은 전혀 말을 듣지 않았다.

"그쪽은 아니야…. 돌아가야 해…. 저긴 절벽일지도 몰라…."

나는 속으로 그렇게 외치며 발을 멈추려 했지만, 내 발은 그 말을 무시했다. 계속, 조금씩, 아주 느리게, 하지만 확실하게, 그쪽으로 향하고 있었다. 나무 한 그루를 지나고, 바위 옆을 비집고 들이키며, 나는 점점 깊은 숲속으로 들어가고 있었다. 그 여자는 마치 그 거리감을 유지하듯 일정한 간격으로 계속 앞에 있었다. 너무 가깝지도, 너무 멀지도 않게.

어느 순간 나는 그대로 땅에 쓰러졌고, 몸은 낙엽과 자갈 위를 굴렀다. 양손으로 가까스로 땅을 짚으며 고개를 들었을 때, 나는 본능적으로 알 수 있었다. 방금까지 그 여자가 서 있던 곳. 지금 내가 넘어진 그 자리. 나는 숨을 고르며, 천천히 고개를 들었다. 그리고 그걸 보았다.

나뭇가지 사이, 음지로 가려져 햇빛이 닿지 않는 공간 한가운데. 그곳엔 매달려 있었다. 하얀 옷을 입고, 축 늘어진 채, 목이 꺾인 모습으로.

눈은 감겨 있었고, 온몸은 검게 물들어 있었다. 이미 부패가 많이 진행된 듯한 시체였다. 머리카락은 길게 늘어져 있었고, 입은 반쯤 벌어져 있었다. 파리들이 날아다녔다. 그런데도 이상하게 그 얼굴이 낯설지 않았다.

그 순간, 머릿속이 소름 끼치듯 연결되었다. 그동안 계속해서 내가 봤던 여자. 등산로 옆에서, 정상에서, 능선 위에서. 그 여자의 얼굴. 지금 저 시체의 얼굴과 똑같았다.

나는 그대로 도망쳤다. 발이 미끄러지면서 또 한 번 넘어졌고, 허리를 바위에 부딪쳤다. 숨이 턱 막혔다. 머릿속은 아찔했고, 눈앞이 흐려졌다.

겨우 정신을 추스르며, 나는 바지 주머니에서 핸드폰을 꺼내 112에 전화를 걸었다. 얼마나 시간이 흘렀는지는 모르겠다. 경찰들이 도착했고, 나는 울먹이며 그 자리를 다시 설명했다. 그들은 함께 산을 올랐고, 내가 넘어졌던 그 경사면 근처에서 시신을 수습했다. 경찰은 나에게 몇 가지 질문을 했다. 언제 처음 봤는지, 왜 그쪽으로 갔는지.

나는 말할 수 없었다. 아니, 뭐라고 설명해야 할지 몰랐다. 그 말을 내가 해도, 믿지 않을 거라는 걸 알았다.

그날 밤, 집에 돌아온 나는 거의 아무것도 할 수 없었다. 샤워도 하지 못했고, 밥도 못 먹었다. 방 한가운데 앉아, 계속 그 여자의 마지막 얼굴만을 떠올렸다.

며칠 후, 경찰서에서 전화가 왔다. 발견된 시신은 신원이 확인되지 않은 여성으로, 실종 신고조차 없었다고 했다. 등산객도 아니었고, 인근 마을 사람도 아니었다. 한동안 이 근처에 혼자 지내며 정신적으로 불안정한 상태였다는 소문만 있을 뿐이라고 했다. 전화를 끊고, 나는 창밖을 바라보았다.

지금도 생각한다. 그 여자는 어쩌면, 단지 누군가에게 발견되고 싶었던 게 아니었을까. 너무 오랫동안 혼자였고, 너무 오랫동안 말도 없이 산속에 있었기에… 누군가 자신을 '보아주길' 바랐던 건 아닐까. 그래서 그날, 처음부터 나를 따라오고 있었는지도 모른다.

쉬는 시간

무서운 이야기에 단골로 등장하는 곳이 바로 무덤입니다. 문화에 따라 무덤을 집 근처에 두는 나라도 있지만, 우리나라에서 무덤은 기피해야 할 곳으로 받아들이고 있죠. 무덤은 죽은 이들이 묻혀 있는 곳이기 때문에 더욱이 스산함과 음침함을 자아내기도 하는데요. 낮에는 그나마 괜찮지만 밤이면 귀신이 안 나오는 게 이상할 정도로 무서운 공간으로 변하게 되죠. 보통 사람들은 이 시간에 묘지를 방문할 일이 없겠지만 이곳에서 일하는 사람들은 밤에도 무덤 근처에 있어야 합니다. 그러다 말도 안 되는 섬뜩한 일을 경험하기도 하죠.

9교시 ——————————————————— 무덤귀

국립묘지에서 야간 관리인으로 일한 지도 어느덧 10년이 넘었다. 처음엔 그랬다. 밤에 묘지 한복판을 혼자 걸어 다니는 이 일이 얼마나 무서울지 예상하지 못했다. 그런데 의외로, 한동안은 별일 없이 지나갔다. 밤공기는 차가웠지만 고요했고, 묘비와 묘비 사이로 스며드는 조명은 기이하게 안정적이었다. 때때로 고양이나 들짐승이 바스락거리며 지나가곤 했지만, 그런 건 익숙해지는 데 오래 걸리지 않았다.

사람 없는 공간에서의 시간은 의외로 평화로웠다. 질서정연하게 놓인 묘비들과 그 뒤편으로 낮게 깔린 안개, 그리고 일정한 주기로 울리는 경광등의 소리까지. 이곳에서 보내는 밤은, 그 자체로 규칙성을 가진 하나의 구조처럼 느껴졌다. 그 안에서 나는 오히려 안정을 느끼곤 했다.

하지만 지금도 잊히지 않는 일이 있다. 정확히는, 세 가지 사건이다. 10년 넘게 이 일을 하며 겪었던 일 중, 지금도 문득 떠오르면 등줄기를 타고 스치는 소름 같은 기억들이다.

그중 첫 번째는, 내가 처음으로 '뭔가 이상하다'고 느꼈던 날 밤에 일어났다. 그날도 평소처럼 새벽 2시쯤 순찰을 돌고 있었다.

안개가 유난히 짙은 밤이었다. 묘지 중심부에서 외곽 쪽으로 발걸음을 옮기던 중, 이상한 소리를 들었다. 처음엔 바람이 부는 줄 알았다. 풀잎이 스치는 소리나 나뭇가지가 흔들리는 소리겠거니 했다. 하지만 곧 그것이 단순한 자연의 소리가 아니라는 걸 깨달았다. 그건 사람의 숨소리였다.

정확히는, 수십 명이 동시에 낮은 숨을 내쉬는 듯한, 조용하지만 분명한 소리였다. 말소리는 없었다. 웃음도, 울음도, 아무런 감정도 실려 있지 않았다. 그저 같은 박자로 숨을 들이쉬고, 내쉬는 소리.

나는 발걸음을 멈추고, 주위를 둘러봤다. 아무도 없었다. 하지만 소리는 멈추지 않았고, 오히려 점점 가까워지는 느낌이었다. 그 소리는 분명 땅 위에서 울리고 있었고, 묘비 사이사이로 파고들며 다가왔다.

심장이 빠르게 뛰기 시작하며 이상한 공기에 목이 마른 듯 입이 말랐다. 호주머니 속 손전등을 꺼내 아무 방향이나 비췄지만, 안개 탓에 시야는 한 뼘도 확보되지 않았다. 그리고 그 순간, 그 소리도 사라졌다.

정적이 다시 묘지를 덮었고, 나는 잠시 그 자리에 그대로 서 있었다. 이대로 순찰을 끝내고 돌아갈까, 잠시 망설였다. 하지만 등 뒤에서 들리는 바스락거리는 소리에 다시 고개를 돌렸을 때, 분명히 봤다. 안개 사이로 검은 형체가 하나 서 있었다. 묘비 하나를 등지고, 사람처럼 똑바로.

빛을 비췄지만, 형체는 그대로였다. 꿈쩍도 하지 않았다. 나는 한

걸음 물러섰고, 그제야 형체는 천천히 몸을 돌리기 시작했다. 하지만 얼굴은 보이지 않았다. 그는 고개를 깊이 숙인 채, 그대로 다시 안개 속으로 걸어 들어갔다.

  그날 이후로 나는, 안개가 짙은 날이면 순찰 노선을 살짝 바꾸곤 한다. 그리고 그 묘비 근처는… 아직도 밝은 시간에만 돌고 있다.

  두 번째는 그로부터 한 달쯤 뒤, 비가 내리던 저녁에 시작되었다. 그날은 혼자 당직 근무를 하던 날이었다. 평소보다 순찰을 조금 일찍 돌고 있었고, 비는 생각보다 굵게 쏟아졌다. 가로등 불빛은 흙바닥에 번져 흐릿한 그림자를 만들었고, 그 덕분에 시야가 불안정했다.

  묘지 입구 쪽을 향해 걷던 중, 눈앞에 낯선 장면이 보였다. 퍼붓는 빗속에, 멀리 묘비들 사이에 서너 명 정도 되는 무리가 우비도 없이 모여 있었다. 그들 앞엔 제사상이 놓여 있었고, 향 연기와 음식이 어렴풋이 보였다. 이 시간대에는 어떤 제사도 허가되지 않는다. 하다 못해 전화 연락도 없었고, 우비조차 입지 않은 모습은 더더욱 이상했다. 이상하다 싶어 나는 조심스럽게 다가갔다. 그들은 내 접근에도 미동조차 하지 않았다. 등만 보인 채, 서 있었다.

  등 뒤로 식은땀이 줄줄 흘렀다. 마지막 몇 걸음, 손전등을 비추며 다가선 그 순간. 그들은 동시에 고개를 돌렸다. 표정도, 말도 없이. 하지만 모두가 확실히 나를 응시하고 있었다. 그 순간 나는 본능적으로 뒤로 물러섰고, 손전등을 떨어뜨렸다. 빗물이 튄 얼굴에 더 이상 숨도 쉬기 어려웠다. 정신없이 뒤돌아 뛰기 시작했다.

발이 미끄러지고, 바지 밑단은 진흙투성이가 되었다. 묘지를 가로질러 전력으로 달려 사무실로 돌아왔다. 문을 걸어 잠그고 바닥에 주저앉았을 땐, 몸이 온통 젖어 있었고 손은 덜덜 떨리고 있었다. 그날 밤, 나는 끝내 순찰을 마치지 못했다. 새벽까지 아무도 오지 않는 사무실 안에서 가만히 앉아만 있었다.

다음 날, 아침에 교대하러 온 선배는 내 모습을 보더니 말없이 뜨거운 커피를 건넸다. 내가 꺼내지도 않은 이야기를 그가 먼저 말했다.
"그 구역이 원래 좀 그래. 비 오는 날이면 꼭 누가 제사 지내러 왔다는 이야기가 나와. 근데 이상하게, 실제로 제사 지내는 유족은 단 한 번도 없었어. 기록에도, CCTV에도."
그 이야기를 듣고 나서야 나는 확신했다. 내가 본 건 '사람'이 아니었다는 걸. 그날 이후로 나는, 비 오는 날이면 절대 그 방향으로 가지 않는다. 하지만 그날 밤 이후로 이상한 일이 하나 더 생겼다. 사무실 안에 혼자 있을 때, 사무실 유리창에 무언가 가닿는 소리가 가끔씩 들리기 시작한 것이다. 마치 손바닥이 유리에 착 달라붙는 소리. 한두 번은 무시했지만, 세 번째 날 밤에는 아예 창문에 희미하게 손자국이 남아 있었다.
유리창엔 블라인드가 내려가 있었고, 바깥은 빗물이 튀어 흐릿한 상태였다. 그런데 그 자국은 유리 안쪽에 남아 있었다. 나는 블라인드를 올리지 못하고, 그날 밤도 물을 끈 채 책상 밑에 숨어 잠들었다.

세 번째 이야기는, 지금도 이곳에서 일하는 사람들 사이에서 가장 오래 회자되는 사건이다. 지금은 퇴직한 김 반장이라는 분이 있었다. 말수가 적고 묵묵한 성격이었지만 누구보다 책임감이 강한 분이었다. 나 역시 이 일을 처음 시작했을 때, 김 반장이 알려주는 순찰 노선을 따라다니며 많은 걸 배웠다.

사실 지금 생각해보면, 김 반장은 그 사건이 일어나기 며칠 전부터 조금 이상했다. 평소엔 항상 제시간에 순찰을 돌고, 말없이 업무를 끝내던 분이었는데, 그 주에는 자주 혼잣말을 중얼거리거나, 벽 쪽을 멍하니 바라보곤 했다. 사무실 안에서 무릎 위에 놓인 무전기를 만지작거리며 중얼거리는 모습을 몇 번 목격한 적도 있다.

장난삼아 물었던 말에 반장님은 아무 말 없이 나를 한참 바라보다 중얼거렸다.

"반장님, 무슨 귀신이라도 보셨어요?"

"그쪽 묘지에… 누가 있어. 내가 매일 지나가는데, 계속 그쪽에서 불러. 이름도 없는데… 계속, 거기에 있어."

나는 그 말을 대수롭지 않게 넘겼다. 하지만 며칠 뒤, 그는 정말로 사라졌다.

그날도 평소처럼 김 반장이 야간 근무 중이었다. 그 주는 교대로 순찰을 맡는 주간이었고, 나는 낮 근무자였다. 그런데 다음 날 아침, 출근한 나와 주간 관리자 모두는 얼굴이 굳을 수밖에 없었다. 김 반장이 출근한 이후, 어디에도 보이지 않았다.

사무실에는 그의 우비와 무전기, 개인 물건들이 그대로 놓여 있었다. CCTV를 돌려보니, 새벽 1시 12분경, 그가 B구역 쪽으로 이동하는 모습이 마지막으로 찍혀 있었다. 그 후로는 흔적이 없었다.

출입문에는 어떤 이상도 없었고, 외부 침입 흔적도 발견되지 않았다. 관리소장까지 나서서 경찰에 신고했다. 며칠에 걸친 수색이 이어졌지만 김 반장은 끝내 찾을 수 없었다. 단 한 조각의 흔적도 남기지 않고 사라진 것이다.

이상했던 건, 실종 다음 날이었다. B구역, 그러니까 김 반장이 마지막으로 향한 그 방향의 묘비 중 하나가 기묘하게 파손되어 있었다. 묘비석은 반쯤 부서져 있었고, 그 앞에 놓인 작은 화병은 금이 가 있었다.

더 기묘한 건, 그 묘지에 대한 기록이 없었다는 점이다. 관리 시스템 어디에도 해당 위치의 묘지 번호나 유족 정보가 남아 있지 않았다. 마치 누군가가 묘지를 새로 조성해놓고, 아무에게도 말하지 않은 듯했다.

며칠 후, 밤 근무를 하던 다른 관리자가 사무실로 뛰어 들어왔다. 얼굴은 새하얗게 질려 있었고, 입술이 바르르 떨렸다. 그는 헐떡이며 말했다.

"방금… B구역 끝자락에서 김 반장 봤어요. 뒷모습만 보였는데, 우비 입고 손전등 들고 있었어요…. 그런데 말도 없이 사라졌어요. 그냥, 사라졌어요."

곧바로 확인하러 갔지만, 역시 아무도 없었다. 그날 이후로는 아무도 그 구역에서 단독으로 순찰하지 않았다. 그리고 정확히 일주일 뒤, 경찰 수색대가 다시 B구역 근치 야산 배수로에서 심하게 훼손된 시신

하나를 발견했다. DNA 감식 결과, 그것은 김 반장이었다. 손에는 무전기 대신 낡은 향꽂이가 쥐어져 있었고, 유니폼 상의에는 묘지에서 사용되는 식별용 번호가 쓰여 있었다. 그 번호는, 문제의 기록되지 않은 묘지 앞에 적혀 있던 번호와 같았다.

며칠이 지나고 나서, 관리소장님이 조용히 나를 불렀다. 그는 서류철을 정리하던 손을 멈추고, 긴 한숨을 내쉰 뒤 말했다.

"사실 말이야…. 김 반장 실종되고 나서, 갑자기 생각난 이야기가 있어. 내가 예전에 들은 이야기가 하나 있거든."

그는 15년 전, 자신이 처음 이곳에 부임했을 무렵 이야기를 꺼냈다. 당시에도 비슷한 자리에 관리되지 않은 묘가 하나 있었고, 그 근처에서 몇 명의 관리인이 이상 증세를 호소했다. 갑자기 말을 잃거나, 밤마다 자꾸 그쪽을 맴돌거나, 혼자 말하기도 한다고. 그중에 한 명은 갑자기 사직서를 내고 어디론가 사라졌고, 다른 사람은 한밤중에 실종되었다가 근처 야산에서 구조되었는데 아무것도 기억하지 못했다고 했다. 당시엔 우연이라며 모두 덮었고, 문제의 묘지도 '정비 불가' 구역으로 지정되며 기록에서 빠졌다고 했다. 소상은 고개를 떨군 채 말을 이었다.

"난 지금도 그게 김 반장이랑 무관하다고 생각하지 않아. 기록엔 안 남았지만, 여긴 그런 일들이 좀… 있어. 난 그 묘지 근처는 두 번 다시 안 가. 아예 그런 건 없던 것처럼 해두는 게 맞는 것 같더라고."

그 말을 들은 이후로는, 더 이상 그 묘지에 관해 묻지 않았다. 우리는 결코 그 묘지를 다시 정비하거나 철거하지 않았다. 아무도 그 앞에 가까이 가지 않기 때문이다.

  그날 이후 나는 확신했다. 김 반장은, 단순히 길을 잃거나 실종된 게 아니었다. 무언가에게 '불려간' 것이다. 자신도 그 사실을 알고 있었고, 그 말을 우리에게 전하려 했던 것이다.

  지금도 가끔, 새벽 순찰을 하다 보면 B구역 끝에서 손전등 불빛이 번쩍였다는 후배들이 있다. 나도 몇 번 본 적 있지만 그럴 땐 모르는 척, 다른 방향으로 돌아 나온다.

  하지만 이 일은 그걸로 끝나지 않는다. 이곳에서 오래 일하다 보면 말 못 할 이야기들이 한둘이 아니다. 나는 한밤중 순찰 중에 빈 묘에서 누군가 묘비를 쓰다듬는 소리를 들은 적이 있다. 손전등을 비췄을 땐 아무도 없었지만, 새벽에 다시 지나가 보니 묘비 표면에 김 반장의 이름이 손톱으로 긁힌 듯 새겨져 있었다.

  소장님은 밤에 사무실에서 자고 있는데, 창밖 묘지에서 누가 웃는 소리를 들었다고 한다. 아침에 가서 확인해보면 웃음소리가 들렸던 자리에 제사상처럼 음식이 놓여 있었다고 했다.

  경비팀의 막내는 한 달도 버티지 못하고 나갔다. 이유는 말하지 않았지만, 나중에 술자리에서 혼잣말처럼 말했다.

  "순찰 중에 누가 따라와요. 발소리가 계속… 내 뒤에서 맞춰서 걷는다고요."

  그리고 나도 요즘 이상한 꿈을 자주 꾼다. 김 반장이 사라진 그날, 그가 갔던 묘역 쪽으로 나를 이끄는 꿈이다. 꿈속에서 나는 계속 같은 길을 걸어가고, 묘비마다 얼굴 없는 사람들이 서 있다.

깨어나도 땀에 젖은 잠옷은 식지 않고, 손바닥에는 묘지 번호가 선명하게 남은 것 같은 착각이 든다. 사실, 나는 그쪽으로 가는 순찰 노선을 아예 폐쇄 신청하려 했다. 하지만 이상하게도 그쪽을 폐쇄한 뒤부터는 이따금 묘지의 경고 알람이 뜨기 시작했다. 누군가 울타리를 넘었다는 감지기 경보. 확인하러 가면 아무도 없고, 카메라는 매번 잡음이 심해 기록이 남지 않았다.

한번은 후배가 그쪽 순찰을 하다 혼절해 실려왔다. 발견 당시 그는 묘지 한가운데 무릎을 꿇고 있었고, 입안에는 흙이 가득 들어 있었다. 정신을 차린 그는 아무 기억도 하지 못했지만, 손에는 무의식적으로 움켜쥐었던 듯한 작은 위패 조각이 들려 있었다.

그 위패 조각은, 문제의 묘지 앞에 있던 제단에서 떨어진 것으로 추정되었다. 하지만 그 제단은 원래 존재하지 않아야 했다. 기록상으로는 아무것도 없고, 며칠 뒤 다시 가보면 사라졌다.

그렇게 하나둘씩, 우리는 그 묘지로부터 멀어졌다. 더는 가까이 다가서려 하지 않는다. 이야기만 나와도 대화를 돌리고, 근무표에 B구역이 배정되면 조용히 교대를 요청하는 게 우리 사이의 암묵적인 규칙이 됐다. 그리고 오늘도 나는, 그쪽을 돌아가는 순찰 노선를 한참 동안 바라보다가, 조용히 발걸음을 돌린다. 누군가 여전히 그곳에 있을 것 같아서. 아니, 그 누군가가 나를 여전히 지켜보고 있을 것 같아서.

쉬는 시간

살면서 꼭 한 번은 방문해야 하는 곳이 장례식장입니다. 고인들을 모시는 자리인 만큼 엄숙하고 고요한 분위기가 이어지는 곳이죠. 하지만 장례식장은 특유의 분위기 때문에 귀신을 자주 목격하는 장소이기도 한데요. 이 때문에 장례식장에서는 금기시되는 행동도 있고, 장례식에 다녀오면 지켜야 할 행동 수칙도 있습니다. 장례식을 다녀온 뒤 섬뜩한 경험을 했다는 사람들도 많지만, 이곳에서 일하는 사람들은 그보다 더 끔찍한 것을 마주하기도 합니다.

10교시 ──────────────────────────────── 장례식장

나는 이 지방 장례식장에서 2년째 일하고 있었다. 장례식장이라는 공간에 처음 발을 들였을 땐 무언가 쿡쿡 쑤시는 기분이 들었다. 괜히 그런 건 아니었다. 업무는 단순한 행정보조부터, 상주 응대, 빈소 준비, 조문 안내까지. 바쁘기로 치면 장례 당일보다 전날이 더 정신없다.

그날도 평소처럼 바빴다. 상주와 가족들을 배웅하고 사무실로 돌아왔을 땐 오후 5시를 막 넘긴 시각이었다. 사무실엔 나와 소장님, 둘뿐이었다. 평소 같으면 슬슬 퇴근을 준비할 시간이었지만, 나는 야간 당직 순번이 걸려 있어 오늘은 이곳에서 밤을 보내야 했다.

서류를 정리하던 중, 지하 쪽에서 흐느끼는 소리가 들려왔다. 분명히 어디선가 곡소리가 흘러나오고 있었다. 처음엔 신경 쓰지 않았다. 워낙 그런 일에 익숙해져 있었고, 장례가 진행되고 있다고 생각했다.

의자에서 몸을 일으키며 나가려던 찰나, 소장님이 서류를 보던 손을 멈추고 낮게 말했다.

"담배 한 대 피우고 오겠습니다."

"지하엔 내려가지 마라."

나는 멈칫했다. "네?" 하고 물었지만, 소장님은 고개도 들지 않은

채, 그냥 가지 말라는 말만 반복했다. 아무래도 이상했다. 지하 빈소 쪽은 내가 오늘 한 번도 점검하지 않았던 터였다. 누가 내려가 있을 수도 있고, 뭔가 준비하고 있을 수도 있겠다 생각하며 일단 밖으로 나갔다.

밖에 나와 담배를 피우면서도 그 말이 머리를 떠나지 않았다. 지하에 무슨 일이 있나? 손님이 안 좋은 상황이라도 생겼나? 온갖 추측을 했다. 담배를 다 피우고 다시 사무실로 돌아오며, 결국 궁금함을 참지 못하고 조심스레 물었다.

"소장님, 지하는 왜 가지 말라 하신 거예요?"

그제야 소장님은 서류를 덮고 고개를 들었다.

"오늘 지하에 손님 없어."

나는 말문이 막혔다. 순간, 방금 전 들었던 흐느낌이 머릿속에서 다시 들리기 시작했다.

"…그럼, 그 곡소리는 뭐예요?"

소장님은 이내 짧게 한숨을 내쉬며 말했다.

"가끔 그래. 아무도 없는데도… 이상한 소리가 들릴 때가 있어. 근데 말이야, 그런 소리 들릴 때 괜히 확인하러 내려가는 사람 있잖아? 그런 사람들 다 다음 날 아파서 드러눕더라고. 그러니까… 그냥 모른 척 해. 괜히 괜찮은 척하지 말고. 이런 곳은, 가끔 모른 척하는 게 예의야."

소장님의 말을 들은 나는 그날 밤, 커튼을 치고 불을 밝힌 채로 꼬박 밤을 지새웠다.

잊을 수 없는 두 번째 사건은 야간 당직 중에 일어났다. 그날도 평소처럼 저녁을 간단히 먹고 사무실에서 서류를 정리하다가, 책상에 엎드린 채 잠깐 눈을 붙였다. 장례식장 특성상 밤에는 조용했고, 텔레비전이나 라디오 소음도 없이 잔잔한 침묵이 당연이라도 하듯 흐르고 있었다.

얼마나 지났을까. 이상한 꿈을 꿨다. 꿈속에서 나는 장례식장 2층 복도 한가운데에 서 있었다. 복도 양옆에는 빈소들이 있었고, 문이 살짝 열려 있었으며 희미한 조명들이 복도 바닥을 비추고 있었다. 빈소 안에선 조문객들의 발소리, 낮은 대화 소리가 들렸고, 분주하게 움직이는 모습이 스쳐 지나갔다.

이상한 건, 꿈이 아니라 현실 같았다. 흔히 말하는 '자각몽'처럼 나는 이게 꿈인 줄도 몰랐다. 심지어 복도를 천천히 걸어가며 이상한 냄새도 맡았다. 향냄새도 아니고, 고인을 처리할 때 나는 특수 약품 냄새도 아니었다. 한쪽 코를 찌푸리며 걷던 그때, 복도 끝에 누군가 서 있는 게 보였다. 희미한 조명 너머, 어두운 그림자 속에 키 크고 마른 남자가 서 있었다. 하얀 셔츠를 입은 남자는 얼굴이 잘 보이지 않았지만 분명 나를 바라보고 있었다.

나는 조문객인가 생각하며 무심코 눈을 피했다. 다시 고개를 들었을 땐, 그가 복도 중간까지 다가와 있었다. 소리도, 움직임도 없었는데 마치 순간이동이라도 한 것처럼 움직였다. 나는 그제야 무언가 잘못됐다는 걸 느꼈지만, 몸에 힘이 들어가지 않았다. 심장이 쿵쿵 뛰기 시작했고, 숨이 막히는 느낌이 들었다.

점점 가까워질수록 그의 얼굴이 보이기 시작했다. 순간 숨이 멎었다. 그 남자의 얼굴은, 인간의 것이 아니었다. 양쪽 뺨엔 구멍처럼 움푹 패인 상처가 있었고, 한쪽 눈은 아예 파여 있어 핏물로 가득 차 있었다. 입은 어설프게 찢어져 있었고, 입꼬리 위로 피가 번져 있었다. 하지만 그는 웃고 있었다.

나는 도망치고 싶었지만, 다리는 움직이지 않았고, 혀도 굳었다. 그는 결국 내 코앞까지 다가왔다. 나는 눈을 질끈 감았고 다시 눈을 뜨니 책상에 엎드린 채, 온몸이 땀에 젖어 있었다. 심장은 아직도 빠르게 뛰고 있었다. 꿈이었구나… 하고 안도했지만, 남자의 얼굴이 너무

10교시, 장례식장

나도 또렷하게 남아 있었다.

  나는 아무 일도 없었던 것처럼 다시 하루를 보냈다. 꿈일 뿐이라고, 이상한 상상이라고 몇 번이고 스스로 설득했다. 하지만 그 얼굴은 이상하리만치 자꾸 떠올랐다.

  그로부터 이틀 뒤, 나는 빈소 정산 문제로 1호실을 방문하게 되었다. 조문객도 없고 비교적 조용한 시간이어서 상주에게 양해를 구하고 조심스레 안으로 들어갔다.

  차분한 분위기 속, 나는 문 옆 작은 탁자 위에 놓인 서류들을 확인하고 있었다. 그리고 문득 고개를 들어 영정사진을 봤다. 그 순간, 손에 들고 있던 펜이 바닥에 떨어졌다. 처음엔 확신할 수 없었다. 하지만 두 눈, 찢어진 입꼬리, 그리고 사진 속으로도 느껴지는 낯선 표정. 바로 며칠 전, 내 꿈에서 나를 쳐다보던 그 남자였다.

  물론 사진 속 그는 단정한 옷을 입고 있었고 얼굴이 정돈되어 있었다. 하지만 나는 알 수 있었다. 사망 원인을 들었을 때는 더욱 확신이 들었다. 그는 등산 중 실족사한 고인이었다.

  얼굴을 크게 다쳐 외형이 많이 망가졌다고 들었고, 사진은 생전 모습을 최대한 복원해 만들었다고 했다. 하지만 꿈에서 본 모습은, 사고 당시 모습 그대로였다. 나는 아무 말도 할 수 없었다. 한동안 그 빈소 앞을 지날 때마다 고개를 숙이고 걸었고, 꿈속에서 마주친 그 순간을 지우기 위해 몇 날 며칠을 애썼다. 하지만 그의 얼굴은 지금도 때때로 꿈에 나타나곤 했다.

그로부터 몇 달이 흘러 평소와 같은 날을 보내고 있었다. 그날은 평소처럼 업무가 많은 날이었다. 오전에는 빈소 세팅과 상주 응대, 오후에는 행정 서류 정리까지 쉴 틈이 없었다. 장례지도사들도 분주히 움직이고 있었고, 별관에서는 무연고 사망자의 시신을 임시 보관 중이었다. 연고자를 찾기 위해 시청과 연락을 주고받고 있었지만, 이미 일주일 가까이 지났는데도 연락이 닿지 않았다. 이따금 그런 고인들이 있었고, 우리는 그런 상황에 익숙해져 있었다.

그러던 오후, 사무실에 앉아 정산 업무를 보던 중, 본관 밖에서 갑자기 비명이 들렸다. 놀라서 벌떡 일어나 나가보니, 정문 앞에 장례지도사 한 분이 바닥에 주저앉아 헉헉대며 숨을 몰아쉬고 있었다. 그는 얼굴이 창백하게 질려 있었고, 몸을 제대로 가누지도 못한 채 온몸을 떨고 있었다.

나는 그에게 다가가 무슨 일이냐고 물었지만, 그는 눈만 동그랗게 뜬 채 입을 벌벌 떨 뿐이었다. 다른 직원들과 함께 그를 급히 사무실 안으로 데려왔고, 의자에 앉힌 후 물을 건넸다. 그러나 그는 물컵을 받아들고도 제대로 마시지 못하고 연신 손을 떨어뜨렸다. "방금 저기… 거기…" 중얼거리다가 결국 입을 다물고 고개를 푹 숙였다.

우리는 자세한 상황은 듣지 못한 채, 그날 일정을 대신 소화해야 했다. 다행히 그는 큰 부상은 아니었고, 당일 업무도 마무리되긴 했다. 며칠 뒤, 그는 예정된 장례식을 마친 뒤 평소처럼 조용히 퇴근했다. 사건은 그렇게 지나가는 듯했지만, 나는 계속 찝찝한 기분을 지울 수 없었다.

한 달쯤 지나 다시 그의 얼굴을 볼 수 있었다. 이번엔 다른 장례 절차를 위해 고인을 모시고 이곳을 다시 찾은 것이었다. 나는 밖에서 담배를 피우고 있었고, 그가 다가와 함께 담배를 나눠 피웠다. 이전의 일은 아무렇지 않다는 듯 웃으며 대화를 나누던 그는, 갑자기 담배를 반쯤 태운 채 입을 열었다.

"혹시… 무연고 사망자분, 잘 가셨을까요?"

나는 얼어붙었다. 그는 정확히 한 달 전, 그 무연고 고인을 마지막으로 본 사람이다. 나는 조심스럽게 고개를 끄덕였다.

"예, 그분은… 결국 시에서 절차를 진행했어요. 연고자는… 끝내 못 찾았고요."

그는 다시 담배를 피우며 고개를 끄덕였다. 그리고 그제야, 한 달 전 본인의 입을 다물게 만들었던 그 이야기를 조용히 꺼냈다.

"염을 마무리하던 중이었어요. 혼자 별관에 있었죠. 근데… 이상한 소리가 들렸어요. 신발 끄는 소리. 딱, 누군가 복도에서 발을 질질 끄는 소리였어요."

그는 담배 연기를 내뿜으며 말을 이었다.

"처음엔 다른 직원인가 싶었죠. 그래서 무시하고 염을 계속하고 있었는데…. 고개를 들었을 때, 방구석에 누가 서 있는 게 보였어요. 등 시고 있었는데, 허리가 굽은 할머니였어요."

그는 손끝을 가늘게 떨며 말을 잇지 못했다. 나는 묵묵히 그를 바라봤다. 곧이어 그는, 그날 겪은 진짜 공포를 털어놓았다.

"할머니가 등을 돌린 채 서 있었어요. 이상하다고 느끼면서도, 그냥 지나가는 조문객일지도 모른다고 생각했죠. 근데… 그 사람이 움직이질 않더라고요. 숨소리도, 몸짓도 없고. 너무 조용했어요."

장례지도사는 눈을 질끈 감았다. 입술이 떨렸다.

"그래서 어르신께 여긴 들어오면 안 된다고 말을 걸었죠. 근데, 아무 대답도 없더라고요. 그때까지만 해도 그냥 귀가 어두우신가 생각했어요."

그는 침을 꿀꺽 삼켰다. 담배 연기는 흐느적 피어올랐고, 그는 입을 열었다.

"그런데 갑자기 사람이… 사람이… 갑자기 저를 향해 뛰어오는 거예요. 정말로… 죽을힘을 다해서, 네발로 기어오는 것처럼."

나는 숨이 멎는 것 같았다.

"그 얼굴, 잊을 수가 없어요. 여기, 여기까지 왔어요. 눈은 휑했고, 입은 찢어져 있었고, '나 좀 죽여줘…. 죽여줘!' 그렇게 외쳤어요. 자기 입으로. 계속. 미친 사람처럼… 그게 사람일 리가 없잖아요."

나는 말이 막혀 아무 말도 하지 못했다. 지도사는 떨리는 손으로 담배를 비벼 껐다.

"그 고인… 무연고 사망자라고 했죠? 그날, 그 시신의 방구석에 그 귀신이 있었던 거예요. 누가 봐도 연관 없는 사람이었는데… 분명 그 시신과 무슨 관계가 있을 거예요."

나는 한동안 입을 떼지 못했다. 그는 고개를 숙인 채 조용히 말했다.

"장례는 끝났지만, 그날 이후로 아직도 꿈에서 그 얼굴이 나와요. '나 좀 죽여줘'라고 소리치던 그 목소리. 그냥… 못 잊겠어요."

그 말 이후로, 우리는 한동안 말을 잇지 못했다. 담배는 이미 재가 되어 바닥에 떨어졌고, 그의 손은 여전히 미세하게 떨리고 있었다. 나는 조심스럽게 입을 열었다.

"그 후로도… 뭐가 더 있었어요?"

그는 고개를 저었다.

"직접적으로는 없었어요. 하지만… 별관을 지날 때마다 이상한 느낌이 들어요. 누가 보고 있는 것 같은 느낌. 그리고… 간혹, 무연고 시신이 모셔졌던 그 방에서 이상한 냄새가 나요. 향냄새랑 뭔가 탄내 같은 게 섞인 냄새. 직원들한테 말하면 다들 그런 냄새는 안 난다고 하는데 저는 계속 느껴집니다."

그는 눈을 감고, 마치 무언가를 떠올리듯 말을 이었다.

"무연고 고인이라지만, 그분도 누군가에겐 소중한 사람이었겠죠. 근데… 그렇게 모두에게 잊히고 냉장고 안에 몇 날 며칠을 방치되어 있었다는 게…."

그는 말을 멈추고, 이내 고개를 들었다.

"혹시 그 할머니… 정말 그 고인의 어머니였던 건 아닐까요? 아무도 모르게, 이름도 없이 죽은 아들의 시신 앞에서, 그렇게 마지막을 알리고 싶었던 건 아닐까요."

나는 그 말에 대답하지 못했다. 그 이야기를 들은 후, 나는 무연고 시신을 더 이상 '서류상 고인'으로만 대할 수 없게 되었다. 빈소에 놓인 영정사진을 볼 때마다, 누군가가 여전히 그 곁에 있을지도 모른다는 생각이 들었다.

그리고, 장례식장에서의 하루하루가, 그저 '죽은 자를 보내는 일'이 아니라 '남겨진 무엇을 마주하는 시간'이라는걸 실감하게 되었다. 그 뒤로도 장례식장에서는 여러 일이 있었지만, 그 세 가지 사건은 내 기억에 깊게 남아 있다.

그리고 나는 오늘도, 이 장례식장의 불을 켜고 사람들을 맞이한다.